SOUNDTRACK

★ LA ★
BANDA SONORA
DE NUESTRA
··· VIDA ···

ELENA
CASTILLO
CASTRO

TITANIA

Argentina • Chile • Colombia • España
Estados Unidos • México • Perú • Uruguay • Venezuela

1.ª edición Mayo 2016

Copyright © 2016 by Elena Castillo Castro
All Rights Reserved
© 2016 *by* Ediciones Urano, S.A.U.
  Aribau, 142, pral. – 08036 Barcelona
  www.titania.org
  atencion@titania.org

ISBN: 978-84-16327-17-1
E-ISBN: 978-84-9944-992-0
Depósito legal: B-1.627-2016

Fotocomposición: Ediciones Urano, S.A.U.
Impreso por Romanyà Valls, S.A. – Verdaguer, 1 – 08786 Capellades (Barcelona)

Impreso en España – *Printed in Spain*

A mi padre, por enseñarme tres acordes.

Cierro los ojos y un recuerdo aparece nítido en mi mente con suma facilidad, va acompañado del suave y arrastrado sonido de un acorde, suena el *do* y, acto seguido, sonrío.

—Sissi, solo necesitas tres acordes para componer una canción. Recuérdalo y te aseguro que no volverás a aburrirte en toda tu vida.

Mi padre me miraba con emoción mientras pasaba la cinta por detrás de mi cabeza. Decidió regalarme aquella guitarra a los ocho años, una calurosa tarde de agosto en la que los minutos parecían ir a la pata coja y el mal humor comenzaba a superar la desgana más profunda. Ciertamente, fue una herencia. Me la entregó como un tesoro, acariciándola, como si con el suave tacto de la madera de abeto barnizada pudiera revivir los recuerdos de su propia infancia.

Aquel día comenzó todo, con tres acordes.

TRACK 1:
THAT DAY

Tan solo llevaba una semana en Greenwich cuando él apareció en mi vida. Fue un encuentro fugaz, repentino y confuso.

Aquella ciudad del estado de Connecticut estaba a unos cuarenta minutos en tren de Manhattan, lo que me hacía sentir muy cerca del centro del universo. Aquel no solo era el lugar favorito de Hollywood para hacer caer los meteoritos exterminadores de la humanidad o desembarcar a los extraterrestres violentos, también era donde la gente marcaba la moda al pasear por sus calles y, sin duda, donde junto con Nashville se encontraban las sedes de las discográficas más importantes del país.

La casa que habían alquilado mis padres parecía un almacén de muebles con un montón de paquetes a medio abrir. Mamá estaba siempre con los ojos en blanco: un jarrón roto, una caja mal cerrada que esparcía por el suelo todo su contenido, el «maldito» cargador del móvil que no aparecía... Papá ya había comenzado en su nuevo trabajo y, cuando por aquellos días regresaba a casa, estoy segura de que se arrepentía de hacerlo y deseaba salir huyendo hacia el motel más cercano. Quizás, incluso, lamentó durante un tiempo haber dejado Essex.

Se suponía que debía poner en orden mi cuarto nuevo, pero lo que básicamente me importaba con quince años (mi colección de

CDs y vinilos) ya estaba colocado por orden alfabético en su estantería, y aquel era un precioso día de verano.

Me rodeaba una explosión de tonalidades verdes, que componían el bosque en el que a partir de entonces iba a vivir, por lo que no pude evitar escabullirme escaleras abajo hasta el porche, con la guitarra colgada al hombro y mi quinto cuaderno de letras.

—Sissi, tu ropa no se va a colocar sola en el armario, ¿sabes?

Mi hermana Nenne, a quien mis padres ayudarían todo un fin de semana en su traslado a Columbia, había sacado la cabeza por la ventana de mi cuarto para decirme esa obviedad. En lugar de contestarle, recoloqué la guitarra entre mis brazos y comencé a juguetear con las cuerdas en un punteo primitivo que en mi cabeza prometía convertirse en un buen rif.*

Estar allí era como vivir aislada del mundo, la casa más cercana se encontraba a cinco minutos en coche, pero era imposible divisarla engullida por su arboleda, al igual que el resto de las construcciones vecinas. Por aquel entonces, esa sensación de aislamiento me confortaba, pero a la vez temía que por las noches el «asesino de la sierra eléctrica» entrara en casa y nos matase a todos. Fue por ello que el ruido de un motor me sobresaltó al aproximarse por la carretera e hizo que me agarrara a mi instrumento musical como si fuera un arma defensiva. A los cinco segundos una camioneta oscura pasó por delante de casa. En la parte trasera de la Chevrolet iba sentado un chico con auriculares, al que calculé más o menos mi edad. Al volante iba otro casi idéntico, pero con unos cuantos años más y con medio brazo relajado por fuera de la ventanilla. El atractivo conductor me guiñó un ojo y un escalofrío recorrió mi columna. Me quedé inmóvil, solo pude pensar en que ambos tenían el pelo rapado al cero y la tez siniestramente pálida

---

* Frase musical que se repite mucho en una canción.

y, a pesar de que los dos me habían dedicado una sonrisa, sentí resquemor.

Aquella fue la primera vez que lo vi, sentada sobre el escalón con mis largas piernas ladeadas y a medio cubrir por uno de los inocentes vestidos que solía ponerme. Recoloqué a un lado mi larga melena lacia que se había alborotado con la brisa de agosto y me levanté alarmada.

—Mamá, creo que acabo de ver a nuestros vecinos —le dije apabullada tras entrar en casa saltando obstáculos con los pies descalzos.

—¿Sí? ¿Y qué tal son?

—Es horrible, mamá, creo que son *skinheads*, o si no, deben de ser *harekrisnas* o algo de eso. Tienen la cabeza rapada y conducen una camioneta.

—Bueno, no fantasees otra vez, Sissi. Estamos en Estados Unidos, aquí mucha gente conduce camionetas.

—Sí... supongo que en Arkansas, pero no en Connecticut —le repliqué nada convencida.

Mi madre dejó en el suelo un montón de paños de cocina y se acercó a mí con la sonrisa ladeada.

—Venga, inténtalo —me reclamó con ambas manos y un gesto de autoconfianza.

—Oh, déjalo, mamá. No voy a atacarte.

Mi madre se había pasado los dos últimos meses, antes de venir a Estados Unidos, en clases de defensa personal a petición de la abuela. La idea de que nos viniéramos al escenario principal de los crímenes de todas las series televisivas era devastadora para ella, y con aquel cursillo creía que podría protegernos hasta que papá regresara del trabajo.

Mamá hizo dos llaves marciales al aire y dijo convencida de sí misma:

—Nuestros vecinos no podrán conmigo. De todas formas, cuando todo esto esté en orden, nos acercaremos a presentarnos. ¿No es eso lo que hacen aquí? Les haré un *pudin* o alguna especialidad inglesa. ¿Qué te parece?

—¿¡No hablarás en serio!? —dije escandalizada.

—Ya veremos. Ahora sube y ponte las zapatillas, aún pueden quedar por el suelo trozos de cristal del jarrón que se rompió.

Fui a mi cuarto negando con la cabeza, pero escondiendo una sonrisa. Aquello no era lo que había imaginado cuando los del banco trasladaron a papá y me dijeron que dejábamos Inglaterra. Pensé que estaríamos en una calle residencial, con vecinos sonrientes y un guarda de seguridad haciendo rondas en su coche. En realidad, era mucho mejor: era salvaje.

Los días se fueron sucediendo mientras descubría nuevos rincones de la casa a medida que el contenido de las cajas tomaba posesión de su espacio. A mi madre se le olvidó la ridícula idea de acercarse a casa de los vecinos, cosa que agradecí profundamente, y yo solo tuve que preparar mi mente para el primer día de clase en la Greenwich Academy.

Recuerdo a la perfección que aquella mañana deseé tener una hermana gemela, alguien que me acompañara de la mano hacia el interior de los pasillos bulliciosos. Nenne no contaba, ella comenzaba en Columbia en unas semanas y a pesar de ofrecerse a llevarme al instituto el primer día de clase, cuando me dio el beso de despedida a través de la ventanilla del coche, junto con un pellizco en el trasero al girarme, tuve que enfrentarme sola al peligro. Aquel primer día lo marcaría todo. Si salía bien, pasaría unos magníficos tres años. Si por el contrario no caía en gracia a mis compañeros... No quería ni pensarlo.

—Solo tienes que menear mucho ese culo respingón cuando pases cerca de los chicos y saludar con seguridad a las arpías —me dijo mi querida hermana.

Sí, claro. Así de fácil.

Las primeras veces. Esas emocionantes primeras veces que me inspirarían para componer tantas canciones a lo largo de mi vida...

Recuerdo que comencé con clase de arte y sentí que era una buena señal. Me senté junto a una chica con brakets que sonreía mucho, más incluso que yo aquel día, y os aseguro que mis sonrisas eran insuperables obedeciendo a las indicaciones de mi hermana. Por norma general, a las que llevan aparatos no les gusta abrir la boca, pero Graiden Ryan era diferente. No se rio de mi refinado acento inglés y me presentó a su grupo de amigas en el comedor: Jordyn Decker, una alocada rubia que vestía como Madonna en los ochenta; Kitty Berger, una adorable ratita de biblioteca que se ofreció a ayudarme a estudiar, y Caroline Bassile, la que hacía que unos diminutos pendientes de brillantes lucieran de forma espectacular en sus orejas ya que, sin duda, era la más guapa del instituto. Además, Caroline tenía un hermano mayor en el equipo de fútbol, el guapísimo Garret, y eso era como tener un pasaje gratis al paraíso del adolescente. Gracias a él todos los chicos mayores las conocían y tenían la fortuna de no pasar desapercibidas.

Estoy segura de que aquella buena estrella no me la proporcionó ni mi mejor sonrisa ni el vaivén de mis caderas, sino aquel estupendo sitio en clase de arte junto Graiden. Además, jamás habría pensado que en mi primer día de clase me presentarían a Mike Marrone, el atractivo amigo de Garret y delantero del equipo, y que este me enseñaría a usar el candado de mi taquilla.

—¿No tenéis de estos en Inglaterra? —Acudió a mi rescate cuando me vio inmóvil, con la mirada fija en el candado.

Había entrado en estado de pánico. No sabía cómo funcionaba y podía sentir las miradas de los alumnos en mi nuca. Entonces, él, que tenía su taquilla al otro lado del pasillo, se acercó sonriente y me pidió la combinación que me habían proporcionado en secretaría. El candado hizo clic con facilidad y mi taquilla se abrió.

—Ahora deberías cambiar la clave, eso... o podré abrirla cuando quiera y cogerte prestado, por ejemplo, un poco de rímel. —Mike cogió el pincel olvidado por la propietaria anterior de la taquilla y me lo ofreció.

—Sí, la cambiaré. Pero de todas formas, en agradecimiento, cuando necesites un retoque en las pestañas o lo que sea, no dudes en pedírmelo.

Mike se rio y se marchó en un parpadeo.

Regresé a casa en el autobús, mi madre me esperaba con mil preguntas y un delicioso pastel de carne que se cocía a fuego medio dentro del horno. Tras contestar lo esencial, me escabullí escaleras arriba. Aún le quedaban al día un par de horas de luz, mi cuarto estaba ordenado y no tenía deberes, por lo que me acomodé en el banco bajo la ventana, la abrí de par en par y compuse una canción sobre aquella primera vez: novata en un instituto americano. Recuerdo que las notas brotaban con facilidad de mis dedos y las palabras encajaban a la perfección en cada compás.

Escuché un ruido y corté el acorde posando la palma de la mano sobre las cuerdas.

—¿Quieres algo, mamá? —le pregunté en voz alta como si la casa careciese de paredes.

—No te he dicho nada, Sissi —contestó mi madre de igual manera.

Agudicé el oído... solo había silencio, el ulular de la suave brisa y ¡un acorde bien afinado a lo lejos! Me puse en alerta, estiré el cuello y miré hacia el bosque en el intento de descubrir el lugar del que procedía el sonido. Unos ojos, ¿acaso llegué a ver unos ojos? Finalmente, me convencí de que se trataba de un ciervo o de cualquier otro animal que habitaba en mi vecindario. No obstante, cerré la ventana, dejé la canción a medias y bajé a la cocina para pedirle a mi madre que adelantara un poco la cena y viéramos juntas *The Voice*.

Mis siguientes días de instituto rozaron el aburrimiento, lo que en cierto modo fue agradable. Cambiar de país, de casa, de instituto y de amigos podría haber sido una pesadilla, o incluso el infierno terrenal. Mi aburrimiento, en cambio, no era ninguna tragedia, sino una forma de definir un día normal y corriente.

Mi profesora favorita era miss Sherwin, de literatura. No solo nos invitaba a rondas de helados si nos portábamos bien en clase y leíamos durante la semana, además tenía una frase que no voy a olvidar nunca: «No temáis equivocaros, ¡Edward Nairne inventó la goma para borrar los errores!»

No me pude librar de las tres horas diarias de deporte obligatorio. Me parecía injusto que no consideraran la opción de validarme la creatividad por las aptitudes físicas, pero así era el instituto. Superé las pruebas para entrar en el equipo de voleibol y allí estaba. Las chicas eran majas, pero se tomaban muy en serio todo lo referente a los partidos: las reuniones, el espíritu de equipo... hasta el tiempo de calentamiento parecía sagrado. Recibí más de un balonazo por estar mirando hacia las gradas o tener la cabeza en una insistente y avasalladora melodía.

Cada tarde, al llegar a casa, subía las escaleras como si mis Vans tuvieran alas y desfogaba mi desesperación a voz en grito. En varias ocasiones volví a escuchar acordes entre la arboleda, pero terminé pensando que se trataba de algún tipo de eco.

Eso fue lo que imaginé a lo largo del primer mes, hasta que un día, a mi regreso de otra agotadora sesión de golpes en todas las partes del cuerpo con el balón de vóley, mi madre me sorprendió con aquel paquete.

—Ha llegado esto para ti.

En un primer instante pensé en un posible regalo de la abuela, pero... no había remitente, solo ponía «*Sissi*» con una caligrafía estirada y algo inclinada que no era capaz de reconocer.

Abrí el paquete delante de mi madre, que esperaba con intriga mientras agitaba el plumero como si estuviera quitándole el polvo a la pared, porque en realidad no le estaba dando al cuadro colgado ni de cerca.

En el interior había un CD rotulado «Máster 1». Me encogí de hombros y se lo mostré a mi madre; ella abandonó las fingidas labores de limpieza.

—¿No pone nada acerca de quién te lo manda?

—*Nop* —negué muerta de curiosidad.

—Trae aquí que lo mire yo primero... Vete a saber si no es de algún psicópata o pervertido y contiene cosas desagradables. Tenemos que conservarlo bien como prueba. Quizá deberíamos habernos puesto guantes antes de tocarlo...

Se lo quité de las manos, desesperada por su psicosis.

—Déjame, lo pondré en el ordenador y vemos juntas qué es...

Lo engarcé en la punta de mi dedo índice y lo deposité en la platina del ordenador familiar, el que mi padre insistía que estuviera en el salón para uso y disfrute de todos (o para controlar sin problemas por dónde se me ocurría navegar).

—Es un archivo de sonido —informé y el dedo me tembló antes de pulsar el *play*. Aún recordaba los dos meses de pesadillas que me había producido ver *The ring* en casa de Steph a escondidas de nuestros padres.

Y en ese instante, en cuanto la primera nota sonó, mi vida cambió. Bueno, no cambió precisamente en ese segundo, pero fue algo que sin duda me dirigió hacia el destino que me esperaba.

—¡Es mi canción! —chillé.

—¿Qué canción? —preguntó mi madre atónita.

—Mi canción, la que compuse la otra semana, la que llevo cantando sin parar los últimos días.

Empecé a encajar con voz tímida las palabras en cada acorde salido de los altavoces de la computadora.

Era una maqueta perfecta, con la base rítmica, el compás del bajo, la melodía de la guitarra acústica y hasta pude distinguir algunos acompañamientos electrónicos suaves pero bien marcados.

¡Mi canción! Pero, ¿cómo? Y lo más inquietante... ¿quién?

TRACK 2: WHO ARE YOU?

El misterio quedó relegado a un segundo plano. No es que no me intrigara saber quién era el artífice de aquella maravilla musical, es que la alucinante sensación de escuchar una y otra vez una composición mía convertida en «canción de verdad» lo eclipsaba todo. La reproducía una y otra vez para expandir mis pulmones al máximo hasta que mis padres llegaron a un punto sin retorno:

—Sissi, por lo que más quieras, ¡cállate un rato!

Era fabuloso, bueno... que me mandaran callar era frustrante, pero me recuerdo con un subidón inaguantable. Ponía el volumen al máximo y me imaginaba en un enorme escenario, enfocada por luces de colores y con mi guitarra colgada al hombro. Hasta que algo dentro de mí prendió y empecé a desear que mi voz se solapara a la creación musical.

No entender ni lo más mínimo de informática no me parecía un problema, no había nada que no se pudiera aprender con paciencia y constancia. Sin embargo, la logística para conseguir mi sueño era más complicada.

Logré que mi padre me acompañara a Walmart para preguntar qué programa informático y qué tipo de aparatos necesitaba para crear un pequeño estudio de grabación en casa. Lo cierto es que mi padre disfrutaba con todo aquello y pude ver cómo sufrió al no poder costeármelo.

—El alquiler de la casa es un peso pesado, Sissi... quizá poco a poco, para Navidad, podamos montarte ese estudio —me decía con sutiles apretoncitos en el hombro cubierto por mi larga melena.

—Buf... ¿has visto lo que suma todo esto? Querrás decir para las navidades de dentro de cuatro años... Micro, mesa de mezclas, auriculares... hasta necesitaría una guitarra acústica para poder grabar decentemente —suspiré hundida.

—Nunca se sabe, quizá tu misterioso amigo dé la cara y no necesites comprar nada, está claro que él dispone de todos los medios necesarios.

No confiaba en eso para nada. Si aquella persona hubiese querido que nos conociésemos, a esas alturas ya habría hecho su aparición. De todas formas, mi padre tenía razón, así que, cuando superé el golpe y mi primera maqueta estuvo al borde del desgaste, volví a cantar en el porche con la esperanza de que el proceso se repitiera.

Y así fue. A los pocos días volví a escuchar aquellos acordes entre el ramaje, aquellos acompañamientos armónicos perdidos en un lejano eco; y aunque estuve tentada de introducirme en el bosque para buscar al culpable, me contuve depositando toda mi confianza en recibir un segundo paquete. Cada día, al llegar del instituto, corría como una liebre hacia el buzón. Encontrarlo vacío solo me hacía cantar con más ahínco hacia el bosque, ya que mientras él siguiera respondiendo con armonías a lo lejos, sabía que tarde o temprano llegaría mi ansiado paquete.

Tres semanas más tarde entré en casa dando gritos de alegría y mi madre no tuvo que preguntarme el motivo. Tenía en mi poder el CD «Máster 2».

—¡Es flipante, mamá! Mira, ahí ha metido un puente hacia el estribillo genial. ¡A mí no se me habría ocurrido y es perfecto!

—Desde luego, quien sea el artífice entiende de música, pero sigue siendo raro el temita este de los envíos secretos. Si no fuera por toda esa felicidad que emanas, ya habría llamado a la policía.

¿Felicidad? Era mucho más que eso, ¡era tan emocionante y misterioso! No entendía por qué la persona que hacía las maquetas se mantenía oculta, pero lejos de molestarme su anonimato, deseaba que aquello continuara.

Al margen de eso, mi vida en el nuevo instituto evolucionaba y había conseguido pertenecer a un grupo de manera oficial. En Essex éramos Steph y yo únicamente, un dúo unido por la casualidad y el momento. Ambas disfrutábamos saliendo a pasear en bicicleta o con cosas simples como hacernos trenzas en el pelo o leer juntas la revista de música *TeenBeat*, mientras el resto de chicas se preocupaban por maquillarse para que los compañeros de clase acneicos y neuronalmente hormonados se fijasen en ellas. Reconozco que juntarme con mis nuevas amigas americanas hizo que yo también comenzara a interesarme por el maquillaje, pero es que los chicos distaban mucho de ser como los que había dejado atrás.

—¿De veras me estás invitando, Jordyn? —pregunté incrédula.

—¿¡Cómo no te va a invitar, Sissi!? Eres nuestra mejor rematadora —dijo Graiden con aquella risita metálica, excitada y contagiosa.

—No sé, llevo poco tiempo con vosotras, ni siquiera sé si es de fiar —elevé una ceja de forma cómica—. Sinceramente, creo que Jordyn no está bien de la cabeza. Mírala, se pone cosas raras en el pelo.

Todas miraron hacia la cola de caballo que esta se había hecho en lo alto de la cabeza y de la que colgaban lazos de algodón en diferentes tonos.

Jordyn me sonrió con malicia y robó una cucharada de mi helado de yogurt.

—Lo que pasa es que tú no te enteras porque vienes de un planeta lejano con reina y todo, ahora se lleva el estilo de los ochenta.

—Sí, claro, el de la neurona cardada —apuntillé, y todas nos echamos a reír llamando la atención del comedor al completo.

En realidad, todas aquellas bromas no eran más que un disfraz. Sentía pavor al pensar en aquella primera fiesta. ¿Qué debía ponerme?, ¿terminaría sola en una esquina mientras todas (que se conocían desde hacía años) compartían confidencias y ganchitos? O peor aún: ¿vendrían chicos? ¿Vendría Mike?

Mi vida en las últimas semanas se había reducido a esperar que pasaran las horas del instituto para salir corriendo hasta casa y reconocer los acordes afinados de mi amigo secreto entre la arboleda, más allá del jardín.

No era la mejor rematadora del equipo de vóley, simplemente era la más alta. Había buena sintonía entre las chicas y yo a la hora del comedor, pero básicamente era porque seguía el consejo de mi hermana y sonreía todo el rato mientras ellas rememoraban viejas anécdotas en las que yo obviamente no estaba.

Luego estaban Mike y su sonrisa... lejana. Siempre amable, siempre sonriente, pero a cuatro mesas de la mía y a diez taquillas. Me moría por volver a cruzar dos palabras con él y, al mismo tiempo, me entraban sudores fríos al pensar en una fiesta en la que él tuviera el tiempo suficiente de descubrir lo insulsa que era.

Por fortuna, mi hermana no había podido llevarse toda su ropa a la residencia de estudiantes y pude rescatar un vestido de los que ella se ponía para salir con sus amigas por Essex. Rebuscar algo adecuado en mi armario era inútil, no había nada más que vestidos sosos, camisas demasiado dulces y jerséis de algodón. Según Nenne, yo aún no había abandonado la etapa «monopatín mental», así la llamaba ella. Y tenía razón, hasta entonces no había tenido ningún motivo para pensar en mí misma como alguien en quien un chico pudiera fijarse, pero ya empezaba a desearlo.

Y allí estaba yo, un sábado frente a una de las mansiones más increíbles de Greenwich coronada por el sol brillante de la tarde, con temblor en las piernas y la mejor sonrisa de mi madre esperando a que nos abrieran la puerta. Ella estaba emocionada, a lo largo del trayecto me había repetido unas diez veces lo guapa que estaba y me daba instrucciones sobre cómo no ponerme nerviosa. Según ella, el truco era ser yo misma, como si eso fuera una garantía de éxito. A mí aquello más que calmarme, me estresaba. La madre de Jordyn nos abrió la puerta y a continuación se sucedió un intercambio de cordialidades que terminó con la promesa materna de que me recogería a las ocho.

Yo era puntual, por lo que aún faltaba mucha gente por llegar. Me agarré a un vaso de Pepsi y desplegué mis mejores sonrisas al grupo de vóley. A los pocos minutos recibí una bendición divina y sentí que, después de todo, podría pasarlo bien en aquella fiesta.

—¡Voy a estrangular con mis propias manos a mi hermana! —bufó la anfitriona—. ¡Megan se ha llevado mi iPod! Tenía una selección con canciones guais para la fiesta y la muy asquerosa me lo ha quitado por no dejar que se quede.

—¿Dónde está? Podemos ir a por él —le preguntó Claire siempre dispuesta a una buena recepción.

—Imposible, está en Newport con su equipo de tenis. ¿Cómo voy a dar una fiesta sin música? ¡Y la gente está llegando ya!

—¡Pero si tienes una colección alucinante de música! —exclamé yo, que llevaba un buen rato leyendo ensimismada los títulos de los álbumes que llenaban un mueble de CDs.

Jordyn me miró con cara de extraterrestre antes de elevar sus manos interrogantes:

—¿Y qué hago, me paso toda la fiesta pinchando como un DJ en lugar de disfrutar y atender a mis invitados?

Su desesperación se había trasladado a su labio inferior en forma de temblor y pensé que o se soltaba el botón de su hiperapretado pantalón de cintura alta o terminaría por desmayarse.

—Lo haré yo, seré tu DJ —me ofrecí encantada, ahí estaba mi oportunidad de salir airosa de aquella fiesta llena de gente extraña entre la que aún no me sentía una más.

—Eso sería genial, pero no creo que aquí haya nada decente. Todo esto que ves son CDs de mis padres, música prehistórica. —Jordyn se desplomó en el mullido sofá de piel marfil y el resto la imitó.

Volví a examinar la colección y reconocí al menos dos docenas de grupos.

—Tan prehistórica como las hombreras de tu camisa vaquera, es música de los ochenta. ¡Es genial! ¿No lo ves? Es tu casa, tu fiesta, tu estilo. —Abrí uno de los CDs y dejé que *Baby, I don't care* de Transvision Vamp irrumpiera con su electrizante comienzo en los altavoces de la casa.

Las chicas se miraron atónitas, quizás era la primera vez que la escuchaban, pero todas se pusieron en pie a aullar agitando sus melenas. Yo conocía todos los grandes éxitos de aquellos grupos gracias a mi padre. En mi casa siempre había música de fondo y nuestros viajes en coche parecían clases magistrales de música de los setenta y ochenta.

—¿De verdad que no te importa pasarte aquí pegada toda la fiesta? —me preguntó Jordyn con un brillo esperanzador en la mirada.

Me puse frente a la estantería y alcé los brazos hacia ella.

—¿Estás loca? Mira lo que tienes aquí, ¡es el paraíso! ¡Me lo voy a pasar en grande!

Continué con *Dancing with myself* de Generation X y, en cuanto sonó *Crash* de Primitives, la gente se vino arriba y empezó a bailar por el enorme salón. De vez en cuando venían a reponerme el vaso de Pepsi o me levantaban el pulgar desde lejos, y la verdad es que tuve una estupenda fiesta solitaria en mi rincón musical.

Desde mi posición privilegiada pude descubrir que Kitty le ponía ojitos al hermano de Caroline, pero que este enlazaba su mano con una chica que tenía toda la pinta de ser modelo de Victoria's Secret. Graiden saltaba de un grupo a otro repartiendo alegría y Jordyn posaba en divertidas fotos que Caroline hacía con su teléfono junto a sus invitados. Sin embargo, a él no lo vi venir y al oír mi nombre, con aquel brusco acento americano demasiado cerca de mi oreja, di un respingo que me hizo desmontar una torre de CDs apilados.

—¡No te muevas! —me alertó Mike justo antes de cogerme en volandas con un rápido gesto que me recolocó a medio metro—. Estabas a punto de pisar a George Michael.

Estaba eclipsada por su sonrisa confiada, por ese mechón oscuro que se escapaba de un pelo perfectamente engominado, y el cosquilleo que había sentido en ese vuelo fugaz entre sus manos aún me recorría el cuerpo de forma frenética.

—Gracias, supongo.

Se agachó para ayudarme a recoger el estropicio mientras se reía al mirarme.

—¿Te parece divertido ir tirando las cosas por ahí? —le dije después de recogerme el pelo tras las orejas para poder ver bien su cara.

—En realidad las has tirado tú misma, no pretendía asustarte con un simple saludo.

—Es cierto, me has asustado, no te vi venir, así que da gracias de que no te haya estampado el teclado en la cabeza —bromeé.

Mike puso el montón de CDs junto al ordenador y volvió a reír con la mirada fija en mí.

—¿Se puede saber de qué te ríes? —le pregunté con la risa contagiada y algo de rubor en las mejillas.

—Es que eres muy divertida.

Garret lo llamó a lo lejos y me dejó con una sonrisa bobalicona en los labios y la sensación fugaz de que era alguien especial. Sí, fue fugaz, porque al minuto vi cómo se acercaba por detrás a Jordyn y la saludaba de igual forma, casi rozando su oreja.

A las ocho en punto, como buena británica, mi madre apareció para llevarme de vuelta a casa. Aún quedaba bastante gente en la fiesta, los padres de Jordyn acababan de pedir pizzas, pero yo no tenía opción de renegociar la hora de recogida. Lamenté tener que marcharme, pero en esos casos mis padres eran implacables, así que me despedí y miré con resignación al chico de las pizzas al que cedí mi lugar en la entrada de la casa.

Di un par de pasos y tuve que girarme, ¿era él? Esos ojos...

El repartidor giró bruscamente sus talones y hundió la cabeza entre los hombros, mamá me apremió para entrar en el coche y no pude comprobar mis sospechas. Esos ojos... los había visto antes en la parte trasera de una camioneta y apostaba que también entre las ramas de los árboles.

TRACK 3:
ECHO

A finales de noviembre la nieve lo cubría todo, y al decir todo, quiero decir que aquello parecía el Reino de Hielo. Poco acostumbrados a los temporales de la Costa Este de Estados Unidos, una mañana descubrimos el coche de papá sepultado por una densa capa blanca. No se podía salir de casa, había unas ocho pulgadas de espesor y tuvimos que llamar a un quitanieves porque el espectáculo helado alcanzaba nuestra cintura.

No hubo clases durante una semana, los profesores nos mandaban los deberes por Internet y a pesar de que aquello era una fantástica oportunidad para encerrarme en mis acordes, no dejaba de pensar en el silencio que había en el bosque. Aun a riesgo de coger una pulmonía, abría la ventana de mi cuarto para brindar a mi misteriosa alma gemela musical la nueva canción en la que estaba trabajando, pero no recibía ningún acorde en respuesta, ni el más mínimo lejano eco musical. Fuera quien fuera quizá no pudiera salir tampoco de casa o se había convertido en un carámbano en las ramas.

En cuanto el temporal pasó y circular por la carretera dejó de ser un acto de riesgo, fuimos al súper. En casa no quedaba más que crema de cacahuete y bolsitas de té Earl Grey. Recuerdo a mamá aquel día un poco histérica por los pasillos de las conservas haciendo acopio de víveres ante el temor de un nuevo frente frío. Mi madre, sin nada con lo que entretenerse en la cocina, era insoportable, así que tiraba del aquel carro atestado de latas y botes de cristal sin quejarme.

—«*Mi voz suena con eco, eco, eco...*»

Me sorprendí a mí misma entonando el estribillo de mi última canción, llevada por el rítmico silbido de alguien al otro lado del pasillo de productos de limpieza. Entonces, abrí los ojos desmesuradamente hacia mi madre, que no comprendió nada, y reaccioné soltando el carro para arrancar en una carrera por el infinito pasillo hasta girar en la esquina. Aparté el pelo de mi cara y ahí estaba él, junto a una mujer que tenía pinta de ser su madre, silbando hacia los rollos multicolores del papel de cocina.

—¡Ey, tú! —exclamé con el índice acusador hacia él.

El chico giró su cabeza para mirarme y enmudeció. Me pareció que se le emblanquecía el semblante, pero no movió ni una pestaña y yo me quedé petrificada junto al estante de cajas de pañuelos. No supe cómo reaccionar, allí estaba él, ¡mi vecino! El misterioso ser que se ocultaba entre los árboles y me acompañaba con la guitarra mientras cantaba.

Era un chico delgado al que se le escurrían los vaqueros por las caderas, con unos ojos achinados, enmarcados en una cara pálida y angulosa. Esta vez no me transmitió miedo, como cuando lo había visto sentado en la parte posterior de la camioneta. Estaba claro que no era un *skinhead*, le había crecido el pelo desde aquella vez y, más bien, era tan corriente que lo que me transmitió fue empatía. Me miraba sorprendido e indefenso. Justo cuando parecía que iba a elevar su mano para saludarme apareció tras él el otro, el que conducía la Chevrolet, y me guiñó el ojo. En ese momento, experimenté la sensación de tener mil mariposas revoloteando en mi estómago.

—¡Sissi! ¿Se puede saber qué estás haciendo? Ven a ayudarme.

Mi madre tiró de mí para regresar al pasillo en el que estábamos y cuando quise volver para articular un saludo ya habían desparecido los tres. Los busqué en cada pasillo por el que mi madre me introducía, pero no volví a verlos y aquellos nervios que se habían apoderado de mi estómago no aflojaron. Aquel chico era absolutamente perfecto, con solo una mirada había lanzado mi corazón en un frenético palpitar, como si nuestras almas se hubiesen reconocido entre las miles de almas que pululan por el planeta. Así de pasteloso lo sentí, no tenía otro referente, jamás había experimentado una sensación parecida. No podía afirmar que sus ojos fueran azules o verdes, ni si lo que llevaba puesto era un forro polar o un chaquetón de plumas. No podía recordar más que difusamente a un chico alto y corpulento, con rasgos bien parecidos al otro chico delgaducho, pero con un atractivo que me mantuvo sin habla hasta el anochecer, sumida en la deliciosa sensación de lo que imaginé que era un flechazo en toda regla.

No quise decirle nada a mi madre, antes quería confirmar mis sospechas, y me propuse sacar todo el valor para acercarme a la casa de mis vecinos, aunque aquello fuese lo más atrevido que había hecho en mi vida.

Antes indagué un poco y pregunté a las chicas si conocían a esos dos misteriosos chicos que vivían cerca de mi casa.

—Creo que hablas de los hermanos que viven junto al lago Fyre. ¿Tú no conocías a su abuela, Graiden? —dijo Kitty.

—Sí, mi madre me llevaba de pequeña a clases de piano en su casa. Falleció hace un par de años y hace poco se mudaron allí su hija y sus dos nietos, Dean y Matty Butler, desde Norfolk. Dean es encantador y está como un queso, al otro no lo he visto en mi vida. Debe ser un rarito. —Graiden arrugó la nariz y siguió jugueteando con el helado de yogurt.

—Pues creo que era el repartidor de pizza que fue a la fiesta de Jordyn —dije con la esperanza de que alguna se hubiera fijado en él y pudiera darme más información. Aunque estaba claro que el que llamaba la atención de los dos hermanos era Dean y lo entendía a la perfección.

Ninguna había reparado en él, en el escurridizo y misterioso Matty, pero todas se interesaron mucho en mi historia cuando se percataron de que uno de los hermanos era un «queso».

—Tienes que dejarnos escuchar esa canción tuya, ¿por qué no nos habías dicho que cantabas? —Kitty me pellizcó el brazo con malicia.

—¡Qué calladito te lo tenías! —apuntilló Jordyn—. ¿Has dicho Dean Butler, Kitty? ¿Cómo es posible que no haya oído hablar de él? Me ofrezco voluntaria para acompañarte a su casa, Sissi.

—Gracias, pero aún no he decidido lo que voy a hacer al respecto.

De ninguna manera pensaba ir con Jordyn y su pelo de colores a casa de aquellos chicos, era algo que debía hacer sola. Según había contado Graiden, eran relativamente nuevos en la ciudad, al igual que yo, así que, aparte de la música, teníamos algo más en común. No sabía si él tendría interés en iniciar algún tipo de relación conmigo, pero si lo pensaba bien, si hubiera querido pasar desapercibido, no debería de haberme mandado esas maquetas a casa.

Por ello, aquel sábado por la mañana, cuando el sol estaba en su punto más álgido, tras cepillarme la melena con esmero, subí a la bicicleta y pedaleé con un pellizco en el estómago y la guitarra colgada al hombro hacia su casa. Avancé por la silenciosa carretera que atravesaba el bosque envuelta por el vaho que salía de mi boca y con la seguridad inestable que surge tras un momento fugaz de decidida valentía. En verdad no conocía a esos chicos, podían ser peligrosos aunque les gustara la música, pero prefería agarrarme a la idea de que si su abuela impartía clases de piano no entraban en el perfil de familia psicópata. Hacía frío y el cuerpo me temblaba a causa de un tumulto interior de sensaciones, pero cuando la silueta de la casa quiso asomarse entre los árboles, me di cuenta de que no estaba preparada, que no sabía qué decir, ni cómo actuar...

—¡Hola, preciosa!

El mundo se paró. No hacía frío ni había pájaros trinando en las ramas, el viento no ululaba y mi respiración contenida se convirtió en un último aliento vaporoso. Tras de mí, cargado con un cubo de plástico lleno de hojarasca y una sonrisa escondida tras una barba incipiente, apareció Dean junto a un perro negro que empezó a girar alrededor de mis pies olfateando.

—Ven aquí *Bob Dylan*. ¿Querías algo? —Yo estaba paralizada, tenía disparado el corazón. Jamás podré olvidar esa imagen de Dean. Estaba imponente, aun con ese aspecto descuidado propio de alguien que no tiene que preocuparse por su aspecto porque la naturaleza le ha concedido sobrados dones para no necesitarlo. Oh, Dean era una visión demasiado arrolladora para una chica de quince años y no supe gestionar aquel encuentro.

—No, Dean, en realidad ya me iba —acerté a contestar mientras giraba el volante de la bici. Vía de escape. Huir. Era lo único en lo que podía pensar.

—¡Vaya! Estoy en desventaja. Tú sabes mi nombre y yo no tengo ni idea del tuyo.

Mi atractivo vecino dejó el cubo en el suelo y se pasó la mano con rapidez por su rasurado pelo de forma natural.

Fue un momento tremendamente embarazoso. ¡¿Cómo se me había podido escarpar su nombre?! ¿Cómo lo había podido decir como si lo conociera de toda la vida? Aunque claro, llevaba tantos días garabateándolo en las hojas de mi cuaderno, reviviendo una y otra vez aquel fugaz encuentro en el supermercado, entonando su nombre repetidamente junto al mío... que había salido de forma natural, e inoportuna, de mi boca.

Sentí que mis mofletes enrojecían y tragué saliva, como si así la bola que cerraba mi garganta pudiera desaparecer.

—Soy Sissi, somos vecinos. Vivo en la casa del ciento nueve, por allí —le indiqué con mi índice estirado.

Recuerdo que llevaba puestos unos guantes de lana violeta, a juego con unos calentadores altos que me abrigaban por encima de las medias. Quizá no se me veía el vestido de punto que había elegido para semejante ocasión porque el abrigo me tapaba las rodillas, pero me gustaba cómo me quedaba y eso me aportaba algo de seguridad a la hora de mirarlo a los ojos. Sin embargo, él me miraba de una forma chispeante, noté que formaba unas arrugas muy sugerentes alrededor de sus ojos, los cuales se recreaban en mi larga melena y recorrían mi cuerpo de arriba abajo.

Infló el pecho al coger aire, sonrió y volvió a cepillarse el pelo, parecía un tic y era irresistiblemente atractivo.

—Sí, sé dónde está el ciento nueve, de hecho, creo que te vi hace unos meses por tu jardín. No suelo olvidar las caras bonitas. —Dean recogió el cubo del suelo y comenzó a andar hacia su casa—. ¿Vienes?

Como una serpiente hipnotizada por un *pungi* lo seguí hasta su porche. Dejé la bici tirada en el suelo y subí los escalones con una mano sosteniendo la guitarra a mi espalda y la sensación de dar un traspié inminente a cada paso por culpa del perro que insistía en enredarse entre mis largas piernas.

—Siéntate, voy a dejar esto por aquí y a lavarme las manos.

Aquella casa podía tener perfectamente más de cien años, pero estaba muy bien cuidada, con sus tablones de madera pintados de blanco y el tejado de azul oscuro. La decoración delataba que, hasta hacía poco, allí había vivido una anciana amante de las petunias.

Me senté en un columpio y sonreí al ver los floreados cojines que lo adornaban y que no pegaban con aquel chico tan masculino y corpulento.

—Matty se está duchando, bajará en un par de minutos. Porque supongo que has venido a verlo a él. ¿Quieres? —Dean traía un par de latas de Dr. Pepper y me ofreció una.

—Gracias. Sí, creo que es a él a quien vengo a ver, aunque... bien puedes ser tú el culpable de esto.

Saqué las maquetas del bolsillo lateral de la funda de mi guitarra y se las mostré.

—Me declaro inocente. —Levantó sus manos y se encogió de hombros regalándome otra sonrisa.

—¿Esto es obra suya entonces? —sentí que el calor se instalaba en mis mejillas solo de pensar que podía haberme equivocado y ninguno de los dos fuera el autor.

—Apostaría a que sí, hace semanas que trabaja como un loco en unas canciones. ¿Son tuyas? —Yo afirmé con orgullo—. Pues venga, cántame una, será genial ponerles por fin letra a esas melodías.

—No voy a cantarte —solté con una risilla nerviosa. El pelo envolvía mi cara y lo sentí como un velo seguro tras el que esconder el acaloramiento de mis mejillas.

Dean, que estaba apoyado en la barandilla con las piernas estiradas, elevó las cejas con sorpresa.

—¿Vienes hasta aquí con una guitarra y no quieres cantar?

—No te conozco de nada.

—No sabía que una cantante tenía que conocer a su público para poder cantar. —Se incorporó y se acercó a mí—. Anda, déjamela, te cantaré yo a ti.

Dean desprendía confianza y en aquel instante le habría dado hasta mi alma. Le entregué la guitarra de mi padre y a cambio me regaló unos segundos inolvidables en los que me perdí dentro del color turquesa de sus ojos.

Aquel chico que rondaba los veinte años puso el pie en una mesita baja de madera y apoyó la guitarra en su pierna. Antes de deslizar sus dedos por las cuerdas comprobó que estaba afinada y ahí supe que él también sabía tocar.

—¿Eres inglesa, verdad? Se te nota el acento. ¿Estás preparada? —Elevó sus ojos hacia mí y antes de contestarle me dedicó un guiño.

Recuerdo que pensé que si seguía haciendo eso de guiñarme los ojos estaría condenada a amarlo de por vida.

—«*Love, love me do. You know I love you…*»

Dean empezó a desentonar aquella canción de los Beatles, en un supuesto homenaje a mi tierra natal, pero, aunque los acordes y el ritmo fluían por sus dedos, cantaba tan horriblemente mal que estallé en carcajadas.

—¡Hola, hermanito!

Dean paró de tocar entre risas para anunciar la presencia de un sigiloso chico que esperaba prudente en el umbral de la casa a que terminara la actuación. Me giré para verlo, ya no estaba nerviosa, me sentía a gusto allí y que apareciera el artífice de mi sueño no hizo más que estirar mi sonrisa. Estoy convencida de que aquello confortó a Matty de alguna forma y acertó a saludarme con los labios apretados.

Me levanté para acercarme a él y le ofrecí la mano.

—Creo que es hora de que nos conozcamos. Soy Sissi Star.

TRACK 4:
SOMEDAY I WILL MEET YOU

—¿Quieres escuchar lo que he hecho con tu última canción?

Esa fue la primera frase que me dijo, como si nos conociéramos de toda la vida, como si todo ese tiempo que había pasado escondido entre los árboles que rodeaban mi casa en realidad lo hubiésemos pasado juntos.

Ambos hermanos se parecían bastante. Recuerdo que me sentí algo cohibida delante de dos chicos tan atractivos en los que en aquel instante solo percibí un matiz que los diferenciara: su mirada. La mirada de Dean era de seguridad, mientras que la de Matty me transmitía ilusión.

Sin pensarlo lo seguí escaleras arriba y, a medio camino, me di cuenta de que me estaba metiendo en la casa de un desconocido y que no había visto por allí a ningún adulto. Como si le hubiese llegado mi temor por telepatía me tranquilizó:

—Mi madre tiene turno de mañana en el hospital, es enfermera.

—¿Y tu padre? —pregunté antes de arrepentirme profundamente.

No me contestó, abrió la puerta de su habitación y desapareció en su interior. Me asomé con miedo de haber metido la pata con la pregunta y lo vi subido a una silla para poder alcanzar un retrato.

—Este era él, de joven. Debía de ser la foto favorita de mi abuela porque la tenía en su cuarto. Murió cuando yo tenía doce años en Irak.

El marco era muy hortera, dorado y con complicados relieves, pero la foto era preciosa. Un soldado bien parecido sonreía a cámara, ajeno al desafortunado desenlace de llevar ese uniforme. Los ojos achinados de Matty eran idénticos a los del hombre de la foto, pero las facciones eran más similares a las de Dean.

—Lo siento.

No sabía qué más decir así que me senté en la silla que él había usado de escalera y lo observé mientras trasteaba su ordenador. Miré a mi alrededor y me quedé boquiabierta, aquel cuarto era el paraíso. Apoyadas en la pared tenía una preciosa Martin acústica, otra eléctrica y un bajo; aparte, junto al ordenador, había un teclado y una batería Yamaha con 8 *pads* sensibles al tacto y una mesa de mezclas como las que había visto con mi padre en Walmart.

En cuanto pude deshacerme del hechizo que me provocaba estar rodeada de tanto instrumento, me quité el abrigo y le eché una ojeada a la decoración de su cuarto: un armario mal cerrado del que se escapaban mangas de jerséis sin doblar contrastaba con una cama meticulosamente hecha, estilo militar, lo que me hizo pensar que quizá su padre le había enseñado a hacérsela de pequeño. Del techo colgaban muchos aviones de varios tamaños y de distintas épocas, todos pintados a mano, y estaba claro que lo hacía él porque había una estantería llena de pinceles y pinturas para figuras de Warhamner. Aparte de eso, el protagonista de aquella habitación era un gran escritorio donde se desplegaba un pequeño estudio de grabación.

Matty se sentó frente al ordenador y tecleó hasta que los primeros acordes sonaron por unos altavoces que parecían estar escondidos en los rincones más insólitos del cuarto. La música me envolvió, se me puso la piel de gallina y tuve que contener la respiración. Era... ¡alucinante! No solo lo que escuchaba, él me resultó alucinante.

—He hecho algunos cambios, espero que te parezcan bien. Justo aquí, mira...

Entonces, comenzó a cantar mi canción con una sutil degradación en el tono que hacía aún más original el puente hacia el estribillo.

—¡Guau! cantas genial —le dije asombrada.

—¿Te gusta entonces cómo ha quedado? Creo que con esta he hecho el mejor trabajo.

Había ignorado mi comentario, como si no le diera importancia, pero a mí me había impactado escuchar una voz bien entonada y con cierto toque sensual después de haber escuchado al gallo afónico de su hermano mayor.

—¿Qué puedo decir? Escuchar mis temas convertidos en «canciones de verdad» es alucinante. Así que... supongo que... ¡gracias!

Tenía ganas de cantar mientras la escuchaba, pero me daba vergüenza. Lo cierto era que únicamente me habían escuchado cantar en casa. No había nada en el mundo que me gustase más que ponerle música a mis sentimientos, pero compartirlos en público era otra cosa. Era como quedarme desnuda ante desconocidos. Sin embargo, por otro lado, soñaba por las noches con grandes escenarios iluminando mi guitarra. Bajo la ducha siempre encontraba el micrófono perfecto y las libretas con composiciones se amontonaban en mi estantería.

Matty volvió a dedicarme aquella sonrisa apretada y me ofreció el disco con aquella maqueta grabada.

—Para mí es la número tres, aunque supongo que para ti tiene un título más apropiado.

—Sí, esta es *Someday I will meet you.*

Sé que me sonrojé, se la había compuesto a él y, aunque eso obviamente no se lo dije en aquel momento, sé que él lo supuso. Para no hacer incómodo el momento, enseguida me preguntó si tenía más canciones compuestas y se ofreció a seguir haciendo maquetas con ellas. Había un halo de esperanza en el tono de su oferta, sus ojos se habían achinado aún más, como si así se preparase para cualquier tipo de respuesta.

—¡Me encantaría! Pero con una condición —le dije con picardía—, no vuelvas a ocultarte entre los árboles, puedes entrar en mi casa y estoy segura de que, en cuanto te conozcan, mis padres me dejarán venir a la tuya. Hoy les he ocultado que venía —le confesé.

—¿No saben que estás aquí?

No quise decirle que si les hubiera comentado que tenía intención de ir sola a casa de los siniestros vecinos, me lo habrían impedido, por lo que simplemente le dije que ni siquiera yo tenía claro que fuera capaz de reunir el valor suficiente para presentarme en casa de dos desconocidos.

Debió hacerle gracia la manera en la que se lo dije, porque se rio a carcajadas y en ese instante Dean se asomó por la puerta de la habitación y se apoyó en la madera. Miró a su hermano y le brillaron los ojos. No dijo nada, tan solo afirmó con la cabeza como si mantuviera una conversación consigo mismo y desapareció silencioso.

Matty fue puntual, aquella misma tarde llegó cuando el reloj marcaba la hora del té. Dean lo dejó en la puerta de casa y me saludó desde la camioneta. Sentí mucho que no se apeara ni un momento. Me había arreglado especialmente para que me viera guapa, pero nuestro encuentro fue tan fugaz que dudo que reparara en el jersey nuevo del mismo color que mis ojos violáceos ni en lo sedoso de mi largo pelo castaño cepillado a conciencia.

Mis padres adoraron a Matty desde el primer segundo. Era un chico muy educado, había traído una tarta de canela hecha por su madre y en todo momento se mostró tan correcto y afable que no pusieron ninguna objeción para que subiera con él a mi cuarto... siempre que dejara la puerta abierta.

Una vez que dejamos las formalidades en la planta de abajo y nos enfrentamos a la soledad de mi habitación, Matty y yo nos miramos sin saber qué decir. Las palabras entre nosotros no fluían con facilidad, pero es que no nos conocíamos de nada y no podría decir quién de los dos era más tímido. Por ello me lancé a por la guitarra y pensé que rellenar el silencio con mi música era la mejor opción.

Cogí una de mis libretas de canciones y empecé a pasar las páginas hacia delante y hacia atrás. Ninguna me parecía lo suficiente buena como para ser digna de alguien que creaba esos alucinantes arreglos musicales.

—¿Todo lo de este cuaderno son creaciones tuyas? —me preguntó impresionado. Se había sentado donde yo solía estar cuando le cantaba a través de la ventana.

—En realidad tengo todas esas libretas de ahí llenas de canciones. —Le señalé a su izquierda y el soltó un silbido de admiración.

—Creo que tienes canciones para interpretar durante dos vidas enteras.

—La mayoría son horribles —le resté importancia. Sabía que ahí dentro había canciones realmente buenas, pero no quería que pensara que era una creída.

—Pues cántame la peor, así la cosa solo podrá ir mejorando a lo largo de la tarde, ¿no crees?

Matty sonrió y le descubrí un hoyuelo, solo tenía uno, en el lado derecho justo en medio del moflete. Aquello que en cualquier otro tipo de cara, en la de su hermano Dean por ejemplo, habría resultado provocador, en la de Matty era gracioso.

Comencé a entonar una de mis peores canciones, una tan repetitiva que contaba con tres frases en total. No pude terminar de cantarla porque Matty cogió la pauta enseguida y comenzó a cantarla conmigo, las mismas tres frases una y otra vez, hasta que puso los ojos en blanco y terminamos riendo hasta secarnos las lágrimas de los ojos con las manos.

—Está claro que esto solo puede ir a mejor —dijo Matty, y volvimos a reír y a cantar hasta que se hizo la hora de cenar y se marchó a casa.

—¿Seguro que no quieres que te acerque en coche? —le preguntó papá, encantado de comprobar que su hija tenía un amigo en Connecticut.

—No, está bien. Me gusta pasear.

Matty se marchó sonriendo y creo que yo me sentía en aquel instante como él: complementada.

Recuerdo aquellos meses con mucha ilusión. Mientras todo el mundo protestaba y se aburría con los largos encierros en casa a causa de las nevadas, Matty y yo tocábamos juntos prácticamente a diario, aunque fuera a través de Skype. En los días menos crudos del invierno él bajaba hasta casa surcando las curvas de la carretera con su monopatín o yo las ascendía en mi bicicleta. Horas y horas raspando las cuerdas de la guitarra hasta hacer crecer callos en los dedos.

Matty era un guitarrista increíble, hacía transiciones imposibles y punteos que me dejaban boquiabierta. Tenía una habilidad especial para captar lo que había en mi mente o para mejorarlo. Su tono compactaba genial con el mío, aunque siempre se quedaba en un segundo plano, favoreciendo que mi voz sobresaliera y fuera la protagonista. Era generoso, se abstraía dentro de la melodía y sonreía de forma inconsciente cuando todo encajaba.

Él me enseñó la magia que escondía la música, me ayudó a escuchar el conjunto, pero a apreciar cada detalle, a segmentar la canción y a dejarme llevar tan solo por la melodía de los cinco acordes del piano, a envolverme por la melodía de los violines que expandía la emoción o los cambios de ritmo con la batería en los momentos en que se necesitaba intensidad.

—No terminas de apreciar la belleza de una canción hasta que aíslas sus instrumentos, intenta separarlos del resto, cada uno tiene su magia.

Mi madre se hizo muy amiga de la señora Butler, lo cual las mantenía a ambas ocupadas con sus planes, salidas al gimnasio y conversaciones, lo suficiente para no prestarnos atención y así poder perdernos dentro de nuestros cuartos entre acordes.

Dean casi nunca estaba en casa, trabaja como chico de mantenimiento en el Club Náutico Riverside y el resto del tiempo siempre estaba practicando algún deporte o encerrado dentro del viejo cobertizo junto al lago. No sabía lo que hacía allí dentro, pero siempre cerraba la puerta por lo que deduje que quería mantenerlo en secreto.

—¿Tu hermano no tiene novia? Quiero decir, es que nunca lo he visto con nadie. Ni siquiera por ahí con amigos —le pregunté un día a Matty, con todo el interés oculto del mundo.

—Tenía muchos amigos en Virginia y también novia, pero la dejó cuando nos mudamos. —Desvió la mirada como si ocultara parte de la información—. No creo que tenga tiempo para amigos, está todo el día trabajando. Debió quedarse en Norfolk, pero no creía que mi madre pudiera con todo ella sola aquí: la mudanza, los primeros meses de adaptación... luego empezó a trabajar en el club y creo que ahora es feliz.

—Oh, vaya. Bueno, tampoco es que tú tengas muchos amigos aquí. Aparte de mí, no he visto a nadie que venga a hacerte compañía. Sois un par de raros —le dije bromeando.

Matty me lanzó un cojín que esquivé con destreza.

—¿Acaso no sabes que estoy en el equipo de voleibol? —le dije entre risas.

—Ya veo que has aprendido a esquivar cojinazos, pero un día iré a verte a algún partido y estoy seguro de que serás de las que el entrenador deja todo el partido en el banquillo. —Intentó atizarme con otro cojín, pero volví a esquivarlo.

—En el banquillo es desde donde mejor se ve el partido —contesté con la barbilla dignamente levantada.

Esquivé otro cojín y unas manos me sujetaron de caer desde la cama de Matty al suelo.

—Cuidado, vas a partirte esa preciosa cabecita. —Reconocí su voz y se me estranguló el estómago.

Hacía semanas que no lo veía y, de hecho, no había vuelto a cruzar una frase completa con él desde aquella primera conversación. El corazón se me desbocó de esa manera tan incomprensible como instantánea, y recuerdo que percibí el aroma de su colonia.

—Sissi dice que eres un raro solitario —soltó Matty muerto de la risa desde su trono imperial (la silla de su escritorio-estudio de grabación).

Podría haberlo matado si de mis ojos hubiesen salido rayos ardientes proyectados hacia el centro de su corazón, pero solo conseguí que se me notara en la mirada un momento vergonzoso.

—Pues tienes toda la razón. —Se desplomó junto a mí en la cama y su brazo rozó mi muslo haciendo que todo mi ser se estremeciera.

—Yo no he dicho... bueno, en realidad he dicho que lo erais los dos, pero era en broma —me defendí mientras liaba mechones de pelo por encima del pecho como buenamente podía.

—¿En broma? —me preguntó Dean con la sonrisa ladeada.

—En broma... en parte. Lo de raro, en el caso de Matty, es verdad de la buena. Mete arreglos electrónicos en mis canciones pop, ¿a quién más se le podría ocurrir algo así? —Esta vez fui yo la que le lanzó un cojín y aterrizó en toda su cara con relativa violencia.

—Mis arreglos electrónicos un día harán que le parezcas diferente y especial a algún mánager musical —dijo tras el cojín.

—En defensa de mi querido hermanito diré que me gusta mucho cómo quedan tus canciones. Deberíais hacer algo con ellas, mandarlas a algún sello o tocar por algún sitio en directo, nadie vendrá aquí a buscar talentos musicales.

Lo miré divertida, aquel par de hermanos estaban locos de verdad. ¿Un mánager musical? ¡Qué locura! Eso es lo que me parecía: todo un desvarío mental de aquellos dos, pero cuán equivocada estaba yo entonces.

—Os llevo al cine. ¿Qué os parece? —Dean me miró provocativo y le dio un empujoncito a mi pie con el suyo.

—¿No será peligroso conducir con la nevada?

—Preciosa, mi camioneta es un tanque de combate, puede con todo. —Se puso en pie y me ofreció la mano para levantarme de la cama.

—Sissi creía que éramos *skinheads* por culpa de tu tanque —soltó Matty.

Dean proyectó al techo una sonora carcajada y yo volví a dedicar la peor de las miradas asesinas a ese bocazas con talento musical.

Recuerdo que vi la peli de *Batman* sentada entre los dos hermanos, con un gran paquete de palomitas en mi regazo en el que Matty metía la mano abierta con emoción mientras yo contaba los roces «casuales» con la mano de Dean.

Matty cumplió su amenaza unas semanas más tarde y acudió a uno de mis partidos de voleibol; y no fue la única sorpresa que recibí aquel día.

La música sonaba en el pabellón y se escuchaba desde los vestuarios. Yo no me ponía nerviosa en los partidos porque en realidad no me solían poner de titular, los pasaba sentada cómodamente en el banquillo. Por desgracia, aquel día faltaba Meredith y tenía muchas probabilidades de salir a jugar. Por eso en cuanto vi a Matty sentado solo en todo lo alto de las gradas, supe que tendría cachondeo sobre mis torpes habilidades deportivas hasta el final de mis días. Sin embargo, su expresión no era de guasa, sino más bien parecía que le faltara el aire y sufriera un ataque de calor.

—¿A quién saludas? —me preguntó Jordyn.

—Es Matty, mi vecino.

—Pues mira más abajo, al otro chico que te mira embobado en la segunda fila —dijo sin pudor señalando con el índice a Mike Marrone—. Ambos están en *shock* mirándote.

Jordyn se rio con descaro y yo no lo entendí.

—¡Qué tontería! ¿Por qué iban a estarlo?, ¿crees que piensan que lo voy a hacer fatal? —le dije consternada mientras dábamos saltitos para calentar.

—De eso nada, nena, creo que simplemente es la primera vez que te ven el culo. —Le dio con picardía un tirón a la parte baja de mi ajustado short deportivo.

Paré de saltar y volví a mirarlos, pero el entrenador nos reclamó y lo único que pude entender es que decía mi nombre y mi posición. Acto seguido estaba dando remates como si me fuera la vida en ello.

—Te apuesto diez pavos a que Mike te pide ir al baile —me susurró Jordyn en medio de una jugada que me hizo fallar.

—¡Jordyn, para ya! Estás en mi equipo y me haces fallar —le dije riendo, pero el entrenador nos amonestó y las bromas cesaron.

A pesar de los torpes movimientos, mi altura me permitía hacer remates con facilidad y terminamos ganando aquel partido con una modesta participación mía.

Cuando salimos de los vestuarios, Matty me esperaba en una esquina sentado en su monopatín, mientras a un par de metros estaba el grupo de Mike, con el hermano de Caroline y los demás.

—¿Te vienes con nosotros, Sissi? Voy con mi hermano y los otros a cenar unas hamburguesas —me preguntó insistente mi amiga con un tirón a la manga del chaquetón y un pícaro guiño de ojo.

Me puse nerviosa. Mike me lanzaba simpáticas miradas desde la cristalera del hall de entrada del instituto mientras veía cómo Matty se subía en su monopatín dispuesto a marcharse al oír a Caroline.

Por un lado me moría por ir, pero noté que Matty huía despavorido de nosotros, por algún motivo se comportaba siempre como un ermitaño. Hasta entonces nunca lo había visto hablar con nadie ni saludar a una sola persona en las pocas salidas al centro de la ciudad que habíamos hecho juntos. Era como si no le gustara la gente o no supiera relacionarse con ella, en aquel momento era imposible que yo lo entendiera, y me molestó que no quisiera unirse a nosotros aquella noche.

—¿Pero por qué no te vienes? Son unos chicos majos, será divertido.

—No, en serio. Yo no pinto nada ahí con tus amigos. Solo he venido a reírme de ti un rato, aunque tengo que reconocer que no has estado tan mal —sonrió forzado—. ¿Te veo mañana?

Matty hacía rodar el monopatín con un pie nervioso y miraba por encima de mi hombro al grupo de chicos.

—Claro, me acercaré a tu casa, pero... vente, por favor —le rogué.

Sabía que para una vez que venía a verme debía quedarme con él, hacer algo juntos para celebrar que había estado presente en mi victoria, como ir a Pinkberry a por un helado de yogur con todos los *toppings* posibles. Sin embargo, no luché y lo dejé marchar cabizbajo simplemente porque Mike me sonreía y prefería estar con él. Al fin y al cabo, al día siguiente volveríamos a pasar horas juntos tocando la guitarra, tal y como llevábamos meses haciendo. Y Mike estaba tan guapo aquella noche...

—¿El chico Butler no quiere venir? Ya te dijimos que era un rarito —apuntilló Graiden cuando me uní al grupo.

—¡No lo es! Simplemente hoy no podía quedarse —mentí, y cualquiera que me conociera un poco lo habría adivinado, pues siempre me muerdo el labio tras una mentira.

—En realidad, es mejor así. No es bueno estar entre dos chicos —rio mi amiga mientras volvía a tirar de mí hacia el grupo.

Aquella noche estaba más nerviosa que de costumbre, ya me sentía cómoda con las chicas, pero en realidad con los chicos no había tenido mucha relación y Mike estuvo un poco distante de camino al Bareburguer. Sin embargo, en cuanto entramos se sentó a mi lado.

—Bueno, ¿vas a querer que te lleve al baile?

Mike me asaltó de forma aplastante. Aquella manera tan directa de romper el hielo me descolocó y las burbujas del refresco cosquillearon en el interior de mi nariz.

Tras toser enérgicamente, con la servilleta ocultando mi gesto de terror, lo miré y sentí un calor abrasador en el rostro.

—¿Quieres ir conmigo al baile?

Debí preguntarlo con tal incredulidad que él se atusó el pelo antes de agarrar una de mis manos y reclamar mi mirada para repetir:

—Sissi Star, si me dejas que te acompañe al baile prometo recogerte puntual, llevarte un ramillete a juego con el color de tu vestido y pasar contigo una noche divertida en la que otro pondrá la música y nosotros bailaremos sin pisarnos ni empujarnos.

Mike, chispeante como mi Pepsi, me tenía atrapada, capturada bajo el embrujo de su seguridad y aquellos enormes ojos azules que acababa de descubrir al echarse el pelo hacia atrás.

—Estaría bien, aunque por mi parte no puedo asegurarte lo de no pisarnos.

Mi mano continuaba entre las suyas y su calor me hormigueaba hasta introducirse en mis venas. Soltó una carcajada, lo cual me hizo pensar que era un muchacho que se reía con facilidad. Nunca me he considerado una persona especialmente divertida, pero él siempre se reía conmigo.

Besó mi mano antes de soltarla y le propinó un gigantesco bocado a su hamburguesa con queso y beicon.

—Ahora que ya tenemos este asunto claro, podemos comer con tranquilidad y hablar de cualquier otro tema. ¿No crees?

Mike era así de directo, era un triunfador nato y aquella noche me sentí importante tan solo porque, de todas las chicas posibles, me había elegido a mí.

TRACK 5:
NO FIRST KISS

—Me siento como si un enorme oso estuviese sentado en mi pecho mientras una anaconda retuerce su cuerpo alrededor de mi cabeza.

A Matty le llegaban las ojeras hasta la barbilla, el tono de su piel era céreo y cuando tosió su pecho sonó cual trueno rasgando el cielo.

—Será mejor que te vayas a casa, Sissi. Matty tiene gripe y podría contagiarte —me dijo su madre a través de la doble puerta, desde la cual veía a mi amigo hecho un guiñapo en el sofá, bajo una manta que bien podía haber pertenecido a su abuelo.

—¿Por qué no me has llamado? Si me hubieses avisado de que estabas malo habría ido con mis padres a visitar a Nenne —le protesté con los brazos en jarras.

No solo había pasado demasiado tiempo desde que mi hermana Nenne se había marchado y me moría de ganas por verla; además, al quedarme, había renunciado a un paseo por la City, a alguna posible compra espontánea y a comer con mi familia en algún sitio extravagante de los cientos que había allí. Todo por terminar la maqueta que teníamos empezada. Nos habíamos tomado en serio lo de mandar algo en condiciones a alguna discográfica. La idea era emocionante y una vez tomada la decisión el tiempo apremiaba.

—Perdona, Sissi, estaba demasiado ocupado intentando no morir, soy un desconsiderado. —Me sacó la lengua y yo le devolví el gesto.

—Eres un malqueda, que lo sepas. Ahora pasaré todo el día encerrada en casa, sola, hablando con Bambi y sus hermanos —le dije a sabiendas de que él también había visto a los venados que rondaban entre su casa y la mía.

—¡Pobres ciervos! No puedo permitir tal cosa, hoy te vienes conmigo al club.

Dean salió para ponerse a mi lado y entregarme un macuto pesado, que doblegó mi espalda al intentar cargarlo.

Nunca lo había visto con el uniforme del club y estaba realmente imponente, con aquellos pantalones beige, el polo celeste y el cortavientos azul marino, que llevaba la insignia del club en la pechera. Dean cargó otros dos bultos similares a los hombros y me dio empujoncitos para que lo siguiera.

—Pero, pero... pero... Yo no sé si puedo ir. Quiero decir que mis padres creen que voy a pasar el día con Matty —objeté presa del pánico. Estar a solas con un chico mayor no entraba dentro de las cosas permitidas en casa. Por otro lado era Dean, cinco años tampoco era una diferencia de edad exagerada y no era un extraño. Aunque mi verdadero miedo residía en estar a solas con él y que notara a leguas lo coladísima que estaba por sus huesos.

—Bueno, vas a estar con un Butler al fin y al cabo. ¿O prefieres pasar el día sola en casa? —me preguntó extrañado.

Lo miré con la boca abierta queriendo decir algo, pero las palabras se atolondraban en mi cabeza porque era terriblemente guapo. Conseguía alterar mi corazón con solo respirar y sentía que si alguien me pellizcaba, despertaría del sueño que era tenerlo delante pidiéndome que lo acompañara.

—Anda, vamos. Te prometo que lo vas a pasar genial.

Dean me cogió el macuto y lo echó en la parte trasera de la camioneta junto a los otros dos. Me abrió la puerta del copiloto y antes de subir miré al interior de la bonita casa de madera desgastada, donde Matty nos miraba apenado. Pensé que era por lo mal que se sentía o por la rabia de no poder pasar el día entre acordes; en aquel momento, era incapaz de ver más allá de mis narices.

—¿Preparada para convertirte en mi grumete, preciosa?

Dean hizo rugir el motor y encendió la radio para unirse con sus aullidos al último éxito de Nickelback. En aquel instante dejé de ser la hija superresponsable y obediente: si tenía que sufrir un castigo por aquello, estaba más que segura de que valdría la pena.

Apenas tardamos unos veinte minutos en llegar al club. Durante todo el trayecto charló sin parar y en muchas ocasiones dudaba si hablaba en serio o solo bromeaba. Tenía ese tono irónico indescifrable que me desarmaba y alborotaba todos mis sentidos.

—Soy un *hombrepez* —confesó con el pecho inflado por la brisa marina que se colaba por la ventanilla abierta, a pesar del frío horripilante.

—Eres un sireno —bromeé.

—¡Por favor, en todo caso un tritón! Pero no, *hombrepez* es la palabra. Disfruto de igual manera en alta mar y en tierra firme, me gusta moverme en diferentes terrenos. Si te fijas bien, si sabes escuchar y notar sensaciones que para otros son imperceptibles porque viven demasiado rápido, te das cuenta de que la naturaleza es insuperable. Nada de lo que pueda hacer el hombre será tan perfecto como lo que ya existía antes que él.

Miré por la ventanilla mientras mis dientes castañeaban. El paisaje era precioso, y conforme nos acercábamos al mar y todo adquiría luminosidad, supe que de aquella conversación saldría una buena canción.

En un movimiento que me pilló desprevenida, Dean abrió la guantera rozando fugazmente mis muslos. Aunque él no pudo percibirlo, di un respingo. El frío no era el único culpable de que estuviera temblando, y recuerdo que, en ese instante, me pregunté a mí misma cómo podría sobrevivir a otro roce suyo sin que mi corazón sufriera un colapso.

—Ponte esto. Si aquí dentro tienes frío en alta mar te vas a congelar.

Dean me puso en el regazo un enrollado jersey de forro polar oscuro y aunque al instante me transmitió un calor confortable, su advertencia me había escandalizado.

—¿En alta mar? No me dijiste nada de ir mar adentro.

Mi expresión debió transmitirle el pavor que sentía, pero lejos de apurarse por mí, soltó una carcajada.

—¡No me digas que nunca has montado en barco!

—Pues no, nunca. ¡Pero sé nadar! He dado clases de natación —dije con dignidad.

—Entonces, ¿por qué pones esa cara de pavo de Navidad? Si te caes por la borda, ya sabes... nada.

Abrí la boca atónita y él volvió a soltar una carcajada.

Dejamos la camioneta en el aparcamiento, donde me atavió además con un gorro de lana que olía a él. Recogí mi larga melena en una trenza improvisada a un lado, me ajusté el gorro para abrigarme las orejas y nos dirigimos al edificio principal del club.

—¡Hola, Dean!

—¡Hola, Ron! ¿Parte meteorológico? —se saludaron con lo que parecía un ritual.

—Cielos despejados, viento del noroeste a unos ocho kilómetros por hora y sensación térmica parecida a latigazos con cuchillas rondando los tres grados. —El chico reparó en mi presencia y me regaló una sonrisa—. ¡¿No pensarás llevarla ahí fuera?!

—Eres un exagerado, hace un día perfecto y acabo de enterarme de que nunca ha navegado. ¿No te parece la cosa más triste del mundo? —Dean se apoyó en el mostrador de la entrada tras el que Ron afirmó de forma trágica:

—De lo más triste, sí. Aunque no sé si es buena idea que te estrenes hoy... y menos con él. —Esto último lo susurró con una mano tapándose inútilmente la boca de lado y un tono burlón.

Ambos me miraban, sin moverse y con una sonrisa mordaz. Si no hubiese tenido mi corazón entregado sin retorno a Dean, de esa forma incomprensible, sumisa e inexperta que se tiene con quince años, les habría sacado la lengua y me habría marchado de aquel lugar en busca de una chimenea. Sin embargo, el chico Butler terminó por acercarse con picardía, me estrechó con uno de sus fornidos brazos y me susurró al oído de una forma irresistible:

—Te aseguro que no olvidarás nunca este día.

Obviamente, me dejé guiar hacia los pantalanes mientras cargaba con uno de los pesados macutos.

—¿Qué llevas aquí dentro? Pesa como si fuera un muerto descuartizado.

—Herramientas y cabos, casi siempre hay alguna guía que se ha desgarrado o una tuerca que ajustar en estas joyas.

Llegamos hasta una preciosa lancha deportiva color azul marino. Dean se bajó de un salto y comenzó a enrollar la cubierta de lona oscura que la protegía.

—Wow, ¡qué bonita es! Me encanta esa parte de ahí delante de madera.

—La proa —puntualizó.

—¡Es enorme!

—Ocho metros de eslora, no esta nada mal.

Dean me ofreció su mano desde la tambaleante plataforma que colocó para facilitarme el acceso a la embarcación:

—Ten cuidado de no resbalar al subir, tu calzado no es el más adecuado.

—Es que esto no era lo que tenía planeado hacer hoy —le dije antes de que la suela de piel de mis botas resbalara. Mi cuerpo quedó sujeto por los hábiles brazos de mi vecino.

Recuerdo que se me escapó un pequeño grito y que en una décima de segundo pude pensar en lo bochornoso que sería caerme al agua delante de él. Sin embargo, al instante, tenía los ojos turquesa más maravillosos del mundo a unos milímetros de los míos y la respiración interrumpida.

—Tendrás que conformarte con el segundo plato del día, preciosa.

Sonreí y me recompuse, aunque no conseguí que claudicara en su intento de ponerme un chubasquero bajo el chaleco salvavidas.

—¡Ya te he dicho que sé nadar! No necesito el chaleco para dar un paseo en lancha.

—Tú quédate sentadita aquí y agárrate bien. —Tras examinar el motor fueraborda arrancó con un fuerte rugido que desató su sonrisa—. Créeme, te vas a alegrar de llevarlo puesto.

Le pregunté de manera insistente qué quería decir con aquello, pero me ignoró sin perder la ironía en el gesto mientras soltaba amarras. Enseguida, una dulce brisa marina revolvió mi pelo, y el salitre penetró en mi nariz.

—Estás sonriendo —observó Dean con una ceja elevada.

—Lo dices como si fuera a perder la sonrisa de un momento a otro.

De hecho, en cuanto salimos de los pantalanes y el club quedó unos metros atrás, Dean dio potencia al motor de forma gradual hasta convertir la espuma de cola en una espectacular estela blanquecina. El agua me salpicaba la cara y el chubasquero, pero aquella sensación, a pesar del frío, era increíble.

Dimos un paseo cerca de la costa donde Dean demostró su destreza al volante, sabía coger las pequeñas olas de forma que la embarcación se columpiaba sobre ellas con suavidad. Estaba terriblemente atractivo con sus oscuras gafas deportivas y entendí el motivo por el que él tenía un tono de piel mucho más bronceado que el de su hermano pequeño.

Redujo la potencia paulatinamente hasta mantener una agradable velocidad de paseo.

—Anda, ven. Sujeta el timón.

Me colocó frente al volante platino y me pidió que mantuviese la dirección sin tocar nada más. Disfruté de la sensación, tener el control de la lancha me hizo sentir libre, como si pudiera echar a volar porque nada me ataba a la tierra. Nos alejamos bastante del club, casi habíamos llegado a una de las playas de Point Park, cuando él recuperó el mando. Paró el motor y echó el ancla tras comprobar que el propulsor de recogida de la cadena funcionaba a la perfección en ambos sentidos. Yo me acurruqué sobre el asiento acolchado bajo una manta que él sacó de debajo de otro asiento. Mientras, Dean se dedicó a reemplazar los cabos que ataban las defensas. Estaban desgatados, con una gruesa capa salina entre la que había crecido moho acuático.

—Los dueños vienen en un par de días y quieren que su lancha esté a punto —me informó mientras hacía con destreza un nudo marinero al enganche de la defensa.

—Debe de ser una pasada tener un barco, aunque nunca pensé que montaría por primera vez en uno en pleno invierno.

—Este matrimonio apenas usa esta belleza, solo la sacan precisamente en invierno para dar paseos. Deben de tener una casa de veraneo por Hawái o las Maldivas, quién sabe... con la pasta que tienen supongo que encontrarán sitios mucho más exóticos que Greenwich.

—Pues a mí este sitio me parece precioso, no me importaría quedarme aquí para siempre.

Aquello fue como una declaración a medias porque le habría dicho que el sitio donde él estuviera me parecería siempre el ideal para vivir. Ya no me sentía nerviosa, pero el corazón se me disparaba cada vez que Dean desviaba la mirada de los nudos marineros para posarlos sobre mí. Me desarmaba, perdía el control y todo resquicio de ingenio en las palabras que usaba para conversar.

—Eso lo dices porque aún has visto poco mundo. Porque, ¿quieres ver mundo, Sissi Star?

«Cualquier sitio al que me lleves», deseé decirle.

—Me encantaría ver la muralla china —le solté, dando una muestra irrefutable de mi reducida capacidad de seducción a los quince años.

Podría haberle dicho que por supuesto quería ver el resto del mundo: respirar aromas, descubrir colores y nuevas tonalidades de verde en los campos y de azul en los diversos mares. Podría haberle dicho que me apasionaban los diferentes acentos con los que se puede pronunciar una palabra o que degustar nuevos sabores en un plato de comida para mí era tan excitante como un beso. Sin embargo, solo tenía quince años y le solté que quería ver aquella muralla china y... puede que por eso él no se confesara en aquel momento.

—¿Estás preparada? —me preguntó con un brillo en la mirada y, sin esperar respuesta, gritó—: ¡Agárrate!

La lancha salió despedida por los aires y yo di un grito que en segundos pasó de tener la vibración de pánico a la de placer. Dean me miró sorprendido y se puso a gritar conmigo. Éramos pájaros sobre el mar, la embarcación planeaba sobre la superficie salada dando pequeños toques que volvían a impulsarla hacia arriba.

No me atrevía a soltar las manos de mi asiento, pero estaba como loca expandiendo los pulmones a los que entraba un gélido viento revitalizador. Cuando Dean redujo la velocidad quiso que chocase con él los cinco, estaba asombrado.

—Creí que te asustarías —confesó sorprendido y me mantuvo la mirada durante un par de segundos como si me evaluara de forma positiva—. Eres...

Dean calló e inspiró profundamente.

—¡Una *chicapez*! Desde hoy, seré una *chicapez* —le dije entusiasmada.

—Ey, grumete, pisa el freno. Para formar parte de mi selecta especie antes tendrás que dar muchos viajes como este.

—Pues cuenta conmigo para el siguiente, o mejor, para el primero que hagas cuando empiece la primavera —le ofrecí la mano congelada y temblorosa para cerrar un trato.

—Cuento con ello —Dean me la estrechó y se aproximó a mí todavía más, lo que me hizo aguantar la respiración. Agarró el borde del gorro de lana que me había prestado y me lo ajustó en la cabeza—. No acepto a ninguna *chicapez* con las orejas congeladas.

Me reí con él, pero también de mí misma por haber esperado un beso. Le pedí que repitiera el paseo, sin embargo no lo hizo pues debía comprobar más cosas de la embarcación para la puesta a punto. Pasó un buen rato concentrado mientras yo lo miraba embobada sin sentir ya el frío de aquel gélido día de enero que jamás podré olvidar.

—¿Desde cuándo te dedicas a hacer esto? —le pregunté de regreso al club.

—¿A trabajar aquí? Lo he hecho todos los veranos desde que tengo memoria. Venía aquí con mi abuelo, mi padre... ya sabes, siempre estaba en algún lugar secreto destinado. Mi abuelo fue de los primeros empleados y a mí me gustaba venir con él, me enseñaba a hacer nudos marineros. Luego, cuando él falleció, me ofrecieron trabajar los veranos porque esto se llena de neoyorquinos y turistas. Era un dinero fácil y, para mí, un trabajo divertido. No todo el mundo tiene la suerte de darse paseos por el mar cada día con un barco de lujo diferente, ¿no crees?

—Y ahora es un empleo estable para ti...

—De momento, sí. —Y justo antes de preguntarle qué quería decir con aquello me entregó el pesado macuto para ir a desechar los cabos viejos—. ¿Tienes hambre?

¿Hambre? Mi cuerpo no había sentido otra cosa más que emoción desde que me subí a la camioneta en su casa. Sin embargo contesté que mucha, pues la idea de comer juntos era otro añadido inesperado para aquel día.

—Te voy a llevar al sitio donde preparan los mejores rollitos de langosta que hayas probado en tu vida.

Le habría dicho que en mi vida había comido un rollito de langosta, de hecho no estaba segura de qué era, pero lo único que me importaba era seguir pasando el día junto a él.

Condujo durante una media hora hasta llegar a una vieja choza cuya madera desgastada le daba un aspecto de monumento centenario. Era un lugar auténtico y muy marinero, al estar situado sobre el mar gracias a pilotes. Las mesas, vestidas de azul, estaban al aire libre sobre un suelo lleno de conchas marinas rotas. El viento amainó dando la oportunidad al sol de caldear el ambiente lo necesario para poder disfrutar allí sentados.

—Señorita... —Dean me ofreció la silla de forma caballerosa pero con esa sonrisa ladeada que quitaba todo toque de romanticismo y me hacía reír.

—Es un sitio bastante peculiar, me gusta —dije asombrada.

—Pues aún no has visto lo mejor. Prepárate para saborear diez pulgadas de pan relleno con un cuarto de libra de carne de cola, pierna y pinza de langosta. —Dean se relamió justo antes de hacer la comanda y volvió a hacerme reír.

Se comportaba de forma tan natural y desenfadada conmigo, que en aquel momento dudé seriamente de que algún día dejara de verme con ojos de hermano mayor. Al fin y al cabo, era la amiga cantante de su hermano pequeño, y ese era el único motivo por el que estábamos allí juntos.

Antes de comenzar a comer, llamó a casa para preguntar por Matty con verdadera preocupación en el rostro. Recuerdo que me resultó tierno ver lo mucho que quería a su hermano; era paternal que se preocupara de esa forma por una simple gripe. Quizá, tras la muerte de su padre, había asumido ese rol. Sentí que moría de amor porque rozaba la perfección.

—Bueno, ¿con qué sueñas, Sissi? —La forma en que iniciaba las conversaciones era directa y achinaba los ojos para mostrar interés, con lo que las arrugas laterales se marcaban y resultaba aún más irresistible.

—¿Te refieres a qué quiero ser de mayor?

—No, te pregunto cuál es tu sueño. ¿Qué es eso por lo que darías tu dedo meñique a cambio de que se cumpliera?

—No creo que diera mi dedo meñique a cambio de nada, ¡no podría tocar la guitarra sin él! —contesté con cara de horror.

—Ahí lo tienes —repuso regalándome una sonrisa.

Me recosté en la silla y lo miré analítica antes de responder.

—Sí, la música es mi sueño. Cuando recibí la primera maqueta de Matty y escuché mi canción convertida en... canción, sentí algo tan insuperable que... bueno, si pudiera sentir eso durante el resto de mi vida, estaría viviendo un sueño. Ese es mi sueño, sí. Ahí lo tienes Dean, ya sabes algo de mí que nadie más sabe.

—Bueno, yo acabo de revelarte el secreto del mejor sitio del mundo donde comer rollos de langosta, algo que no coméis en Beatlelandia. Estamos en paz, ¿no?

En ese momento nos sirvieron lo que habíamos pedido. No habían tardado ni diez minutos y me encontré con un plato inmenso que olía de maravilla. Era algo dificultoso de sostener entre las manos sin derramar parte del relleno, pero conseguí propinarle un buen bocado que me supo a gloria.

—Esto es como un perrito caliente, pero de langosta, y la verdad es que está delicioso. Jaimie Oliver debería importarlo a Essex. Sin embargo, no estamos en paz. Ahora tienes que contarme cuál es tu sueño o romperás el equilibrio cósmico.

Dean también le dio un bocado enorme a su rollo de manera que sus carrillos se hincharon al máximo, así intentó hablar y se le escaparon trozos de pan:

—No pue...o ha...bar... on...oca...ena.

Cualquiera que no tuviera aquellas facciones de adonis habría resultado asqueroso haciendo aquello, pero en él resultó adorable y cómico. Arranqué en risas y le lancé patatas fritas.

Dean me hacía reír y con aquello solo conseguía enamorarme más y más de él, sin vuelta atrás.

Se echó hacia delante en la mesa y susurró:

—Tengo un barco.

—Creía que tenías muchos.

—No, uno mío de verdad, aunque no puede navegar. —Se recolocó en la silla sonriendo con orgullo.

—¿Y tu sueño es flotarlo?

—Mi sueño es dar la vuelta al mundo en él. No necesariamente de golpe, pero me gustaría recorrer las diferentes costas del planeta. Yo, mi barco, el mar abierto y las estrellas guiando el camino, como los antiguos marinos. —Se chupó un dedo y miró hacia el mar con ambición.

Me pareció que era un plan muy solitario pero romántico, y pensé que quizá mi meñique sí valiese por un billete para ese viaje junto a él.

—Ese es un buen sueño, aunque... yo creo que me volvería loca si fuera sola en un barco sin nadie con quien hablar. Terminaría pintándole ojos a un balón y llamándolo Wilson.

Le hice reír otra vez.

—No lo haré solo entonces, lo haré contigo. —Dean me guiñó el ojo de nuevo y sé que lo miré con amor.

Su carácter satírico me hacía pensar que bromeaba otra vez conmigo. Si no hubiese sido tan descabellada la idea de que alguien como él se fijase en alguien como yo... quizás habría reconocido las señales con claridad.

Dean pagó la comida. Si la temperatura no hubiese bajado en picado, y el viento no hubiese soplado de nuevo con tanta fuerza, habríamos dado un paseo por la playa.

De regreso a la camioneta, le pedí que me llevara a su casa para ver cómo seguía Matty. Durante todo el trayecto fui cantando las canciones de la radio animada por él.

—Antes de entrar quiero enseñarte algo —me dijo Dean tras bajarme, con voz melosa y la respiración algo acelerada.

Agarró mi mano y tiró dulcemente de mí hacia el cobertizo en el que yo sabía que siempre estaba. Quitó el candado y deslizó la puerta corredera, me hizo pasar y encendió la luz de forma que el interior se iluminó gradualmente y la silueta de una vieja nave se descubrió en el medio.

Dean entornó la puerta para que el viento helado no penetrase y recuperó mi mano para conducirme alrededor de su barco.

—Era de mi abuelo y lo estoy arreglando, cambiando la madera podrida, lijando y emparchando fugas.

El calor de su mano ascendía por mi brazo hasta estremecerme todo el cuerpo. Él hablaba de su nave y yo lo miraba embobada, mientras fuera silbaba el viento.

—¿Me acompañarás en mi primer viaje, Sissi? —Las arrugas en el contorno de sus ojos conseguían que me temblasen las piernas.

—Preferiría hacerlo en el segundo, cuando esté comprobado que este montón de madera se mantiene a flote.

Dean volvió a reír y se aproximó aún más a mí. El corazón se me disparó cuando entre carcajadas él me recolocó un mechón de pelo tras las orejas y sin soltarlo deslizó su dedo por él hasta el final, donde reposaba a la altura de mi cintura.

—Eres como un tesoro marino, ¿sabes? Brillante y sorprendente.

—Lo dices como si fueras un pirata ante su botín —bromeé intentando recobrar el ritmo respiratorio, pero había dejado su mano sobre mi cadera y se aproximó aún más a mi cuerpo.

—Sí, más o menos, pero hay cosas que no deben robarse.

—¿Cómo qué?

Dean juntó su nariz con la mía antes de decir:

—Los besos.

Me miraba fijamente y yo sentía que estaba a punto de recibir mi primer beso, cuando un fuerte golpe en la puerta nos separó de forma brusca y ambos miramos hacia la entrada del cobertizo.

—¿Pero qué narices hacéis?

Enfundado en un abrigo sobre un batín de cuadros demasiado holgado y con aspecto de haber recibido una paliza interna, Matty nos miró con furia durante unos segundos antes de desaparecer.

Dean me soltó y sentí un frío terrible. Me pidió disculpas y fue tras su hermano con una confusión más que evidente.

Yo me sentí muy incómoda allí dentro, no entendía por qué Matty se había molestado tanto, nadie tenía culpa de que hubiera enfermado y nuestro plan de pasar una tarde componiendo canciones se hubiese chafado. ¿Qué mosca le había picado para ponerse de aquella manera? Recogí mi bicicleta y pedaleé hasta casa. Sin embargo, una punzante sensación de culpabilidad superaba todo aquello y me di cuenta de que Matty me importaba demasiado.

Esa fue la última vez que vi a Dean antes de que se enrolase en la Marina de los Estados Unidos.

TRACK 6:
DEEP INSIDE

Durante aquel mes compuse unas canciones de desamor realmente tristes. Matty no me preguntaba quién era el que me inspiraba aquellas composiciones y yo tampoco le pregunté el motivo por el que se había molestado tanto cuando nos descubrió a Dean y a mí en un casi beso. Di por hecho que se había sentido apartado y amenazado. Yo era su chica, en el sentido musical de la palabra, y quizá pensara que su hermano, el ligón despiadado que se marcharía sin avisar, me rompería el corazón. Y no se equivocaba, pensé que Matty solo intentaba protegerme de él, y esto hizo que nos acercáramos muchísimo más. Si la música ya nos había unido de una manera incomparable, después de aquel suceso, se forjó una unión inquebrantable.

Mientras mi amigo se obsesionaba con perfeccionar una maqueta de mis mejores canciones para moverla por las discográficas, yo me dejaba llevar sin quitarle la ilusión, pero me faltaba confianza en mí misma para creer que todo aquello pudiese llegar a algún sitio. Por otro lado, aunque no tenía el corazón para aventuras, las chicas me animaban a superar mi brevísimo *affaire* con Dean, centrando mi atención en Mike. No había vuelto a hablar con él, pero lo del baile seguía en pie, o al menos eso pensaban todos. Yo no estaba tan segura, ya que en los dos últimos partidos lo había saludado fugazmente antes de subir al coche de mis padres evitando cualquier festejo del grupo.

—A rey muerto, otro en su puesto, Sissi. Deja ya de suspirar por el chico Butler —me aconsejaba Jordyn.

—¿Quién quiere un novio marine? ¿Qué lo verías... tres veces al año? —intentaba hacerme recapacitar Graiden.

—Él ha desaparecido sin decirte nada, está claro que no quería nada contigo, Sissi. Es una estupidez que pierdas el tiempo pensando en él. —Caroline me abofeteó con la verdad.

—Mike sigue interesado en ti, ¿tú has perdido el interés en él? —me preguntó con dulzura Kitty.

—No, solo es que Dean nubló su existencia, pero ahora... ahora debo despejar los nubarrones de mi vida.

Suspiré con profundidad y acepté el malvavisco tostado que me ofrecía Graiden.

—Lo verás todo un poco mejor si lo acompañas además con chocolate.

Aquel sábado la entrenadora nos había invitado a su casa tras el partido en el instituto contrario donde habíamos logrado una desahogada victoria. Las chicas estaban animadas y le contaban sus confidencias mientras escuchaban música. Yo forzaba la sonrisa, pero aún sentía el corazón estrujado; y como si el destino moviese ficha, mi teléfono vibró y recibí su primer mensaje: «¿De qué color será tu traje? Soy Mike».

Mis ojos debieron abrirse de forma desmesurada porque capté la atención de todas las demás.

—Es Mike —di por respuesta ante el grupo que se había girado hacia el sonido.

Durante un par de segundos se hizo el silencio hasta que todas estallaron en gritos alocados.

—¿Qué pone?

—¿Mike Marrone te ha mandado un mensaje? Tienes que casarte con él.

—Acabo de morir de amor.

Vale que Mike era un chico guapo, quizás era el chico guapo por el que todas las que no estaban enamoradas de Garret suspiraban, pero yo en ese momento solo sentía pena de que el mensaje fuera de él y no de Dean que, arrepentido por marchar de forma inesperada, me pedía que esperara su regreso.

Era absurdo estar enamorada de alguien que apenas conocía en realidad, pero aquel día en el barco había sido tan especial y lo que me había hecho sentir era tan irracional, que seguía esperando lo imposible. Sin embargo, Dean no era el que se había puesto en contacto conmigo y debía continuar con mi vida. Si el primer paso era acudir a un baile acompañada de alguien agradable, no era un plan demasiado duro.

Mike me regaló un *corsage* precioso. Era una pulsera de perlas con varias vueltas en la que se engarzaba un ramillete de rosas blancas pitiminí, paniculata y un lazo satinado color champán, a juego con el tono de mi vestido. Me daba pánico pensar en los tacones, pues mis largas piernas terminaban en unos pies demasiado torpes e inestables. De hecho, me estuve poniendo por casa aquellas sandalias altas a diario, durante un mes, para ir practicando. Decidí que lo mejor era vernos directamente en el gimnasio del instituto. No me apetecía que me recogiera en casa para que mi padre le repasara hasta su carnet de la biblioteca. Además, las chicas habían quedado en casa de Caroline para arreglarse juntas. Su madre nos ayudó a maquillarnos y nos preparó una cena ligera a base de canapés.

Tengo que reconocer que cuando vi a Mike con su traje oscuro y el pelo por primera vez engominado hacia atrás, me puse nerviosa, pero él supo calmarme con su explosiva seguridad.

—Este es tu brazo —me dijo ofreciéndome su bíceps—. Dispones de él durante toda la noche como punto de apoyo y equilibrio para esos tacones, altos de narices, que llevas.

Me reí y acepté aliviada la oferta tras engarzarme el brazalete en la muñeca.

—Está claro que somos los más guapos de esta noche. Tú estás deslumbrante y mi madre dice que soy el chico con mejor planta de Greenwich. Yo no pienso contradecir a mi madre, aunque sé que todas suspiráis por Garret...

—Garret es demasiado... Garret —le aseguré.

Volví a reír con él y supe que al menos lo pasaría bien en su compañía. De hecho, durante el resto de la noche solo pensé en Dean unas cinco veces. Más o menos.

Mike no intentó besarme aquella noche, se comportó como un perfecto caballero. Tenía una conversación animada y en ningún momento alejó su brazo de mí, tal y como me había prometido. Le propiné numerosos pisotones, que aguantó estoicamente, y me llevó a casa en su coche sin desviarse del camino para intimar.

Tengo que reconocer que subí a mi cuarto con cierto pesar y decepción. ¿Acaso no le había gustado lo suficiente como para querer besarme? Ni siquiera sabía si yo habría respondido a un beso con agrado, pero el hecho de no haber tenido la oportunidad de comprobarlo me hundía la autoestima.

Sin embargo, justo antes de cerrar los ojos, dentro de la cama, la pantalla de mi teléfono se iluminó y lo sorprendente es que no pensé en Dean, sino en Mike.

«¿Me he ganado un beso?»

Recuerdo que le envié el icono de unos labios rojos y él me deseó felices sueños con otro icono de ojos enamorados.

Estas cosas no las compartía con Matty. Entre él y yo no existía un mundo más allá de la música. Yo sabía que él iba al instituto público un curso por delante de mí y que repartía pizzas para comprarse todos los aparatos electrónicos con los que hacía esas increíbles maquetas musicales. Él sabía que yo iba a la Academia Greenwich y que jugaba partidos de voleibol los fines de semana, pero nunca hablábamos de esas cosas. Por eso, él no supo lo de Mike hasta aquel día...

Llevábamos unos tres meses saliendo juntos. Mike se sentaba junto a mí en el comedor, nos gustaba ir al cine, asistía a mis partidos ejerciendo de animador personal y nos besábamos entre risas porque yo siempre encontraba un motivo por el que meterme con él en broma; ahora creo que lo hacía para evitar que aquellos momentos se hicieran más románticos. No estaba enamorada de él; si lo hubiese estado, no habría pensado en Dean cuando no estaba con Mike. Sin embargo, me gustaba y mucho. Era guapo, divertido, seguro de sí mismo y la sensación de estar con uno de los chicos más deseados del instituto me hacía sentir especial. Tampoco creo que Mike estuviera enamorado de mí, no al menos al principio. Nos gustaba estar juntos, disfrutábamos con nuestras conversaciones banales y había que reconocer que daba unos besos increíbles. Mike Marrone me enseñó a besar.

En casa habían hecho buenas migas con él gracias a los partidos de vóley donde compartían grada. Era esa clase de chico que todo padre quiere para su hija: educado, con buenos modales, deportista, con presencia y planes para convertirse en abogado. Lo veían todos los domingos en la iglesia y por las tardes me recogía en casa para salir a correr durante una hora (aunque en realidad empleábamos la mitad del tiempo para besarnos) y luego se despedía para irse a estudiar.

Aquel día nos entretuvimos algo más, la primavera empezaba a asomarse y nuestros besos se habían tornado inevitablemente en apasionados achuchones que nos dejaban sin respiración. Por la mañana, Matty me había enviado un misterioso mensaje en el que me prometía una sorpresa, y ¡vaya si me la dio! Aunque creo que él se sorprendió más que yo cuando a escasos metros de la entrada de mi casa nos sorprendió a Mike y a mí en un tonto jugueteo de mordisquitos en la oreja.

El ruido de su monopatín deslizándose por la calzada me hizo separarme de Mike y un derrape cerca nuestro me asustó.

—¡Lo siento! No os esperaba justo a la vuelta de la curva —se disculpó Matty visiblemente abochornado e incómodo. Recolocó el monopatín bajo sus pies y se dispuso a regresar por donde había venido.

—Pero ¿adónde vas? —le pregunté atónita.

—¿Eres Matty, no? Soy Mike.

Mi chico desplegó su encanto natural acercándose a él para fijarse en su monopatín y silbar con admiración:

—¡Guau, un Santa Cruz! Es una pasada, tío. Yo tenía un Baker, pero no se me daba muy bien y terminé regalándolo a los chicos del Neighbour To neighbour.

Matty lo miraba con una ceja elevada, sorprendido de que le hablara con confianza como si en realidad se conocieran ya.

—Sí, bueno... es cuestión de práctica. Supongo. —Matty me miró, carraspeó y me entregó un folio mal doblado sacado del bolsillo trasero de su pantalón descolgado.

—¿Qué es esto? —le sonreí en un intento de normalizar aquel torpe encuentro y comencé a leer.

Recuerdo que la visión se me nubló como cuando alguien te da un susto de muerte y perdí fugazmente el equilibrio.

—¿Yo? Pero ¿cómo es posible? ¿Acaso tú has...? ¿En serio, Matty?

Mi amigo infló el pecho con orgullo y en lugar de contestarme a mí se dirigió a Mike.

—Sissi ha ganado un concurso de maquetas con su canción *Deep inside*. Será la telonera de Match Point en la feria de Greenwich.

—¡Qué fuerte! Enhorabuena, Sissi.

Y ocurrió, así, sin esperarlo, Mike me agarró por la cintura para aplastar su boca contra la mía en lo que habría resultado un romántico arrebato de mi orgulloso novio si no fuera porque mi mejor amigo, con el que nunca había hablado abiertamente de aquella relación, nos miró como un búho verdoso.

Intenté cortar el pasional beso y me deshice de su abrazo para acercarme a Matty y abrazarlo.

Matty era una estatua fría que no produjo ningún tipo de sonido mientras yo gritaba de emoción y le agradecía que, a mis espaldas, hubiese enviado nuestra maqueta a ese concurso.

—Bueno, estaba seguro de que ganarías. —Le restó importancia al acontecimiento y se subió al monopatín.

—Hemos ganado los dos, ¡lo hemos hecho juntos! ¿Adónde vas? Tienes que entrar y contárselo a mis padres. ¡No se lo van a creer!

—Yo también quiero escuchar esa canción, pero ahora tengo que irme, se me ha hecho increíblemente tarde. —Mike me miró con pesar antes de volver a besarme, esta vez de forma más sutil—. Llámame luego y me pones la canción para que la escuche por teléfono, ¿vale?

—¡Adiós! —Matty se bajó inmediatamente del patín y le ofreció una sonrisa relajada. A esas alturas lo conocía bien y sabía que estaba encantado con el hecho de que Mike desapareciera.

Desde aquel día hasta el cuatro de mayo no volvieron a verse, se colocaron cada uno en un espacio temporal diferente de mi vida, como si perteneciesen a dimensiones perpendiculares cuyo punto de intersección era yo.

Sin embargo, el cuatro de mayo no hubo opción. Matty debía acompañarme como productor de la maqueta. Además, le había pedido que subiera conmigo al escenario para no sentir el peso de las miradas del público en solitario. Él había aceptado a regañadientes. Por otro lado, mi novio ejerció a la perfección su papel colocándose en primera fila junto a una ingente cantidad de conocidos a los que había coaccionado para asistir a mi primer concierto.

Fue un *playback*, lo cual me hacía sentir ridícula e incómoda. Nunca había hecho que cantaba sin cantar realmente y tampoco había actuado delante de más de seis personas ni con focos proyectando su luz sobre mí. De todas formas, la excitación me consumía y saber que si hacía el ridículo Matty compartiría parte de los abucheos me respaldaba.

Él estaba ansioso por conocer a los Match Point, pero no tuvimos oportunidad de lograrlo. Entre su actuación y la nuestra hubo suficientes minutos como para echarnos de bambalinas sin cruzarnos con un solo componente del grupo. Sin embargo, tengo la certeza de que aquella noche fue tan especial para él como lo fue para mí. Nuestra primera creación iba más allá de nosotros dos; era como haber criado un pajarito y echarlo por fin a volar. Matty me prestó su guitarra acústica, color granate, y él hizo que me acompañaba al bajo.

Recuerdo los nervios detrás de aquel casi desnudo escenario con dimensiones de chiste en el momento en el que el locutor de la WCGH me anunció, y también las ganas de reír que reprimí al ver al grupo de Mike haciendo ondear una enorme sábana en la que se leía: «SISSI STAR, AQUÍ ABAJO ESTAMOS TU CLUB DE FANS».

Los primeros acordes eléctricos, obra maestra de Matty, sonaron por los altavoces y silenciaron al público que se había congregado: seguidores del grupo principal, abuelos con nietos que habían disfrutado de las atracciones, parejas que se aproximaban a curiosear y mi familia. Entonces, comencé a mover los labios mientras mi voz masterizada se elevaba sobre el bullicio de la feria. Miré de reojo a Matty que me observaba con una media sonrisa y desde un segundo plano, ya que el foco principal mandaba su luz sobre mí.

Sonaba regular. El equipo de sonido no era gran cosa y la música de las atracciones se confundía con mi melodía. Intentaba cantar más fuerte de forma inconsciente, pero era absurdo pues era un *playback*. Todos parecían disfrutarlo, todos menos yo.

Cuando bajé del escenario me temblaban las piernas y tenía la sensación de que lo había hecho fatal: casi estática, haciendo aquel paripé de cantar sin cantar y viendo cómo a lo lejos mucha gente pasaba de largo sin detenerse a escuchar ni un acorde. Aunque esa solo fue mi percepción, pues todos mis conocidos se me echaron encima entusiasmados, con vítores y aplausos que no tenían fin. Fingí sentir su misma emoción, pero tras ese día me juré dos cosas a mí misma: que jamás volvería a hacer un *playback* y que subiría de nuevo a un escenario. Los segundos que había pasado ahí arriba, antes de que sonara la música por los altavoces, me habían hecho experimentar una poderosa sensación de adicción, y mi único deseo desde aquel día fue revivirlo, pero tocando y cantando en directo.

Creo que lo más emocionante de aquella noche fue que firmé mi primer autógrafo.

—Por favor, fírmame esta camiseta. Cuando te hagas famosa, valdrá una pasta —me dijo un chico con pinta de servir perritos calientes en algún puesto de la feria.

Aquello me pareció un halago, pero era ridículo y ni siquiera pensé en la posibilidad de que ocurriera.

Aquella actuación no tuvo mayor transcendencia, pero gracias a sonar en la radio durante el mes de mayo como parte del premio, conseguí un contrato de desarrollo con la discográfica QQMagic Records.

TRACK 7: POSTDATA

QQMagic Records hizo que creyera en que los sueños se cumplen. No solo me reconocían como compositora, sino también como cantante, y un futuro dorado y esperanzador parecía esperarme. Aquel verano fue alucinante.

La discográfica me facilitó uno de los departamentos en su sede para las largas sesiones de composición. A mi padre le costó menos acceder a que fuera cada día hasta Broadway ya que Matty me acompañaba. Todo fluía de forma rápida y productiva cuando él estaba junto a mí para cambiarme un acorde o guiarme hacia una tonalidad más pegadiza, incluso los versos encajaban mejor cuando él analizaba mis pensamientos hasta convertirlos en palabras.

El estudio estaba a tan solo tres calles de Central Park por lo que, a menudo, tras escaparnos hasta allí un rato para tomar un helado, regresábamos con el estribillo perfecto o el acorde adecuado. Aunque también hubo días en los que las cuatro paredes parecían caer sobre nosotros sin avanzar más allá de dos pentagramas.

—Venga, vamos... dame un himno. Comencemos por la frase más potente, esa que cualquiera cantará porque se sentirá identificado con ella —me decía Matty, acariciando las cuerdas y formando una bonita melodía.

—«Me iré lejos de ti. Daré cuerda a mis pies. Intentaré que mi sol no te dé mi calor.» —Encajé las frases sobre sus notas con melancolía.

—¿Solo sabes componer sobre el desamor? —Matty se hundió en el sofá y abandonó la guitarra.

—Es un buen recurso, ¿a quién no le han roto alguna vez el corazón? —Le arrebaté la guitarra y toqué subiendo un tono.

—Háblame sobre esto... sobre lo que se siente al ver un sueño hecho realidad.

—¿De verdad crees que es un tema con el que todo el mundo se sentirá identificado? —me reí.

—Vale, tienes razón... pues canta sobre lo que ha significado luchar para conseguirlo. Todo el mundo lucha por un sueño.

Así era como Matty me guiaba. Unas veces elevando mi inspiración hasta el cielo y otras deseando darle una patada en el culo para que me dejara cantar sobre mis penas de amor.

Nenne pasaba a recogernos en coche de vez en cuando con la esperanza de cruzarse con alguna estrella del Billboard. No tuvo suerte y, decepcionada, terminó por irse de viaje con sus compañeros de universidad por el Gran Cañón del Colorado.

Mike se había marchado a Cape Cod a veranear en casa de sus abuelos, pero hablábamos a diario sobre mis composiciones y sus clases de vela. Vino un par de veces a verme y me invitó a cenar en un elegante restaurante para celebrar nuestros primeros cuatro meses juntos. Me regaló un ramo con cuatro docenas de flores blancas con el que mamá se peleó hasta lograr encajarlo dentro de un florero.

A primeros de agosto, a Matty le llegó una postal de Dean desde Port Royal, aún seguía en el centro de entrenamiento de reclutas en Parris Island. Comentaba lo duros que eran allí, pero que estaba aprendiendo mucho sobre tácticas, manejo de armas y habilidades de supervivencia. Y al final, en una pequeña postdata, me mandaba recuerdos. Hacía tiempo que no pensaba en él, al menos no todos los días, y sin embargo, aquella insignificante línea me había parado unos segundos el corazón y de ahí surgió la mejor canción de aquella etapa, sin duda.

Matty hizo un trabajo increíble como productor con los temas que compuse y antes de volver al instituto entregamos a la discográfica una maqueta con las ocho mejores canciones de aquel par de meses. La espera se hizo eterna hasta obtener la respuesta. Hubo una llamada telefónica misteriosa en la que me pedían que asistiera a la sede con mis padres o un representante legal. Aquella mañana, de camino a la reunión, no podría decir quién iba más nervioso en el coche familiar.

Habían visto suficiente potencial en mis creaciones, les gustaba el característico (así lo definieron) tono de mi voz, rasgado pero dulce, con una tesitura propia, única y fácil de reconocer. Confiaban en que, trabajando un poco juntos, yo podría llegar a triunfar en el mundo de la música.

Estaba en una nube. Recuerdo que oí el resto de la conversación sin prestar atención ya que en mi cabeza se me repetía una única frase: «Estás preparada para hacer un disco». Tenía dieciséis años y mi sueño en la punta de los dedos. Firmamos un preacuerdo y me dijeron que tras trabajar en la maqueta me llamarían para grabar en un estudio de verdad y estudiar un plan de acción.

Yo estaba en trance y mis padres aterrados. Aunque eran mis mejores fans, nunca pensaron que aquello pudiera ir tan en serio y ahora estaban en una situación del todo desconcertante. Su niña pequeña se les escapaba de las manos.

—¿Estás segura de que esto es lo que quieres hacer con tu vida, Sissi? Este mundo es algo totalmente desconocido para nosotros.

Mi padre se sentó aquel día junto a mí en el banco de mi ventana. Sus ojos no me censuraban, tan solo se podía leer en sus pupilas un mensaje de protección y yo no pude más que agarrar su mano entre las mías.

—Papá, yo soy música. Ese sí que es mi mundo.

Para noviembre, la discográfica había hecho su parte del trabajo y tuve que dejar el equipo de voleibol para ir a grabar al estudio. Creí que me sentiría aligerada cuando lo hiciera, pero lamenté perder esos ratos con mis amigas. Ya solo podíamos hablar en el comedor, tiempo que también debía compartir con Mike. Todos estaban excitados ante la expectativa de tener en su grupo a una inminente estrella de la música, por lo que las conversaciones se volvían tediosas y repetitivas, cuando yo en realidad solo quería comentar el nuevo peinado loco de Jordyn, destripar el motivo por el que Garret había cortado con «la chica Victoria's Secret» o disfrutar de mi helado de yogurt mientras ellas revivían sus aventuras durante el verano.

El primer día en el estudio sí que me puse realmente nerviosa. Mi pierna martilleaba el suelo del tren de camino a la ciudad y Matty me paraba con golpecitos tranquilizadores sobre la rodilla.

Al técnico de sonido no le agradó que mi amigo entrara en el estudio, pero me negué a grabar ni un acorde sin su presencia; todo eso era gracias a él. Además, Matty se había convertido en mi complemento, con solo mirar sus ojos yo entraba en calma. Ver la seguridad con la que él cogía la guitarra me hizo a mí aceptar de igual forma el micrófono. Matty y yo estábamos hechos para vivir aquel sueño cogidos de la mano, ambos sabíamos que nuestros corazones latían bajo la misma frecuencia.

Al entrar en aquella amplia habitación enmoquetada, de paredes insonorizadas, donde un micro con pantalla de protección era el único protagonista, sentí que estaba en el lugar correcto. Aunque fue una sensación fugaz ya que, en cuanto me puse los cascos y los primeros compases de la nueva versión de mi canción salieron por los auriculares, la piel se me erizó. Habían cambiado por completo el estilo de la canción, los arreglos electrónicos habían desaparecido y en su lugar predominaba un estilo pop parecido a las canciones de los dibujos de Disney. Comencé a cantar con timidez y tuvimos que repetir el principio unas diez veces.

Podía ver la expresión de Matty a través del cristal, sus cejas formaban un triángulo y mantenía las manos en los bolsillos delanteros de su vaquero desgastado. Sin embargo, cuando cruzó su mirada con la mía forzó una sonrisa y me levantó el pulgar para animarme. No conseguimos grabar una pista completa y, de regreso a Greenwich, el silencio reinaba entre nosotros.

—Era horrible —conseguí decirle al fin con cara de sufrimiento.

—¿También te lo ha parecido? ¡Qué alivio! Fingir que era la bomba me ha costado un año de vida. —Matty dejó resbalar el trasero en el asiento y soltó el aire contenido.

—¡Pero si has fingido fatal! Tus cejas se han juntado al entrar en el estudio y no se han separado hasta ahora —me reí.

—¡Es que era tan...

—¡Pop!

—¡Sí!

Ambos reímos y terminamos en Pinkberry compartiendo un helado con todos los *toppings* que conseguimos echar por encima.

Solo tenían pensado grabar dos canciones como presentación y guardaba la esperanza de que la otra no hubiese sufrido una metamorfosis tan cruel, pero fue mucho peor. Recuerdo que aquella noche lloré sin consuelo en brazos de mi madre.

—¡Es que es horrible lo que han hecho con las canciones! Son tan pastelosas e insulsas que se te pegan en los oídos como si fueran un chicle rosa.

—Tranquila, cielo, no tienes por qué seguir adelante con esto si no te sientes a gusto —me susurró mi madre mientras me acariciaba el pelo.

—¡¿Cómo voy a rechazar a QQMagic Records?! No volveré a tener una oportunidad como esta en toda mi vida —gemí antes de volver a arrancar en llanto.

—Chssss, no llores más. No es el fin del mundo y no tiene por qué ser tu única oportunidad, de hecho, estoy segura de que no lo será. Mírame, Sissi. —Mamá me levantó la cara con un dedo para que viese sus ojos—. Soy tu madre, lo que significa que siempre tengo razón, y te aseguro que te esperan grandes cosas porque eres única, lo que eres capaz de hacer con la música es único y hay pocas personas que lo consigan. Hay demasiadas mentes cuadriculadas que no saben apreciar lo especial y lo convierten en lo que está de moda por miedo a arriesgar. Tú estás destinada a un valiente, así que quiero que mañana vayas allí y les digas que ellos no están hechos para ti.

Y eso fue exactamente lo que hice. Rompí el precontrato y los dejé atónitos. Lo recuerdo liberador, pero a la vez doloroso. Aquel par de meses, sintiéndome parte de la industria musical, me habían elevado a una altura desde la cual la caída tenía un efecto devastador. Lo peor fue su respuesta conformista, como si tampoco estuviesen perdiendo algo «único» como mamá decía. Me dejaron marchar con un pacto beneficioso para ambos: querían esas dos canciones.

Una de ellas terminó perdida entre archivos, a la espera de encontrar quien la usase, y la otra, en manos de la nueva apuesta de la discográfica: una chica algo más joven que yo procedente de Louisiana que tenía una voz profunda y ronca como la de Joe Cocker dentro de un diminuto cuerpecillo de ninfa. Aquella canción hizo que Meghan Woodstock alcanzase el número uno en las listas y que a mí me pagaran doscientos mil dólares. Fue una absoluta locura.

Yo quise darle la mitad a Matty, pero él no lo aceptó, decía que habían comprado mi canción y no sus arreglos, pero yo sabía que sin él nunca la habría compuesto por lo que le compré un equipito de grabación audiovisual que hizo que se le saltaran las lágrimas. También quise ayudar a mis padres para terminar con el contrato de alquiler y poder adquirir la casa, pero ellos tampoco quisieron aceptar ni una moneda, decían que todo era mío y que el orgullo que les había proporcionado como padres era lo más valioso. Nenne sí aceptó un día de compras sin límite de crédito por la Quinta Avenida, aunque en realidad se dedicó a buscarme modelitos de futura estrella.

Por un lado me sentía halagada, como compositora había triunfado, aunque sus arreglos me reventaran los tímpanos cada vez que Meghan entonaba la canción, pero también sentía un pellizco de celos ya que si no hubiera sido tan firme en mis convicciones, yo podría haber sido ella.

Matty se encargó de redirigir mis pasos y, haciendo buen uso del material que le había regalado, empezamos a grabar versiones de los cantantes de moda y a colgarlos en la red.

Todo el grupo se volcó en estas grabaciones. Jordyn jugaba con mi pelo haciéndome peinados imposibles y llamativos con los que yo me divertía, Graiden y Caroline me maquillaban y Kitty ayudaba a Matty sujetando el micro que pendía sobre mi cabeza. Buscábamos localizaciones llamativas: un embarcadero, el alféizar de mi ventana, las gradas del pabellón de deportes, un banco del Bruce Park...

El número de visitas a los vídeos subía y subía, aunque siempre era superior en las *cover* que cuando grabábamos una de mis canciones, lo cual hacía que lentamente perdiera toda esperanza de llegar a algo.

A Mike le resultaba entretenido, pero no compartía mi pasión por la música y lo notaba porque, cuando intentaba desahogarme con él, su táctica era la evasión, cortaba rápidamente el tema para bromear sobre cualquier otra cosa. Era un chico muy hablador, pero no le interesaba el mundo discográfico y en el fondo esperaba que todo aquello pasase y que me decidiera por estudiar en la misma universidad que él.

—Eres muy buena en matemáticas, ¿no has pensado en St. Johns? Está en Queens y podríamos vernos todos los fines de semana —me insistía esperanzado.

Sin embargo, a mí me asfixiaban sus planes de futuro porque la vida que me dibujaba distaba años luz de lo que yo deseaba.

Matty me sorprendió un domingo próximo a Navidad mientras componíamos en su porche arropados con viejas y pesadas mantas de franela que parecían tener tantos años como aquella casa.

—Esta canción es... Sissi, ¿por qué no hablas con Mike?

—¿Hablar de qué?

—A esta canción solo le falta llevar una nota al final que diga «basada en hechos reales»; eso o añadir en este estribillo «al final del camino, te soltaré la mano, *Mike*».

Matty nunca había hablado sobre mi relación, evitaba el tema con maestría. De hecho, podía contar con los dedos de las manos las veces que el nombre de mi novio había salido de su boca; sin embargo, aquella tarde interrumpió su punteo para hacerme aquella arriesgada observación.

—Es complicado, Matty. Por un lado está lo que sueño y por otro la realidad. —Dejé la guitarra junto al banco y me aproximé a él.

Matty reclamó mi cabeza con un gesto mucho más maduro de lo que su delgaducho brazo podía transmitir, pero me dejé arropar por su abrazo y sentí el confort de un lugar en el que podía abrir mi corazón sin miedo.

—Sissi, no soy un gran entendido en relaciones. De hecho, nunca he tenido ninguna, pero creo que tienes que intentar vivir tu sueño. Si te das por vencida desde el principio, es imposible que llegues a alcanzarlo. —Matty me frotaba el brazo y escuché su voz profunda al tener mi oreja sobre su caja torácica.

—Cuando más intento vivir mi sueño más siento que lo alejo a él —le confesé, y al hacerlo en voz alta supe que debíamos romper.

—Quizás él no pertenezca a tu sueño.

Matty se separó un poco para mirarme a los ojos como si buscase una reacción en mí, pero entonces el ruido de unos neumáticos rodando sobre la grava alertaron a *Bob Dylan*, que salió disparado fuera del porche lanzando ladridos a la carretera.

Un taxi se paró en la entrada y antes de ver su perfil el corazón ya se me había disparado, aunque permanecí inmóvil. Matty se levantó e imitó a su perro arrancando en una atropellada carrera para recibir a su hermano que acababa de bajarse del coche vestido con uniforme militar. Se fundieron en un efusivo abrazo acompañado de fuertes palmadas en la espalda.

Desde mi privilegiada posición vi la manera en que Dean bromeaba con las largas greñas que lucía su hermano pequeño mientras Matty lo miraba con una admiración desmesurada y se ponía su gorra color caqui. Entonces me descubrió y, antes de regalarme una sonrisa, se echó el macuto sobre un hombro y enganchó a su hermano por el cuello.

Parecía como si aquellos meses hubieran convertido el cuerpo de Dean en un arma de destrucción masiva. Los músculos de sus brazos ponían a prueba la elasticidad de aquella camiseta, y todo su cuerpo en general parecía inflado y artísticamente perfilado. Fue una visión tan impactante, que sentí que mi cuerpo entraba en una súbita ebullición.

Matty se adelantó a Dean y entró como loco de alegría en casa para avisar a su madre a voz en grito. Aquella familia estaba tan unida y se quería tanto, que me hacía sentir que la mía era fría y demasiado independiente. No me imaginaba a mi hermana recibiéndome de aquella manera, aunque claro, nunca nos habíamos separado por un periodo de tiempo demasiado largo.

—Hola, preciosa.

Ahí estaba Dean, con su sonrisa arrebatadora, enfundado en un uniforme que hacía resaltar los pigmentos verdosos de sus ojos turquesa y el pelo rapado como un marine. No podía estar más irresistible y yo perdí todo atisbo de rencor. Estaba frente a mí, sonriendo y con una mirada sincera que transmitía alegría de verme.

—¡Qué sorpresa... para Matty! —Crucé los brazos bajo el pecho y contuve la respiración ya que si dejaba que mis pulmones tomaran el control, él notaría que tenía el ritmo agitado.

—Bueno, tengo un permiso navideño. —Dean se aproximó, y yo instintivamente retrocedí un paso. Él elevó una ceja y torció la sonrisa hasta convertirla en un gesto burlón, desplomó el macuto a mis pies y se agachó para abrirlo—. ¿Sabes? En mi cuartel eres famosa, a todos les encanta escuchar tus *covers* y a los que no, los obligo a hacerlo igualmente.

Dean, con una rodilla hincada en el suelo, rebuscaba entre su ropa de color camuflaje hasta que por fin topó con lo que buscaba. Se irguió y me cogió la mano.

—Feliz Navidad —me dijo, a la vez que dejaba caer un colgante sobre mi palma.

No me dio tiempo a mirarlo ya que su madre salió dando gritos de alegría junto a Matty y comencé a sentir que sobraba en aquella escena familiar.

Metí la guitarra dentro de su funda y esperé a que los abrazos y sacudidas remitieran para poder despedirme.

—¡No te vayas! Quédate a merendar con nosotros —me pidió Martha.

—No, es que le prometí a mi madre que hoy la ayudaría con una nueva receta de esas raras que saca de Internet.

—Yo te acerco —se ofreció Dean, marcando las arruguitas de sus ojos de forma deliciosa.

—No es necesario, he venido en bici.

—Echamos la bici detrás y te acercamos a casa. Hace mucho frío —terció Matty.

Encogí los hombros y me colgué la guitarra a la espalda. Aproveché los escasos pasos que había hasta la camioneta para descubrir el regalo sorpresa. Era un doble colgante, estilo militar, pero con forma de púas de guitarra donde había grabado «STAR» en una y en la otra «BUTLER». Sentí que el corazón se me estrujaba hasta dificultar su bombeo, pero Matty me hizo reaccionar al quitarme la guitarra para ponerla en la parte trasera de la camioneta junto a la bicicleta.

—Ahora somos de la misma compañía —bromeó Matty haciendo tintinear un collar idéntico colgado de su cuello—. Es un regalo genial, ¿no?

En verdad sí que lo era. Star & Butler, el equipo perfecto, solo que durante unas décimas de segundo yo había pensado que aquel regalo era algo especial, que se trataba de Sissi y Dean, no de Sissi y Matty. Sin embargo, sonreí y afirmé regalándole una sonrisa a mi amigo.

Me senté entre ambos y tuve una extraña sensación. Aquel era mi lugar, en medio de aquellos dos hermanos, a los que quería en dimensiones totalmente diferentes, con los que ahora tenía enlazado hasta el apellido sobre una placa; pero a su vez, estar allí colocada entre ellos me hacía sentir como una solitaria isla rodeada de agua.

Con los latidos desenfrenados, y evitando mirarlo, aquellos cinco minutos se me hicieron eternos a pesar de llevar a Matty rompiendo la incomodidad del silencio con mil preguntas sobre Port Royal. Dean no dejaba de mirarme de reojo mientras le respondía con tono alegre, pero yo tenía la vista fijada al frente y, cuando apareció mi casa, solté el aire acumulado.

Mi madre estaba quitando las malas hierbas que se empeñaban en crecer entre los baldosines de la entrada y que le hacían estornudar fuera cual fuese la época del año. En cuanto vio la camioneta desplegó su simpática sonrisa y percibí su alegría al reconocer a Dean al volante.

—¡Pero si nuestro marine favorito ha vuelto a casa por Navidad!

Le propinó un abrazo impropio, apenas lo había visto un par de veces, pero en la mente de mi madre, tras tantas conversaciones cómplices con Martha, tenía tanto sentido como el que podía tener que Matty siempre tuviese galletas de canela recién horneadas esperándolo en nuestra cocina.

—Me alegro de verla, señora Star.

—Claire. Mientras pueda contar el número de canas que hay en mi cabeza no admitiré que me llames señora Star. —Mi madre ya había atrapado bajo su brazo a Matty y se lo llevaba dentro de casa—. Matty, hoy no te puedes ir sin probar el pudin que he hecho, he experimentado un poco y necesito tu paladar. A mi hija se le atrofiaron las papilas gustativas nada más nacer, dice que todo lo que cocino sabe igual.

Podría haber matado a mi madre en aquel instante, mantenía tan apretada la mandíbula que mi expresión era una ambigua sonrisa parecida a la de la Gioconda. Dean se había subido a la parte trasera de la camioneta para bajarme la bici y cuando me pasó la guitarra ocurrió lo que me temía. La agarré, pero él no la soltó, sino que tiró de ella hacia sí para conseguir que me acercara a él.

—Matty me ha dicho que tienes un noviete.

Lo miré a la cara congestionada por el rubor y vi que me analizaba con la mirada.

—Sí, bueno..., más o menos. Sí —contesté y le arrebaté el instrumento musical con un pequeño tirón.

—Más o menos, ¿eh?

Dean sonreía y deseé atizarlo. Clavé la mirada en la suya un instante antes de darle la espalda. No había dado ni tres pasos hacia mi casa, cuando me volví para encararme con él:

—¿Sabes qué, Dean? Espero que tarden mucho, pero que mucho, mucho... en darte otro permiso.

Entonces, tras cerciorarme de que Matty continuaba dentro de mi casa, lo agarré por el cuello del jersey y besé su sonrisa torcida de forma tan fugaz que no pudo reaccionar. Aquello fue como zanjar algo pendiente. No quise ver su expresión, di media vuelta y fui a casa junto a Matty, con un palpitante corazón, estrujado y confuso, pero sobre todo aliviado de tener allí dentro a mi complemento.

TRACK 8: PLAY

No volví a ver a Dean. Papá sorprendió a mamá con unos billetes de avión para ir a Inglaterra y pasar una semana con los abuelos. Para mi corazón aquello fue a partes iguales un alivio y un tormento, pues también suponía alejarme de Matty.

No corté con Mike (ni le conté lo del beso), de hecho nuestra relación tras las vacaciones se estrechó, pues dejé la música un poco de lado. Todas las canciones que salían de mis cuerdas sonaban igual: melancólicas, deprimidas, incluso oscuras y repetitivas en sus letras. Sin embargo, Matty no se rendía, insistía sin tregua y me traía a casa versiones cada vez más maravillosas de viejos éxitos que en mi voz sonaban diferentes, reinventadas. Seguía haciendo *covers* para subir a Internet, pero ahora sin la ayuda de los demás, los alejé de esa parte de mi mundo, dejando que mi faceta de «adolescente del montón» me devolviera a la tranquila rutina de la que disponía antes de que toda la locura de aquel verano me raptase.

Lo que sí hice fue sacar unas notas increíbles y ponerme en forma.Como ya no estaba en el equipo de voleibol, pasaba todos esos ratos estudiando con Mike que se preparaba para los exámenes de acceso a la universidad y lo acompañaba en sus entrenamientos. A esas alturas, Matty estaba tan integrado en el grupo de amigos que se venía a todos los partidos, aunque nunca percibí en él el mínimo interés por el fútbol. Podría decir que mi amigo soportaba a mi novio y que Mike lo trataba como a otro más, pues era tan amigable como guapo.

Aquel día de principios de primavera, ese en el que realmente se produjo el hecho que cambiaría mi vida, Matty y yo regresábamos de Manhattan en tren.

Ese viernes habíamos ido a recoger un pedal para grabar transiciones en vivo que Oscar había conseguido para Matty a buen precio. Oscar Huff era el ingeniero de sonido de las sesiones fallidas en el estudio de grabación de QQMagic Records. Tenía tatuados los brazos, cuatro pendientes en cada oreja y una clara predilección por el color verde en su vestimenta. Matty había hecho amistad con él. El ingeniero había visto en mi amigo un pupilo con increíbles dotes y lo llamaba para charlar sobre las novedades que pasaban por sus manos. Lo llamaba cuando sabía que tendría algo especial para que, con su sigilosa actitud, Matty aprendiera en la sombra. De regreso a Greenwich, Matty estaba excitado con su nuevo juguete musical.

—Escucha esto, ¡es alucinante! —Tenía conectado el instrumento a su teléfono que funcionaba de micrófono y altavoz, y superpuso un ritmo creado con su boca sobre otro posterior.

Estábamos solos en aquel vagón, o eso creíamos nosotros, ya había pasado la hora punta del fin de la jornada laboral y la oscuridad se interrumpía con las luces fugaces y tenues del exterior.

Seguimos jugando con la combinación de diferentes ritmos grabados e intentamos reproducir *Play* entre risas.

—Cuando tú cantas, en mi cabeza comienzan a sonar simultáneamente los platillos de la batería, los golpes secos del bajo, suenan violines que se coordinan para dar profundidad... Dentro de mi cabeza hay una canción maquetada. Ojalá pudieses meterte dentro de mi mente y escucharlas, te aseguro que, por mucho que luego intente reproducirlas con los instrumentos y el millón de recursos electrónicos que tengo, tus canciones nunca llegan a sonar como lo hacen en mi cabeza —me confesó Matty con la mirada profunda y apasionada.

Yo respiré hondo, me detuve en el destello de sus pupilas, en ese brillo que solo aparecía cuando hablaba de la música, de *mi música*. Le sonreí, podría haberle dicho que era lo más bonito que nadie me había confesado nunca, pero simplemente reposé mi cabeza en su hombro y comencé a entonar la canción de nuevo mientras pensaba que, a pesar de estar cerca de Nueva York, las luces de la gran ciudad se perdían conforme nos acercábamos a Greenwich, al igual que mi sueño de convertirme en cantante profesional.

Canté aquella letra que hablaba sobre un amor que se accionaba como una canción al pulsar el botón del *play*, suave, endulzando el tono que Matty acompañaba con sus ritmos grabados y unos sutiles golpes de sus dedos contra la ventanilla... Y una cabeza asomó por encima del reposacabezas.

Aquel hombre se levantó de su asiento provocando en nosotros un silencio cortante y sobresaltado. Tendría unos treinta y tantos, vestía una chupa oscura y zapatillas deportivas de color rojo. Me escaneó de arriba abajo y con un juego de dedos deslizó hacía mí una tarjeta de presentación.

—Llamadme —nos exhortó con firmeza.

Ninguno de los dos entendió nada en aquel momento hasta que Matty recogió el ofrecimiento y vimos el sello de la Holmes Talent Agency.

Yo estaba muda, atónita, sobrecogida... Recuerdo el hormigueo que ascendió desde mis rodillas hasta la nuca, el pie izquierdo comenzó a tamborilear el suelo y estaba reprimiendo un chillido.

Los frenos del tren chirriaron para detenerse en Mamaroneck y aquel extraño se ajustó unas gafas de sol deportivas, a pesar de estar sumidos en la oscuridad de la noche, y justo antes de bajarse en aquella parada se giró y me preguntó:

—¿Cómo te llamas?

—Sissi Star.

Y él contestó con una afirmación de cabeza:

—¡Perfecto!

El tren retomó la marcha. Matty seguía mirando la tarjeta que sostenía entre los dedos como si le acabasen de dar un billete de cien dólares. Yo me levanté de golpe y le extendí los brazos, los sacudí hacia él incapaz de producir un sonido.

Clint Twain era un mánager musical que trabajaba para una empresa encargada de descubrir nuevos talentos asociada a la imponente Wild World Music Records.

—Guau —resopló en estado de *shock* mi creador de ritmos.

—¿Guau?, ¡¿guau?! Esto es... ¡¡Guauuuuuuu!! —aullé y tiré de su chaquetón para que se levantara y poder abrazarme a él. El tren hizo un giro y caímos sobre los asientos de nuevo envueltos por mi risa.

Yo no paraba de gritar entusiasmada, de apretarlo como si fuera de espuma y él me daba palmaditas en la espalda, estático. Lo solté unos milímetros para mirar sus ojos rasgados y compartir con él las palabras mágicas:

—La segunda oportunidad, Matty. ¡Aquí está!

Él sonreía con esos labios apretados y la mirada achinada, volví a abrazarlo y lo besé en el pómulo repetidamente.

—Guau —repitió.

—Si, Matty. ¡Guau!

Y solo años más tarde lo comprendí realmente.

Clint Twain no fue quien contestó al teléfono cuando llamé, sino una chica que supuse sería su secretaria. No tuve que hablar mucho, pues en cuanto le dije mi nombre me transmitió unas simples indicaciones: debía estar el siguiente viernes a las seis en Webster Hall con mis dos mejores canciones preparadas para interpretarlas en directo.

—¡Dos canciones! ¿Cuáles canto, Matty? Tú tienes que acompañarme en el escenario, no puedes dejarme sola —le imploré.

—Sin problema, haremos un acústico sencillo.

—¿No quieres usar tu nuevo pedal?

—No soy yo quien tiene que llamar la atención, sino tus canciones, tu voz... tú. —Matty afinaba las cuerdas de su Fender en la silla del escritorio, no me miraba.

—¿Cómo puedes estar tan tranquilo? ¡Vamos a actuar en Webster Hall! —Me tumbé en la cama con los brazos extendidos.

—¿Por qué tendría que estarlo? Va a ser divertido y lo tenemos controlado. Puedes cantar *How* que es divertida, con unas increíbles rimas aceleradas y un estribillo tan pegadizo que apuesto que no se irá nadie sin tararearlo; y también *Deep inside.* —Hizo una pausa, como si le costara definir la canción—. En esa suenas increíble, se nota que la letra está basada en hechos reales.

—¿Qué sabrás tú? —bromeé lanzándole su almohada al cogote.

Matty se giró y rasgó las cuerdas con un acorde estridente:

—Soy el chico silencioso, que hace de tu sombra, y tiene entradas de primera fila al espectáculo de tu vida.

La chispa volvió a prender, él combinó tres acordes y yo con esa frase entoné los primeros versos de lo que luego se convertiría en uno de mis éxitos.

Aquella semana prácticamente me fui a vivir a casa de Matty, él tenía allí todo el equipo de sonido. Había insonorizado el pequeño despacho del cobertizo donde el barco de Dean permanecía en pausa. Cada vez que pasaba por allí, deslizaba disimuladamente la mano sobre el casco. Sentía cierta sintonía con aquel montón de madera rasposa a medio pintar, ya que su dueño nos había abandonado dejando suspendida en el aire nuestra posible relación. Los dos teníamos un comienzo con Dean, sabía que el barco algún día tendría una continuación, y eso era algo que no podía decir en mi caso.

Ensayamos hasta tener la actuación cronometrada al segundo. No necesitábamos hablar para coordinar el ritmo o nuestras voces. Matty empastaba su voz con la mía de forma sutil, tenía un tono grave y muy seductor que conseguía formar conmigo un Tetris musical perfecto. No solo era un técnico de sonido increíble y un compositor alucinante, sino que además la guitarra era un juguete entre sus manos. Él agarraba la Fender, producía aquel sonido cristalino y brillante en la que el más mínimo error hubiese sonado estrepitoso pero sus manos podían permitirse arriesgar con sonidos peligrosos sin recurrir a la distorsión. Era hipnotizador, un maestro de las cuerdas. Por aquel entonces creo que estaba enamorada de todo aquello. A veces, si cerraba los ojos y me dejaba llevar por su música, conseguía alterar mi corazón.

Solo Mike sabía lo de la actuación. No quise decírselo a las chicas por si montaban algún numerito inapropiado en el bar. También le prohibí a mi hermana que se lo contara a sus amistades universitarias, y sé que sufrió guardando el secreto. Nenne era una hermana entregada en esas situaciones y se llenaba de orgullo presumiendo de mí. Me compró un bonito vestido camisero en tonos lila, para «resaltar el color de mis ojos» dijo, y un cinturón de piel marrón para ajustarlo a mi cintura. Me dejé llevar por sus gustos estéticos, ya que nunca antes había pensado en la imagen que quería acompañar con mi música, pero respetó mi estilo al colocarme unas medias de topos y mis Vans marrones. Frente al espejo, para que pudiera darle mi aprobación en directo, me colocó un gorro de lana que tuvo que enganchar con pasadores camuflados de forma estratégica para que no se me resbalara del pelo y que le daba un toque de informalidad.

—Eres una *grunge* elegante —sentenció mi hermana.

—¿Eso existe? —le pregunté muerta de la risa, poseída por los nervios.

—Hermanita, tú no has nacido para seguir tendencias, sino para crearlas.

Cuando Mike me vio, algo más maquillada que de costumbre y con el aura que brinda estar sobre un escenario, me besó sin importarle que mis padres se encontraran a tan solo unos metros de nosotros, nerviosos y orgullosos de su hija, intentado calmar las emociones con una cerveza.

—Eres increíble, Sissi —me susurró con brillo en los ojos.

—Eso dímelo después de la actuación, aún puedo soltar cinco gallos, tropezar con algún cable y caerme, o incluso no conseguir sacar ni una nota de mi garganta.

—De eso nada, tú has nacido para esto.

Mike dijo aquello con cierta amargura en la voz y yo le entendí. Esa actuación significaba un paso más en una dirección opuesta al rumbo que seguiría su vida y, en cierto modo, también me dolía. Lo besé con rebeldía y lo vi marchar junto a mis padres, sentados estratégicamente casi al final; era su manera de decirme: «Estamos contigo, pero esto debes hacerlo tú sola».

Aquel lugar estaba lleno de extraños y yo comprobaba una y otra vez que la guitarra estaba bien afinada, mientras Matty se concentraba en los *amplis* y en ajustar la altura de los micros. No veía a Clint Twain por ningún sitio y eso solo hacía que mi estómago se estrangulara. Dieron las seis y, puntual como si él también fuera británico, apareció la esbelta y ecléctica figura del agente musical.

Se quedó al fondo del establecimiento, apoyado en la barra tras saludar al dueño. La luz general se atenuó y un pequeño foco colocado en el suelo me envolvió como si su haz luminoso fuera bruma. El dueño del bar se puso a mi lado y me presentó consiguiendo un silencio sobrecogedor seguido de unos aplausos que nos animaban a comenzar.

Miré a Matty y me guiñó un ojo, sonriente. Recuerdo que maldije que hiciera aquello pues la cara de Dean se sobrepuso a la suya, y en aquel momento no necesitaba más elementos estresantes, por eso entorné los párpados, inspiré y me dejé envolver por los primeros acordes de *How* que salieron de la Martin de mi guitarrista.

Los aplausos fueron entregados, como si el público llevase pompones y yo acabase de hacer un *home run*. Sabía que mis padres, la madre de Matty, Mike y Nenne terminarían con las palmas de las manos ardientes, pero aquello iba más allá de ellos.

Sentía que flotaba en una nube, había echado hasta la última gota de pasión que tenía dentro para cantar, pero los nervios no desaparecían. Hasta que Clint no sentenciara con lo que le había parecido la actuación, todo aquello podía quedar tan solo en un bonito recuerdo de mi primera (y única) actuación en Nueva York.

Bajé del pequeño escenario con las rodillas en tensión y me topé con sus gafas de sol.

—Necesitarás un trago para calmar los nervios —me dijo al ofrecerme un chupito de whisky.

—No, gracias —rechacé mostrándole una tímida sonrisa.

—Vamos, te relajará —insistió.

—¡*No* bebo, gracias! —le contesté arrugando el entrecejo.

Sentí que se me desplomaba el sueño antes de empezar a vivirlo, pero entonces se bajó la montura hasta la punta de la nariz y me dedicó una sonrisa maliciosa.

—Por mí ya estás contratada, Sissi Star.

No lo entendí, pero él me ofreció la mano como si así cerrásemos un trato.

—No quiero artistas que se dejen seducir fácilmente por el lado oscuro. Ahora me temo que debemos hablar con tus padres.

Mi padre puso aquella cara, la que pretendía disimular que todo aquello le tenía sobrecogido e intentaba fingir que a su vez le fascinaba.

—Sissi tiene la capacidad de transmitir emociones y, por su físico, edad y estilo, es comercialmente muy interesante... ¡perfecto para convertirla en una estrella!

Eso fue lo que Clint Twain le dijo a mis padres, y yo pude leer el miedo camuflado de orgullo en sus retinas.

—¿Tú quieres ser una estrella, Sissi? —me preguntó.

—Lo único que quiero, con toda mi alma, es subirme a un escenario y que la gente conozca mi música.

El agente musical volvió a situar el escudo solar al borde de su afilada nariz y sentenció mi futuro con aquella frase:

—Pues serás una estrella, Sissi Star.

Tras aquella noche, Clint le entregó al vicepresidente de WWM Records una demo que grabamos Matty y yo en un estudio profesional. A partir de ahí todo fue rodado, en un par de semanas tuvimos una reunión con el presidente de la compañía discográfica, quien había escuchado el material grabado y ordenó un álbum completo. Mi carrera había arrancado.

Matty dejó el trabajo como repartidor de pizzas y nos encerramos en su casa hasta finales de junio para preparar las canciones que compondrían el álbum. Una vez en el estudio, el ingeniero de sonido se encargaría de todo y estaría en manos del productor musical que eligieran en WWM Records; pero aun así, quería que ellos escucharan la manera en la que yo (junto a Matty) concebía el estilo de mis canciones. Me mantuve firme en que era algo que debían respetar, si volvían a intentar transformar mi música en algo ajeno a mi personalidad, lo rechazaría sin que el pulso me temblase.

Finalmente, cuando llegó el momento de grabar las guitarras, Matty comprobó que el productor musical había respetado el estilo original, imprimiéndole más cuerpo. Además, los del estudio reconocieron en Matty, tan joven y falto de experiencia en el mundo de la industria musical, no solo un gran arreglista sino también un guitarrista extraordinario.

Lo vi ponerse los auriculares y esperar el tono que indicaba el inicio de la guitarra, comenzó a tocar al tiempo que su pierna izquierda llevaba el ritmo de la canción y desplegaba una sonrisa cerrada. Lo disfrutó y lo hizo tan bien que no necesitó una segunda toma. Todos se quedaron maravillados con su profesionalidad.

—Vaya, tío, no había escuchado nada igual desde Danny Galton, eres un guitarrista camaleón —le dijo Timothy, el ingeniero de largas barbas canosas que siempre lucía camisetas oscuras bajo una camisa vaquera que debía tener el récord de lavados del mundo.

Así fue como Matty obtuvo el trabajo de sus sueños y empezó a ganar dinero con ello. A mí me tranquilizaba pensar que seguiríamos juntos en todo aquello y que tenía una mano a la que agarrarme.

🎧 TRACK 9: 🎧
GOODBYE HURTS

Llevábamos cinco días grabando en el estudio de Marvin O'Sea y hacía siete que Mike y yo habíamos roto. En mi vida las cosas casi siempre han sucedido así, la alegría y la tristeza caminando de la mano, consiguiendo que en mi interior reine un cierto equilibrio.

No nos peleamos, prácticamente no nos vimos en todo el verano por lo que simplemente nos rendimos a la evidencia y, cuando en agosto él recogió sus cosas para instalarse en la universidad, nos despedimos deseándonos mutuamente éxito y felicidad en nuestros nuevos rumbos. Tampoco es que pudiera hundirme en la pena, debía darlo todo y en el estudio las emociones afloraban con la velocidad y ferocidad de un coche en el Nascar. Recuerdo que el día que empezamos a grabar las voces, me puse los cascos, miré a Matty recostado en un sofá detrás de Timothy, y dije:

—¡No hay nada como estar en casa!

Definitivamente, aquel era mi sitio en el mundo.

John Patton era un productor muy exigente y solo grabamos tres temas en aquellos cinco días. Los segundos previos a escuchar las primeras notas eran mágicos. Durante los dos meses anteriores, varios músicos habían trabajado en mis composiciones, respetando mi estilo y enriqueciéndolo con la visión de Patton en pequeños detalles que marcaban la diferencia. Grabé cientos de veces la voz principal e hice innumerables voces secundarias que daban cuerpo a determinadas partes de las canciones, consiguiendo que se me erizara el vello hasta a mí. También acompañé a Matty cuando se grabaron las pistas de la guitarra, aunque entonces era yo quien se sentaba en aquel mullido sofá y observaba intentando averiguar cómo funcionaba la mesa de mezclas, los ordenadores y el resto de equipos de monitores... El tiempo volaba en el estudio de grabación. No había horarios marcados para comer o dormir, y nuestros cuerpos se dejaban llevar. La música tenía ese efecto poderoso sobre todos los que nos encerrábamos allí.

Tuvimos un receso de dos días en los que no se nos necesitó a ninguno de los dos y aproveché para dormir como una marmota, comer como una hiena y citarme con mis amigas antes de que empezara el nuevo curso.

Quedamos para ir a Mianus Rope. Era divertido y liberador saltar con la liana al río, poder gritar y que el eco rebotase.

—Tienes que prometernos que cuando te hagas famosa nos sacarás en uno de tus videoclips —me rogó Caroline estrujando entre las manos su larga melena para escurrir el agua.

—¡Pero que salgan también modelos guapos! ¡Uno para cada una! —añadió Jordyn.

—Por mí como si salís vosotras y yo me dedico simplemente a poner la voz. Debe ser superraro grabar un videoclip, es como ser un poco actriz. No sé, hacer los *covers* con Matty es una cosa, pero con más gente, siguiendo un guión... solo de pensarlo me tiemblan las piernas —les confesé agarrada a la gruesa cuerda que estaba firmemente atada a aquella poderosa rama.

—Lo harás genial —me animó Kitty.

—Bueno, nadie dice que llegue a grabar ningún videoclip, de hecho puede que mi disco solo lo compréis vosotras y termine cantando a los ciervos otra vez, y Matty recuperando su puesto de repartidor de pizzas.

—A mí no me importaría que Matty regresara —confesó la más guapa de mis amigas.

—Caroline está coladita por tu guitarrista, Sissi —apuntilló Graiden.

Aquella confesión me pilló desprevenida y forcé una sonrisa para ocultar el desconcierto.

—¿Te gusta Matty?

Caroline le propinó un pequeño empujón a Graiden entre risas.

—Sissi, es que cuando lo veo tocando junto a ti, no sé... ¡se convierte en alguien arrollador!

—¡Está buenísimo con esa cara concentrada en las cuerdas de la guitarra! —corroboró Jordyn.

Las escuchaba atónita. Hablaban de Matty, de *mi* Matty. Sentí unos celos que me parecieron absurdos y me reí de ellas.

—Eso es porque no lo habéis visto recién levantado.

Las chicas me abuchearon al unísono y Graiden me empujó hacia el agua entre risas. Todas saltaron en grupo detrás de mí y sumimos el rincón arbolado en chapoteos que refrescaban el ambiente.

—Tenemos una noticia que contarte; es lo que tiene encerrarse en un estudio de grabación lejos de tu grupo, eres la última en enterarte de los cotilleos —anunció Jordyn.

—¡No te lo puedes ni imaginar! —rio entre dientes Caroline.

—¡Oh, vamos, chicas!

Kitty había enrojecido y no era a causa del braceo constante para mantenerse a flote.

—¡Contadme! Me estáis poniendo nerviosa —les rogué.

—¡Kitty se ha liado con Garret! —soltó Graiden.

Miré a la aludida, a la que se le escapó una risilla nerviosa antes de aclarar:

—Solo fue un beso.

—Kitty Berger, ¡cuéntamelo todo de inmediato! —le exigí.

Escuché a Caroline contar cómo en el intento de animar a su hermano, que no lograba superar la ruptura con su novia (la chica Victoria's Secret), se le «escapó» que había más chicas en el mundo, que incluso tenía buenas amigas secretamente locas por él. Debió atar cabos y, justo el día que se iba a la universidad, paró en la biblioteca municipal, donde Kitty colaboraba con la catalogación de libros.

—Lo vi acercarse por el pasillo de clásicos griegos, con una sonrisa tensa y más derecho que un poste —relató Kitty sin conseguir rebajar el acaloramiento de sus mejillas—. Extrañada le pregunté qué hacía allí y su contestación fue un beso. Imagínate cómo me quedé, ¡petrificada!

—¿Y ya está? ¿Se marchó sin decir nada?

—No te anticipes, Sissi, mi hermano es un chico romántico.

—Me dijo que necesitaba tiempo para superarse de su última relación, pero que si dentro de un año sigo libre él intentará conquistarme. —Kitty soltó otra risilla nerviosa antes de hundirse en el agua.

Algo se removió dentro de mí, y de mis ojos brotaron lágrimas que intenté ocultar sin éxito braceando a su lado hacia la orilla.

—¿Y a ti qué te pasa? No tienes permiso para ponerte triste con todas las cosas alucinantes que te están pasando —me recriminó Jordyn.

—Echará de menos a Mike —supuso Caroline.

—¡Cómo lo va a echar de menos, si han cortado por ella!

—Han sido las circunstancias.

—O quizá se ha acordado de Dean.

—¿No estarías interesada en Garret, verdad, Sissi? —me preguntó Kitty preocupada.

Ellas me miraban mientras debatían el motivo de mis lágrimas, pero era difícil de explicar y, en cierto modo, injusto. Lloraba de felicidad por mi amiga, porque le había pasado algo tan romántico y esperanzador que me había conmovido, aunque también lloraba por el futuro que se había esfumado con Mike, por el maldito recuerdo de Dean que acudía a mi mente como un eterno dolor de muelas, pero sobre todo, creo que lloraba por aquel momento. Estar allí con mis amigas, como chicas normales de dieciséis años, era algo que parecía tan seguro y normal que mi interior me avisaba de que en realidad me dirigía a un mundo de adultos. En ese momento se mezcló la emoción con el miedo.

Cuando llegué a casa aquella tarde, Matty me esperaba charlando con mi padre en el porche y me dio la increíble noticia.

—Cariño, este curso no va a ser como esperabas —dijo mi padre con cara de póker.

—¿No? ¿Qué ha pasado?

—Los Fab Flies han escuchado tus canciones. Están grabando en el mismo estudio que nosotros y Clint les puso tus temas el otro día.

—¿Y qué ocurre? ¿Acaso quieren comprarlas? ¿Ya no quiere la discográfica que grabe el disco? —me alarmé y sentí un miedo atroz.

—Quieren que seas la telonera para su gira de otoño —me anunció Matty con el pecho inflado.

—¿Yo telonera de los Fab Flies?

—Bueno, los dos juntos, si me aceptas como guitarrista de tu banda —dijo Matty esperanzado.

Lo miré atónita, arrugué la frente al escuchar aquello de «mi banda» y me abracé a él con todas mis fuerzas:

—Estamos juntos en esto, Matty. Tú eres mi guitarrista y... mucho más.

—Y tú mi voz, Sissi. Y mucho más. De hecho, tenemos que hacer algo para recordar siempre todo esto. ¿Me presta su coche, señor Star?

Mi padre accedió algo forzado, pero no pudo negarle algo al que hasta entonces había sido un chico de modales y comportamiento ejemplares.

Matty conocía la noticia desde hacía rato, había tenido tiempo de asimilarla, y en aquel momento estaba exultante. Me agarró de la mano con un tirón enérgico, me empujó al interior de nuestro coche y condujo hasta la ciudad con una traviesa sonrisa en los labios. No quería revelarme adónde me llevaba, pero yo estaba con tal estado de euforia que realmente no me importaba, quería estar con él y disfrutar de aquella sensación de victoria.

Aparcó frente a una tienda de tatuajes llamada Byran. No era un lugar cutre, sino más bien elegante, con aquellas dos columnas negras en el escaparate y el suelo de parqué.

—¿Te vas a hacer un tatuaje? —le pregunté atónita.

—*Nos* lo vamos a hacer.

—De eso nada, no pienso hacerme un *tatoo*. ¡Mis padres me matarían! —Me crucé de brazos y retiré mi cuerpo todo lo posible de él.

—No tienen por qué enterarse, hay zonas en las que pueden matenerse ocultos. —Matty me agarró del brazo, pero me resistí dejando escapar unas risas ante su ataque de cosquillas.

—¿Como dónde? ¿En las tetas o en el culo?

—Venga, Sissi. Uno diminuto, tuyo y mío. Nadie lo sabrá, será tan pequeño que creerás que te ha picado un mosquito.

Me mordí el labio con sensación de culpa por los deseos de cometer esa pequeña locura. ¡Iba a ser la telonera de los Fab Flies!

—Está bien, uno muy pequeño, pero jura que nadie lo sabrá jamás.

Entramos de la mano en aquel lugar que mi padre habría censurado de forma tajante y miramos dibujos durante un buen rato en un enorme muestrario. Yo me decanté por una clave de sol escondida entre los dedos meñique y anular del pie derecho, mientras que Matty se tatuó los botones de control de un aparato de reproducción en la muñeca izquierda para que se le viera al tocar la guitarra. Me dolió como mil aguijones venenosos y me arrepentí durante todo el proceso, hasta que vi el resultado final y una sonrisa se dibujó en mi rostro.

—Mola —sonrió Matty frente a mi pie.

—Y es nuestro secreto.

Nos miramos en silencio durante unos segundos sin perder la sonrisa, busqué su mano y entrelacé sus dedos con los míos.

—¿De verdad todo esto está sucediendo, Matty?

—Esto es solo el principio.

Cuando regresamos a casa, mi padre se escandalizó al ver la muñeca enrojecida de Matty y le reprochó que le hubiese pedido su coche para semejante disparate, pero mi amigo aguantó el chaparrón con un brillo que solo yo entendía.

Aquel mes de septiembre terminamos de grabar el disco y, a la vez, comenzamos a ensayar con los músicos que nos acompañarían en la gira de los Fab Flies: Roy, un experimentado batería de Missouri que fumaba como si para él el oxígeno lo sacara de la nicotina, con un humor ácido y un desarrollado instinto paternal; Lou, un treintañero siempre con ganas de juerga que por aquel entonces fue mi bajista, y Bobby el segundo guitarra, el más mayor de todos y con el que Matty pasaba más tiempo.

Fue divertido, todo era nuevo y excitante. Recuerdo aquella época con muchas risas como banda sonora. En los primeros ensayos yo era un verdadero pato, presa de la vergüenza no sabía moverme en el escenario e intentaba ocultarme tras la guitarra. Hasta que no logré sentirme «en familia» con los chicos de la banda, no pude soltarme la melena y creerme que era una artista de verdad.

—¡Dios te ha dado caderas para que las puedas menear sobre el escenario! Báilale al público, Sissi —me decía Lou.

—No hay público, estamos solos en esta sala de ensayo —le contesté de mal humor.

—¡Pues imagínatelo, nena!

—Venga, Lou, no la presiones. ¿Por qué no te pones tú en el centro y le enseñas a darlo todo? —bromeó Matty para rebajar la tensión.

Lou no se achantó, se desprendió del bajo, ocupó mi lugar e interpretó terriblemente mal nuestro tema de apertura bailando entregado al máximo. Tengo que reconocer que todos nos reímos y conseguí relajarme. Una cosa era ser compositora y cantante, y otra bien diferente, convertirte en artista.

—Sissi, los que vayan a verte lo harán porque tienen interés en hacerlo, así que disfruta, relájate y canta como si cada vez fuera la última oportunidad —me aconsejó Roy.

Esas largas sesiones de repetir hasta la saciedad los temas podrían haber resultado agotadoras, pero las disfruté. Lo que no imaginaba era que el directo era intenso y emocionante, infinitamente mejor que escuchar mis canciones grabadas.

Me llevaron a un estudio fotográfico para hacer la portada del disco y en aquella ocasión me acompañó Nenne.

—Mi hermanita viene atacada de los nervios, teme que queráis sacarle fotos de esas en las que las cantantes salen con las tetas casi al aire.

—¡Nenne! —grité a mi hermana delante de la fotógrafa que comenzó a reír.

—Sissi, le estoy diciendo lo que tú no te atreves a soltar por esa boquita. ¿De qué te vale tener una hermana mayor si no? Y aunque es obvio que precisamente mi hermana no tiene un pecho especialmente voluptuoso como para convertirlo en protagonista, sé que hoy en día con el Photoshop se hacen milagros. Así que, antes de comenzar, queríamos dejar claro que su sonrisa es espectacular y ahí es donde deberías darle al zoom.

Mi querida hermana hablaba con ambas manos apoyadas en las caderas, el cuello erguido y el tono seguro; sin embargo, la fotógrafa siguió riendo y nos guio hasta un perchero largo del que colgaban una buena selección de vestidos floreados, sencillos pero preciosos.

—Relájate, hermana mayor, el *look* sexy no es el que quieren explotar en la discográfica con Sissi. Lo que vamos a hacer —esta vez ya se dirigió a mí con ademán profesional— es jugar un poco con tu propio estilo, con un maquillaje algo más rompedor y una selección de vestidos neutros que potenciaremos con abalorios divertidos.

—Me gusta llevar mis Vans con los vestidos, no me pongas tacones, por favor. Ya soy muy alta y cuanto más me despego del suelo, más pierdo el equilibrio —le rogué con las manos formulándole una súplica.

Me miró los pies y se llevó un dedo a los labios, pensativa:

—Eso se puede arreglar con un poco de silicona.

Finalmente, tras posar con unos siete vestidos y unas zapatillas reconvertidas con *glamour* gracias a piedrecitas de colores pegadas en sus laterales, salió la foto de portada para mi primer disco. Logró captar mi ilusión, inocencia y, por supuesto, mi sonrisa fue la protagonista.

El primer *single* del disco salió una semana antes del primer concierto, la compañía mandó CDs a las radios y en solo siete días se vendieron veinticinco mil copias. Las chicas me mandaron fotos en el Wallmart de Greenwich con mi disco en las manos y mamá me relataba diariamente las noticias resultantes que encontraba con cada búsqueda de mi nombre en Internet.

Empezamos la gira en el Borgata de Atlantic City y continuamos con el Saenger de Nueva Orleans. Para cuando nos tocó actuar en el Majestic Theater de Detroit, Lex Scott, el cantante de los Fab Flies, y yo, ya nos habíamos liado.

Lo reconozco, fui seducida por la erótica del escenario. Aquel chico con aspecto de granjero sureño levantaba pasiones y reunía en cada ciudad decenas de fans gritando su nombre y jurándole amor eterno. Cuando cantaba se acercaba al micro de aquella manera tan sexy que te ponía el corazón a cien por hora y, cuando tuvo la cortesía de querer que cantara con él *Soon is late* en cada concierto, nuestras bocas no llegaban a tocarse gracias a que el pie del micrófono hacía de obstáculo.

Salir al escenario envuelta en aplausos era agradable, pero lo era mucho más ser despedida de igual forma, pues significaba que el público había disfrutado con mi música. Terminaba exhausta tras cada actuación en la que me entregaba como si todas fueran una oportunidad única. Recorría de arriba abajo el escenario con mis zapatillas multicolores y mi alocada larga melena, bajaba el volumen de mi petaca para poder escuchar al público cuando coreaba algún estribillo y volvía a subirlo para entonar correctamente aquellas partes en las que mi garganta se rasgaba alcanzando los tonos más altos y sostenidos. Solíamos terminar empapados en sudor, toda la banda se entregaba al máximo, incluido Matty, al que le encantaba saltar sobre los altavoces en sus solos de guitarra.

Mientras yo tonteaba con Lex de una ciudad a otra, él andaba todo el día perdido con el resto del equipo, tan solo estábamos juntos en el escenario y durante las largas horas de viaje en el autobús donde compartimos litera. Él mismo, sin darse cuenta, estaba forjando su leyenda. Todos querían escucharlo tocar la guitarra. Sin embargo, desde el primer instante en el que se percató de que entre Lex y yo había algo, hizo honor a su nuevo apodo, «el chico camaleón», y se camufló en el ambiente hasta pasar desapercibido, al menos para mí.

No me molestó, de hecho, aquello me permitió disfrutar de aquel excitante lío romántico que estaba viviendo y, de todas formas, cuando estábamos juntos en el escenario volvíamos a complementarnos como si fuéramos indivisibles.

Era una sensación extraña estar detrás del escenario esperando a salir, cuando todo el público clamaba por el nombre principal del cartel y no por Sissi Star; y aunque era algo con lo que contábamos, yo sentí todas y cada una de aquellas actuaciones como si fueran exámenes de acceso a la universidad. Las luces se apagaban, el público silbaba y yo sentía a Matty detrás de mi oído dándome el empuje que necesitaba:

—Sal ahí y haz tu magia.

Aquella era nuestra frase. Unas palabras que me decía siempre para darme valor y confianza, y que conseguían que, al encenderse los focos, me sintiera como la estrella polar de un firmamento que finalmente me aplaudía expectante. Luego llegaba aquel dueto con Lux, la gente enloquecía y me marchaba del escenario henchida de felicidad y con cosquillas ardientes en el estómago.

El último concierto fue extraordinario, pero mi pequeña aventura terminaba, tanto la musical como previsiblemente la amorosa.

A través de Clint conseguí un mánager musical, Ethan Bell. No sé qué habría sido de mí sin él. El lanzamiento del álbum fue una locura de citas para entrevistas, sesiones de fotos y visitas a radios. El día que tuve entre las manos mi primer CD todo se hizo real. Verlo en las tiendas de música expuesto me volvía loca. Insistía en fotografiar todos aquellos stands en los que lo veía. Aquello era una absoluta y gigantesca locura.

Yo era Sissi Star, no formaba parte de un grupo. Para mí, Matty era mi otra mitad, pero para toda la parte de la promoción estaba sola. Ethan me guio y me cuidó, en definitiva, él me dio la mano y me dio consejos que nadie más me habría podido dar en aquel momento.

—Sissi, en las entrevistas que te hagan nunca debes titubear. Un instante así lo interpretarán como que eres una chica descentrada, los más retorcidos y de lengua ligera, incluso podrían decir que vas colocada. Limítate a dar respuestas cortas, prepárate contestaciones estudiadas y, si no sabes qué contar o no quieres hacerlo, tienes la libertad de reinventar tu propia historia.

—No tengo nada que ocultar, Ethan. No he hecho locuras, solo tengo dieciséis años, ¡no me ha dado tiempo! —le dije entre risas inocentes.

—Sissi, no vas a tener eternamente dieciséis. Este mundo te pondrá a prueba y te aseguro que meterás la pata más de una vez... por ejemplo, mañana te pueden decir: «Corre el rumor de que en la gira de este verano, entre tú y Lex Scott surgió un romance, ¿cómo de intenso ha sido?»

Lo miré perpleja:

—¿Cómo van a saberlo?

—Lo sabrán —afirmó sin pestañear.

—Lex Scott y yo somos simplemente amigos, ha sido una experiencia increíble compartir escenario con él y toda su banda. —Miré dudosa a mi mánager—. ¿Es suficientemente corta y estudiada la respuesta?

Nunca pensé que podría ser objetivo de la prensa rosa antes de ser conocida por mi música, pero Ethan me abrió los ojos.

—Yo no estoy para juzgar, pero sí para asesorarte, por ello mira bien con quién decides tener romances ya que vas a ser famosa y ya nunca volverás a estar protegida por tu anonimato.

Por ello, aquel día de camino a la emisora de Fresh Radio para una presentación en vivo, acompañada por Matty a la guitarra, este me preguntó el motivo de mi cara larga.

—He roto con Lex. Bueno, en realidad no sé si se puede romper lo que fuera que teníamos, porque desde el último concierto solo nos hemos visto dos veces.

—Bueno, no sé qué decirte. —Giró la cara hacia la ventanilla del coche que nos había mandado la discográfica.

—¿Que lo sientes, por ejemplo? —Le di un codazo en las costillas.

—Siento que te sientas triste. —Se encogió de hombros y guardó silencio.

Lo miré, al principio furiosa y luego analicé la situación. No podía esperar que Matty se comportara como una de las chicas, él no me diría lo que esperaba oír, el «es un asco que tengas que cortar con él» que me habría dicho Kitty; o «a rey muerto otro en su puesto», como habría soltado Graiden, o «llora un poco y luego vuelve a ponerte rímel en las pestañas», que es lo que me habría aconsejado Jordyn. No, Matty no sería mi hombro para llorar el mal de amores.

—Pero seguro que esta semana conseguimos escribir juntos otro éxito —me dijo de repente.

Sí, con Matty convertía mis emociones en música.

♫ TRACK 10:
ON THE ROAD

Aquel año fue agotador. Me marcaron una interminable ruta de actuaciones por todo el país en pequeños teatros y salas, incluso en algún centro comercial. Empezaron a llegar algunas cartas de fans a la discográfica y me hacían tanta ilusión que con gran parte de esas personas sigo teniendo contacto actualmente. Cada vez era más famosa y las ventas se dispararon, por lo que la posibilidad de grabar un segundo álbum cobraba fuerza. Matty y yo trabajamos duro para componer buenas propuestas musicales, aprovechábamos las largas horas de viaje e incluso nos encerrábamos en el cobertizo los días de «descanso», ajenos al paso de las horas.

—¿Cómo consigues no volverte loca en ese mundo en el que te has metido? —me preguntó Nenne una noche por teléfono.

Recuerdo que estaba tumbada en la cama del autobús de la gira mirando por la ventanilla hacia un cielo despejado plagado de estrellas.

—¡Me vuelvo loca a diario! Lo que cambia son las cosas que me rodean, yo sigo sintiéndome igual y sigo emocionándome con todo de la misma forma...

—Pero ya no necesitas que te dé la mano. —Su tono de voz fue mezcla de orgullo y tristeza.

—Eso no es del todo cierto, necesito tus consejos, como que debo sonreír mucho y menear bien el trasero.

Ambas reímos. Era bueno tenerla a tan solo una llamada de teléfono, eso hacía que volviera a ser simplemente la hermana pequeña de alguien. Sin brillos.

Conseguí sacar el último curso realizando trabajos a distancia y exámenes adelantados. Sin embargo, no pude graduarme con el resto de las chicas ya que me encontraba en Los Ángeles.

Antes de que mis amigas tomaran sus rumbos universitarios, cumplí mi promesa: las saqué en mi tercer videoclip. Lo grabamos en Montauk rodeadas de guapos muchachos en bañador que yo misma había elegido de una agencia de modelos.

—¡Ay, Dios de mi vida! Estoy tan nerviosa que me tiemblan los lóbulos de las orejas —me dijo Graiden mientras nos maquillaban.

—No lo estés, va a ser tan divertido como aburrido, ya lo verás... Es todo el rato algo así como: ¡grabando!, ¡corten!, ¡volvemos a grabar esa misma toma!, ¡corten! Y así una y otra vez.

—Por mí como si el rodaje dura un mes si tenemos que estar con esos chicos tan tremendos. ¿Cómo dices que se llama el morenazo de ojos verdes? —dijo Jordyn sofocada.

—Brandon. Sí..., desde luego, esa parte no está nada mal —bromeé, y todas escondimos nuestras risitas de diecisiete años mientras nos deleitábamos la vista con el grupo de modelos que charlaban con el director del videoclip fuera de la carpa donde aumentaban nuestra belleza natural de forma exponencial.

Tuvimos que montar en motos acuáticas por parejas con los chicos. Me costaba mirar a la cámara concentrada en la letra de la canción cuando por el rabillo del ojo veía la forma prudente en que Kitty rodeaba con sus brazos la cintura de aquel modelo de pelo tostado por el sol, o la actitud alocada de Jordyn subida de pie tras el guapo de piel morena que parecía aún más alocado que ella. Caroline tenía novio, no se sentía cómoda con los falsos tonteos y compartió más escenas a mi lado que con su apuesto modelo. Y Graiden protagonizó la historia más romántica del rodaje con un beso difuminado por una puesta de sol.

—Cuando vean eso mis padres me van a matar —dijo mi amiga mordiéndose el labio al revisar aquella toma junto al director en el pequeño monitor.

—Van a lamentar haberte puesto los aparatos durante tantos años, son los culpables de que ahora tengas una sonrisa preciosa y te hayan elegido para el beso del clip —rio Caroline.

—A mí no me mires, por mí me besaría con todos los modelos que elijo —solté con descaro.

Rompimos a reír todas y el director nos mandó a chapotear en el agua para aprovechar esas risas con otra magnífica toma natural.

Sin lugar a dudas, ese es uno de los mejores recuerdos de nuestra amistad, sobre todo para Jordyn, ya que gracias a su descaro y particular estilo, consiguió que su compañero de moto, el guapísimo modelo Brandon Lov, se enamorara de ella sin fecha de caducidad.

Para el segundo semestre, me incluyeron en el cartel de un buen número de festivales: el *Yountville* de California, el *Sunfest* en Palm Beach, el *Toyota Summer* de San Diego y el alucinante *Outside Festival* de San Francisco. Mi padre no llevó nada bien dejarme marchar sola; en los planes iniciales mi madre debía acompañarme en ese tipo de largas estancias fuera de casa, pero había resbalado en el suelo de la cocina por culpa de un poco de harina y se había fracturado la tibia. Le encomendaron «mi vida» a Ethan, aunque yo era una buena chica y no necesitaba cometer locuras para disfrutar de toda aquella experiencia.

Lo más arriesgado que podía hacer era dejar que Matty me enseñara a montar en monopatín durante las eternas horas de pruebas de sonido.

—Te falta actitud, no aptitud —decía todo serio.

—¿Y cuál es mi actitud según tú? —pregunté sobre su patín desgastado.

—Te subes encima como si fueras una bailarina, con la espalda rígida y la barbilla elevada. Tienes que relajarte y pensar que eres... una surcadora del viento.

—Te explicas como un libro cerrado. —Me impulsé con el pie izquierdo y avancé unos metros con los brazos extendidos. Elevé la pierna hacia atrás y grité que era una elfa danzarina.

—Así no vas a aprender nunca —rio Matty y pude percibir el brillo en sus ojos rasgados. Quizá fuese por el sol que me iluminaba directo convirtiendo mi melena castaña en un revoloteo dorado; o quizá simplemente se reía de mí.

Conocí a tanta gente, a tal montón de grupos y músicos, de locutores de radio y organizadores, que parecía que el mundo de la música era más grande que el propio planeta. Cuando creía que un día no podía llegar a ser más alucinante volvía a amanecer en una nueva ciudad y las experiencias se superaban unas a otras.

Viajábamos en un autobús con literas que te hacían sentir que dormías dentro de un ataúd, pero quizás esa misma estrechez hizo que el grupo se uniera y termináramos comportándonos como una pequeña familia.

Por aquel entonces, Dean se había convertido para mí en eventuales postales, llamadas privadas y escuetas a su hermano, y un pensamiento ligado a cualquier noticia sobre operaciones militares que pudiera ver en la televisión. Para nada me esperaba que a esas alturas tuviese el poder de tambalear de nuevo mi vida...

La actuación en la feria de San Diego fue divertida, canté cinco canciones del disco e hice un dueto con Margot Moon, la cantante de cadencia *country* que mezclaba sus sonidos con R&B.

Yo ya estaba en la habitación del hotel. Al grupo le gustaba apurar al máximo junto al resto de músicos, pero yo me recluía en cuanto terminaba la actuación. Comenzaban a formarse pequeños grupos de seguidores que me reclamaban con insistencia y los de seguridad, por norma general, no los dejaban aproximarse. Ellos se frustraban y yo me sentía fatal, por lo que prefería marcharme, darme una buena ducha y llamar a casa para contarles el día a mis padres mientras comía algo del servicio de habitaciones.

Recuerdo que cuando llamaron de recepción tenía puesto el pijama que la abuela de Essex me había regalado por mi cumpleaños, un bonito juego de camiseta y shorts de flores al más puro estilo victoriano.

—El señor Butler la está esperando en el *hall*.

—Dígale que suba, por favor.

No entendía por qué Matty me esperaba en recepción, sabía que yo no salía por las noches después de los conciertos. No tenía intención de volver a vestirme para ver qué es lo que quería, así que me tumbé en la cama y encendí la tele dispuesta a ver una serie en Netflick. Cuando a los cinco minutos llamaron a la puerta y abrí, el corazón se me paró.

—Hola, preciosa.

Aquellos ojos turquesa, esa sonrisa medio abierta con la que forzaba su respiración y colapsaba la mía... era el «señor Butler».

—¿Pero qué haces en San Diego, Dean? —No pude evitar mostrar la alegría que me producía verlo en el umbral de mi habitación de hotel.

—En realidad llevo varios meses destinado aquí, ¿no te lo había dicho Matty?

—No tenía ni idea. ¿Sabe él que estás aquí? O sea, en el hotel, no en San Diego.

—No, no sabía con seguridad si podría salir esta noche. —Apoyó su hombro en el marco de la puerta y me miró hasta desconcertarme.

Estaba nerviosa, con el pijama de flores menos sexy de la historia de los pijamas, con la ropa del concierto esparcida por el suelo y las sábanas de la cama revueltas. Aun así, le pregunté por qué no pasaba.

—Es tu cuarto, tienes que invitarme a entrar —me respondió con picardía.

—¡No seas tonto! ¿Llamo a Matty para que sepa que estás aquí o te marchas para buscarlo?

Dean se sentó en la butaca que había junto a la ventana, puso ambas manos en los reposabrazos y relajó la espalda.

—Si a ti no te importa le llamo yo, ¿puedo esperarlo aquí hasta que llegue?

¿Importarme? Me tenía embrujada, ese era el efecto que Dean causaba en mí. Borraba las lágrimas, las promesas que le había hecho a mi corazón de olvidar a un imposible y volvía a dedicar cada uno de mis pestañeos a retener su imagen en mis retinas.

Estaba más moreno y musculoso, unas gafas espejadas brillaban sobre su oscuro pelo de corte militar y una barba de varios días le daba un toque más maduro a aquellas facciones atractivas.

—¿Quieres salir? Os puedo llevar a un sitio genial, nada ostentoso, un italiano con unas pizzas espectaculares.

—Suena genial.

—¿Y vas a cambiarte o sueles salir en pijama para despistar a tus fans?

—Sí, claro. Iba a hacerlo... ahora. —Cogí uno de los vestidos que asomaban por mi maleta a medio abrir y me encerré en el baño con las pulsaciones desbordadas.

Me miré al espejo y respiré profundamente unas diez veces antes de volver a enfrentarme fuera a su mirada.

—Matty me ha contestado. Estará aquí en unos veinte minutos —me informó alzando su teléfono móvil.

Entonces sentí un pellizco en el estómago, como si mi comportamiento no fuera el adecuado. Dean era el hermano de Matty, y algo tan obvio me desequilibraba. Aquel militar ya no significaba lo mismo para mí, ni tampoco mi guitarrista ocupaba el mismo lugar en mi corazón, aunque me esforzara por camuflarlo.

—Se va a alegrar muchísimo de verte.

—Está feliz, ¿verdad? Está viviendo su sueño a tu lado.

—Lo estamos viviendo juntos —corregí y en mi mente vi con claridad el brillo de la mirada de Matty al verme cantar.

Dean posó la mirada en mis pies y soltó una risita que me derritió.

—Esas son las famosas Star Vans, ¿eh?

—Las tengo de todos los colores y tuneadas con todos los posibles tipos de piedras brillantes y lentejuelas. Digamos que son mi marca de fábrica —me reí con él—. Pero cuéntame, ¿qué ha sido de tu vida? ¿Eres ya capitán de fragata?

Dean agarró la guitarra que reposaba a su lado y comenzó a acariciar las cuerdas creando tenues acordes.

—Estoy en Operaciones Especiales, soy del SWCC. —Lo miré con los ojos abiertos y él volvió a regalarme una risa ladeada—. En Port Royal me ofrecí voluntario para ingresar en el cuerpo así que me enviaron ocho semanas a la escuela preparatoria en Great Lake, Illinois, y de ahí pasé a San Diego para la etapa de orientación y entrenamiento. Llevo aquí mucho tiempo, Sissi Star.

—¿Y qué narices es eso del SWCC?

—Es la Tripulación Combatiente de Operaciones Especiales, somos el apoyo de los SEAL. Tripulamos unas embarcaciones muy chulas. —Me guiñó un ojo y tuve que retirar la mirada un instante.

—¿Entonces eres como un taxista marinero? —quise bromear para serenarme, pero era imposible hacerlo, me sentía algo incómoda.

Él rio y se puso erguido para darme la explicación:

—Algo así, insertamos o extraemos a los SEAL de las misiones especiales, pero también hacemos reconocimiento de terreno, recopilamos datos de instalaciones militares enemigas o simplemente ayudamos a otras agencias policiales y civiles. Operamos donde los barcos grandes no pueden llegar.

Aquello no sonaba bien y debí poner una expresión reveladora al preguntarle si ya había participado en alguna de esas peligrosas misiones.

—No puedo contar esas cosas, Sissi, pero... es mi trabajo. Quizá no debí contártelo, ahora me vas a mirar todo el rato como si fuera la última vez. Tienes esa expresión...

—¿Qué expresión?

—La de «puede que sea la última vez que te vea porque podrías morir». —Dean soltó una carcajada y se levantó para volver a colocar la guitarra bajo la ventana.

—Bueno... en realidad, me gusta lo que haces. Y además, a ti no te va a pasar nada en ninguna misión, no eres ese tipo de chico. —Saqué valor para acercarme a él y posar una mano sobre su brazo fornido.

Necesitaba comprobar algo, tocarlo y analizar mis sentimientos.

—¿Y qué tipo de chico soy, Sissi? —Las arruguitas de sus ojos me desarmaron.

Todo aquello resultaba extraño, incluso con su aspecto de fornido militar yo seguía viéndolo como mi atractivo vecino, aquel chico que cortaba leña y mantenía a punto los barcos de los ricachones en Greenwich. Él me miraba con aquella sonrisa burlona, pero con cierto grado de fascinación a la vez. Pensé que para él mi vida sí que resultaba casi de otra dimensión. Sin embargo, en aquella habitación de hotel estábamos más allá de todo, quizás el mundo fuera de aquellas cuatro paredes era de colores diferentes para ambos, pero en aquel momento él y yo nos miramos, nos reconocimos y suspendimos el tiempo en el aire.

Estábamos muy cerca, él volvía a entreabrir los labios para respirar y yo dejé resbalar la mano con lentitud hasta la suya, surcando las curvas de su antebrazo.

—De los que siempre regresan. Vuelves, una y otra vez.

No sé si él también pensaba en aquel fugaz beso que le había propinado la última vez que nos vimos y tampoco sé si él esperaba que fuera yo quien se lanzara de nuevo para besarlo, pero el caso es que el instante pasó y Matty llegó.

Algo ocurrió aquel día, me alegré de que su hermano pequeño fuese quien me abriera la puerta del taxi y quien me sostuviera la mirada mientras hablábamos.

Fuimos a cenar los tres a un italiano y pasamos una velada llena de anécdotas de la gira, de reclutas y de recuerdos de nuestra ciudad. Antes de salir del restaurante me avisaron de que se había congregado un pequeño grupo de fans y un par de paparazzis a la puerta. Como no quería que Dean tuviera problemas de ningún tipo, nos despedimos dentro, tras dejarme el cuerpo calmado por un abrazo de lo más real y sin efectos secundarios. Él esperó un rato antes de salir, mientras Matty y yo nos marchamos juntos al hotel, bromeando, en sintonía y sin mirar atrás.

Una semana más tarde salió en las revistas y en numerosos vídeos de Youtube el rumor de la posible relación amorosa entre Sissi Star y su guitarrista, ya que «se los había visto salir de un romántico restaurante en San Diego y volver juntos al hotel».

Matty y yo nos lo tomamos a broma, pero mi mánager volvió a sermonearme acerca de las salidas nocturnas y el tipo de artista que quería ser. Supe que me quedaban por delante incontables sesiones solitarias en habitaciones de hotel.

Al finalizar la gira de conciertos de verano ya habíamos compuesto suficientes canciones para hacer el segundo álbum. En aquella ocasión la discográfica me sugirió incluir algún que otro dueto y me dejé guiar por ellos ya que en el primer álbum me podía permitir correr el riesgo de cometer algún error, pero el segundo sería el que diría al mundo si Sissi Star podía hacer carrera. En un principio pensé en la posibilidad de contar con Lex, pero recapacité y deseché la idea. Contacté con Al Bug y Jesse Larson, con los que había hecho amistad en los festivales; a pesar de tener estilos muy diferentes sus voces empastaban genial con la mía y quedarían unas canciones preciosas.

Lo que jamás pensé fue que como segundo *single* elegirían el dueto que grabé con Matty. Hasta entonces él se había limitado a grabar las guitarras y alguna que otra segunda voz, pero nunca había querido compartir la voz principal. Escuchar su bonito timbre rasgado en el set de grabación erizó todo mi cuerpo y me puso los sentimientos a flor de piel. Y no solo produjo esa sensación en mí, sino que podía ver al productor musical a través del cristal, bailar hondeando los brazos al compás de la base rítmica.

Matty también la sintió como más personal y tuvo pequeños choques con Brett, el productor musical.

—¿Puedes meterle más amplificación en los *swart*? Hay que subirlo un poco.

—Si subes el *swart* va a sonar con un toque blues y no es así como la ideamos Sissi y yo —protestó Matty.

—Necesitamos más *ampli* para que quede con diferentes texturas, Matty. —Brett ensanchaba los agujeros de la nariz.

—Pero si quitamos el *slide* y ponemos más notas sueltas en el puente quizás... Introdúcela al máximo, voy a intentar esta parte así.

Matty se entregaba a la guitarra como si respirara a través de ella y al final nadie, ni siquiera Brett, era capaz de contradecir lo que él sugería, porque lo que sonaba era sumamente hipnótico.

Habíamos compuesto esa canción en el embarcadero de su casa. Trataba sobre la historia de aquella vieja construcción en la que habían vivido sus abuelos. Resultó una melodía rítmica y pegadiza gracias a la combinación de bases y su guitarra principal, una balada llena de recuerdos e intensidad que transmitía un profundo deseo de despertar el amor en el ser querido. Aquella canción... *Us*, nuestra canción.

Por supuesto, eso no hizo más que avivar los rumores sobre un posible romance entre ambos y recogimos muchas críticas sobre el videoclip pues, a pesar de ser precioso, no compartimos más escena que la final. La gente quería ver cómo nos besábamos... Matty y yo volvimos a bromear sobre el asunto, pero una cierta tensión se creó desde aquel momento y ya nunca desapareció.

Me llevaron a un nuevo asesor de imagen, por lo que mi larguísima melena sufrió un alisado definitivo y un corte de flequillo. Matty dijo que estaba diferente mientras el resto del mundo aseguraba que me daba un aspecto menos infantil y más sexy.

—Te lanzaste a la fama con tu tema *Goodbye hurts*, pero con *Rainbow*, tu nuevo álbum, vienes para quedarte, ¿es así, Sissi? —me preguntó Ricky Bool de la WPLJ.

—Esa es la intención, tengo cruzados los dedos —contesté con el tono más agradable que podía entonar.

—Cuéntanos, ¿qué ha significado para ti llegar hasta aquí? ¿Ha cambiado tu vida el éxito?

—Lógicamente, mi rutina diaria es totalmente diferente, pero soy la misma de siempre y lo que es difícil de asimilar es que los demás ahora me vean de forma distinta.

Las preguntas eran similares de una entrevista a otra, era poco frecuente que me sorprendieran con algo original, pero casi lo agradecía. Prefería eso a que me preguntaran cosas que no sabía cómo contestar, o los artículos sin fundamento en los que me presentaban como la cantante para chicos pijos de Connecticut.

La promoción del segundo álbum implicó cuatro sencillos y una gira internacional: el Rainbow Tour. Quisieron potenciar el espíritu juvenil que me envolvía tanto a mí como a los sentimientos que expresaban las letras de mis canciones, imprimiéndole vitalidad con intensos colores, como si cada tono pudiese identificarse con un tema y el conjunto de todos ellos fuese yo: un bonito arco iris.

Todo se magnificó. De pronto el mundo creció, me convertí en un producto sobre el que se levantaba toda una empresa. Era sobrecogedor ver todo lo que se estaba montando en torno a mis canciones y a mi propia persona, desde la publicidad a la cantidad de gente que trabajaba «gracias» a mí. De hecho, la planificación para la gira se convirtió en un enorme monstruo que me producía pesadillas nocturnas.

—No quiero terminar siendo una cantante de doblaje, Ethan, toda esa gente haciéndome los coros, esa cantidad de bailarines que queréis meter en el escenario... no sé, no lo veo claro —le dije a mi mánager cuando todo empezaba a cobrar forma.

—Es la evolución lógica, has saltado a unos niveles en los que ya no vale con ofrecer buenos directos, Sissi.

—Me niego a convertirme en una cantante de coreografías, yo no estoy hecha para el baile, soy una música, una compositora. —Aquella conversación tomaba un tono acalorado en el que no me sentía nada cómoda.

—Sissi, eres una artista dentro de un mundo en el que el oído se alimenta también de la vista.

—¡No pienso bailar, Ethan! Puedo saltar, animar al público como si no hubiese un mañana y entregarme cada noche hasta extenuarme, pero no me convertirás en una cantante de espectáculo. —Intenté transmitir sensación de poder, al fin y al cabo se suponía que yo era lo más importante de todo aquello.

—Sissi, has alimentado a tus fans con vídeos en los que se incluyen increíbles efectos, montajes y escenarios impresionantes, estilismos de infarto... eso es lo que esperan ver en tus conciertos. No puedes cerrar los ojos a la evidencia, el público no va a pagar doscientos dólares por una entrada si no les das todo el lote completo.

—Pues monta un espectáculo en el que mi papel sea ser esta Sissi Star.

Así, mientras el primer single, *Replace your heart*, se convertía en un éxito que alcanzó el número uno en más de veinte países tras lanzarlo un mes antes de la salida del álbum, yo me dejé seducir por el diseñador de escenarios. Él me incitaba a soñar despierta, le contaba cómo imaginaba las historias de las canciones y, sobre eso, él luego lo dibujaba en un papel para darle vida más tarde con efectos visuales y juegos de luces.

—¿Pero esto es real, Matty? —Todo era una locura, cada día me sorprendía más y más por todo lo que me estaba pasando.

—Una realidad que supera a la ficción —me decía él.

—¡Es de locos! Número uno en tantos sitios, ¡me conocen en todos esos lugares! —Era difícil de asimilar, pero a la vez tan emocionante que causaba un efecto adictivo.

—Es por ti, Sissi. No solo por la música, eres tú. —El hoyuelo de su mejilla se marcaba por una sonrisa ladeada.

—¿Qué quieres decir?

—Pues que hay muchas cantantes con voces mucho mejores que la tuya, de eso no hay duda, pero tú haces que tu música sea especial, consigues que llegue al corazón de mucha gente porque sabes transmitir unas emociones con las que todo el mundo se siente identificado en algún momento. Y eres cercana, natural. No necesitas fingir para caer bien porque tu forma de comportarte es divertida, cariñosa, agradecida y, aunque parezca algo normal, para nada lo es. Tú eres extraordinaria. —Matty soltó todo aquello con una serenidad pasmosa y, acto seguido, regresó a su revista de *sudokus*.

—¿Así es como tú me ves, Matty? —Estaba conmovida, pero él parecía no dar importancia a semejante análisis.

—No, esa es la cuestión. Así es como te ven todos, tal como eres.

Hicimos un *casting* para las tres chicas del coro y finalmente fueron Mary Sue, Olivia y Alice las afortunadas que me acompañarían durante esa locura de gira. Por separado tenían unas voces preciosas y muy diferentes, pero al cantar juntas se empastaba, y cuando probé a cantar con ellas *Young heart* sus voces perdieron la identidad propia para acoplarse con la mía a la perfección.

Me plantearon una serie de coreografías ante las que me vi incapaz, así que terminaron por reducirlas y hacer que los bailarines rellenasen mi actuación. A mis interminables piernas les faltaba el don de la coordinación, aunque me aseguraron que era algo que tenía arreglo con tiempo y mucha práctica.

Matty se rio hasta ponerse morado y aseguró que si tenía que verme bailar en el escenario sería incapaz de tocar la guitarra. Fui blanco de sus bromas durante más de una semana, pero al final lo mandé para casa.

Entre medias, hice la audición de bailarines y fue divertido. Yo no entendía de técnica por lo que me limitaba a buscar en los bailarines pasión, esa chispa que prende el fuego al público, que hace que no haya más escenario que los metros en los que se mueven. Tras una intensa jornada seleccionamos a cinco profesionales, dos chicas y tres chicos.

Gracias a aquel torpe intento de hacer de mí una corista comprobé que no sería capaz de aguantar un concierto entero, aunque solo fuera a base de saltos y carreras por el escenario, me asfixiaba. Darlo todo en un par de canciones en los festivales, o frente a un reducido público en pequeñas salas, no era comparable a mantener el nivel durante dos horas en un concierto en el que yo era la estrella, y no creía que mi cuerpo aguantara semejante ritmo a lo largo de toda una gira. No era capaz de cantar, bailar y respirar al mismo tiempo, y todo aquello me llevó al preparador deportivo que me buscaron para remediar el mal estado de mi forma física. Para ser cantante no solo tienes que tener en forma la voz, sino mantener tu cuerpo al nivel de un atleta.

Tenía ya diecinueve años y mis padres me habían buscado un apartamento de alquiler en Tribeca para poder dedicarme en cuerpo y alma a la preparación. Pagar aquel sitio ya no era un problema para mí y era genial poder andar descalza sin que nadie me regañara. La primera mañana fui emocionada al gimnasio, ataviada con un conjunto deportivo que me había regalado Nenne y unas deportivas estupendas para «pronadores» (según el dependiente de la tienda). Pregunté en recepción por mi entrenador, pero antes de que lo llamaran apareció él, con un semblante pétreo que me hizo temblar de rodillas para abajo. Se presentó como Jordan y, en realidad, era el dueño de aquel gimnasio al que acudían muchos famosos del mundo del espectáculo.

Me hizo pasar a un despacho, lo cual me descolocó ya que esperaba empezar con el típico calentamiento de cuello acompañado de respiraciones controladas. Sin embargo, cogió una carpeta y empezó a ametrallarme con preguntas sobre mis hábitos alimenticios y físicos. Contestaba intimidada, no solo por su tono de voz, sino porque su presencia fibrada y musculosa era una combinación apabullante. Era un chico tremendamente atractivo, me pareció joven para ser el dueño de aquel exclusivo lugar y demasiado serio, aunque lo que destacaba en él era una nariz algo torcida, como si un izquierdazo se la hubiese ladeado. Tenía los labios carnosos y la mandíbula prominente; pensé que si aquel chico iba a ser mi entrenador personal, al menos disfrutaría mirándolo.

Nada de crema de cacao o cacahuete, adiós a las galletas saladas de medianoche y a las bebidas carbohidratadas. Jordan puso patas arriba mi vida y, en cierto modo, amargó la de mi madre, que durante unos meses se vio coartada a la hora de cocinar, ya que los fines de semana era quien llenaba mi frigorífico.

—Estás muy delgada, necesitas coger algo de peso y fortalecer tu musculatura. No solo se necesita un corazón fuerte y unas piernas potentes para aguantar un concierto entero, necesitas aumentar tu capacidad pulmonar. Necesitas unos pulmones fuertes, capaces de aguantar el ritmo y la intensidad del baile, además de proporcionarte el oxígeno suficiente para no fatigarte. Primero mejoraremos tu forma física y luego te enseñaré cómo usarla en un escenario.

Jordan casi nunca me miraba a los ojos cuando hablaba y si lo hacía era un vistazo fugaz seguido de un pestañeo rápido. No solo me sometió a sesiones de malévolas máquinas de pesas o a largas rutas de *running*, también me hacía sufrir circuitos dignos de un entrenamiento militar e inaguantables tandas de horribles abdominales. Hicimos entrenamiento aeróbico interválico y yoga, siempre con un silencio de fondo que me incomodaba.

Los ensayos de baile comenzaron poco después y fui con auténtico pavor.

—Relájate, esto es como practicar sexo. Una vez que te sueltas no hay quien te pare —me aseguró Jojo, el coreógrafo.

—Cuando veas lo patosa que soy, ya me lo dirás...

—Cielo, he moldeado muchos diamantes en bruto. Confía en mí. —Me propinó un cachete en el trasero y reclamó la atención de los bailarines con unas afeminadas palmadas al aire—. Sissi, ahora solo tienes que observar a tu suplente e intentar captar algún movimiento. Siéntate y observa.

Aquello me pareció increíble en todos los sentidos de la palabra. Entrenar con Jordan había sido la peor de las torturas, hasta que vi las coreografías y entendí que tendría que cantar al mismo tiempo.

Cuando llegó el día de demostrar que ya estaba en forma, Jordan comenzó a aplicar sus conocimientos para superar las sesiones de ensayo.

—Toma aire —posicionándose detrás de mí, me habló con una voz hipnótica como el movimiento pendular de un colgante—. Cuando tomas aire, los pulmones empujan la caja torácica hacia arriba y hacia fuera. Tus hombros se alzan, ¿ves?

Yo afirmé con un hormigueo extraño en el estómago.

—Esto es lo que debes corregir, debes hacer que tus hombros no se suban y por el contrario tu estómago se hinche con ese aire. Tu caja torácica debe subir mínimamente, pero moverse hacia fuera tanto como te sea posible. ¿Me permites?

Jordan puso sus manos en mis costillas y me pidió que tomara aire. Sentí un calor abrasador ahí donde me tocaba y, como a duras penas pude coger aire, me pidió repetir el ejercicio.

—¿Ves cómo cambia el sistema? Recuerda que así podrás usar el diafragma para empujar y sostener las notas.

Lo único que era capaz de ver era el color de sus ojos, de un verde parecido al de un campo de golf. Descubrí que sus pestañas eran largas y rizadas y que su pelo oscuro se moteaba con betas castañas en algunas zonas.

El día que conseguí terminar las dos horas de ensayo general sin ahogarme fue la primera vez que lo vi sonreír.

—Ya estás más que preparada. Ahora, solo tienes que continuar con el plan de ejercicios diarios.

¿Se estaba despidiendo? De repente me horrorizó la idea y agarré sus bíceps para pedirle que estuviera conmigo hasta el comienzo de la gira. No me sentía con fuerzas para continuar con el mantenimiento yo sola y quería seguir viéndolo. Sentir aquello fue bastante extraño, sobre todo después de haberle deseado el peor de los males durante los primeros días de entrenamiento, cuando los músculos me ardían y las náuseas se me mezclaban con la falta de oxígeno.

—Bueno, claro, si quieres puedo pasar de ser tu preparador a tu entrenador personal, pero eso ya correría de tu mano y no de la discográfica.

Estaba dispuesta a pagar por estar con él, aún tenía mucho que descubrir de aquel chico y estaba convencida de que a él le quedaban muchas cosas que aportarme. Y no me equivoqué.

TRACK 11:
FROZEN BRIDGES

Jordan era un gran profesional, se metía en el papel de entrenador y no se salía de él; sin embargo, yo ansiaba sacarlo de esa zona de seguridad en la que se había acomodado. Quería conversar con él, saber quién era realmente, qué le gustaba hacer más allá del trabajo.

Tras dos semanas de duro y silencioso entrenamiento, mi paciencia rozaba la agonía y en una sesión de abdominales exploté.

—¡Pero vamos a ver! ¿Tú es que no sabes comunicarte como una persona normal? ¿No sientes nunca la necesidad de comentar ni siquiera el tiempo? —Paré para fijarme en su expresión y descubrí unas cejas elevadas. Me tenía agarrados los pies para facilitarme el ejercicio—. Me resulta muy difícil establecer una relación normal contigo, consigues que mis ganas de mantenerme en forma sean parecidas a las de mutilarme, ¿es que te caigo mal?

—No es ese precisamente el problema.

Escucharle decir eso consiguió que me incorporara y me apoyara sobre los brazos. Él soltó uno de mis pies y puso su mano sobre mi rodilla casi sin pretenderlo, se notaba que no era un movimiento premeditado, que se había dejado llevar mientras su mente se debatía entre hablar o callar.

—¿Entonces entre tú y yo sí hay un problema, no? No son imaginaciones mías —suspiré parcialmente aliviada.

Hice amago de levantarme, pero Jordan me lo impidió y me quedé sentada, con las rodillas flexionadas y su cara casi por encima de ellas.

—¿Y bien? ¿Tiene solución o dejamos de entrenar juntos?

Pasaron varios segundos en los que el silencio congeló el ambiente y pellizcó mi estómago. Tenía miedo de su respuesta.

—Quizá debamos dejar de entrenar juntos.

Ante tal afirmación esperaba que al menos me liberase, pero su mano seguía aprisionando uno de mis pies.

—¿Y no piensas decirme cuál es el motivo?

—El motivo... —Jordan carraspeó y suspiró al techo de la sala antes de rendir la mirada sobre mí—, el motivo es que me gustas, que me muero por besarte, y mantener esta actitud profesional contigo es cada día más difícil. He intentado mantener las distancias, ser parco en palabras para no intimar, pero no funciona. Sigo queriendo besarte, a diario.

Tenía sus labios tan cerca de los míos que habría sido una idiotez desperdiciar el momento, por lo que borré la distancia que nos separaba y rocé su boca.

—Para mí eso no es un problema.

Mi pie quedó libre, su mano se apoderó de mi nuca y hundió con ansia sus labios en mi boca. Estaba claro que llevaba mucho tiempo deseando aquello y, como por mi parte existía la misma necesidad, en aquel instante viví el beso más fogoso que pueda recordar.

Resultó que Jordan no era callado y me envolvía con conversaciones infinitas y sosegadas que, una vez finalizadas, me producían un acto de reflexión interno. Sin embargo, lo más significativo de Jordan es que era capaz de hacerme perder la razón con solo mirarlo, me tenía totalmente enganchada. Me hizo conocer todas las terminaciones nerviosas de mi propio cuerpo y me hice adicta a él.

Seguimos entrenando a diario, me ayudaba en los ensayos de las coreografías y empezamos a pasar las noches juntos. Jordan era irresistible, lo miraba y mi cuerpo entero se estremecía. Guardaba su sonrisa para los momentos de intimidad, la sabía usar para embrujar y llevarme al lugar que él deseaba. Llevaba el mando en nuestra relación y yo me dejaba guiar gustosa. Era fuerte, decidido y apasionado, pero lo más importante es que con solo una adusta mirada me hacía sentir que yo era la cima de su mundo. Jordan estaba enamorado de mí y aquellos meses sentí que había nacido para entregarle mi cuerpo.

No compuse ni una sola canción durante aquel par de meses, no había tiempo para eso y tampoco sentía la necesidad de expresar lo que sentía por él con música cuando podía engancharme a su cintura y demostrárselo con besos.

—Me vuelves loco —me decía infinidad de veces con la nariz hundida en mi cuello.

—Para mí eso no es un problema —le contestaba yo deseando rememorar nuestro primer beso mil y una veces.

Al aproximarse la fecha de los viajes de promoción regresé durante unos días a Greenwich. El álbum había salido ya a la venta y en su primera semana había alcanzado la loca cifra de cuatrocientas mil copias vendidas. Se avecinaba una etapa alucinante y agotadora, y para enfrentarme a ella necesitaba pasar esos días junto a mi familia.

Conseguí quedar con Kitty, Graiden y Jordyn, poder escuchar sus risas en vivo, sentir sus abrazos y ver sus miradas de admiración e interés me recargó las pilas.

Matty vino a cenar a casa, él también quería despedirse de mis padres. Habíamos mantenido contacto por teléfono y me visitó en mi apartamento un par de veces, pero aquella fue la etapa en la que estuve más tiempo alejada de él. Lo vi surcar la curva de la carretera subido en el monopatín con su habitual aire sosegado, pero con una rebeldía inusual debido a su aspecto.

—¿Pero qué te has hecho en el pelo? —le pregunté entre risas.

—¿Te gusta mi nuevo *look*? —Matty giro sobre dos ruedas para exhibirse. Su melena desgreñada había sufrido una mutación *punk* en la que había rebajado el volumen de los costados dejando un pelo más largo y despuntado en el centro, eso sí, seguía manteniendo su mirada escondida por aquel flequillo mordido. Tenía, además, el interior de su oreja derecha enrojecido por un nuevo tatuaje, unos pájaros que parecían salir volando del interior de su oído.

—Pareces un chico «malote», ¿por qué te lo has hecho?

Matty se encogió de hombros, agarró el monopatín y antes de pasar por mi lado para meterse en casa atraído por el olor a lasaña, me dijo:

—Porque puedo.

Frases como esa caracterizaban a Matty. Reconozco que en esas ocasiones me volvía loca, resultaba un chico con una personalidad tan atractiva, y en cierto modo oscura, que a veces los ratos que pasaba con él comprometían las bases que había asentado mi corazón sobre lo que debía sentir por él.

—Me gusta, es cierto eso de que te da un aspecto más... duro —sentenció mi madre tras escanearlo durante la cena.

—Ya verás tú ahora la de chicas que te van a acosar, seguro que si te abres una cuenta de Twitter o Instagram me superarías en número de seguidores —le dije con la única intención de provocarlo.

—A mí no me van las redes sociales.

—Porque eres un raro. Un raro con fans. —Pinché en su trozo de *pannacotta* y eso sí que lo hizo reaccionar.

—No tengo el menor interés en tener fans, ni seguidores en *Twister*, eso te lo dejo a ti, pero ni te atrevas a volver a meter tu tenedor en este postre o... —Matty me tenía agarrada la muñeca mientras me miraba con picardía a través de la espesa cortina de pelos.

—¿O qué? —Me enfrenté a su mirada a la vez que planeaba cómo volver a arrebatarle un trozo de aquella cuajada de nata.

Matty golpeó bajo, comenzó el ataque de cosquillas en el costado y no paró hasta tirarme de la silla enroscada en mi propio cuerpo retorcido por el hormigueo.

—Sois como niños —señaló mi padre, que no estaba tan a gusto con el nuevo corte de pelo de Matty como lo estaba mi madre, y mucho menos con su colección de tatuajes.

Matty se comió un bocado y gimió de placer antes de volver a mirarme triunfal.

—No cariño, es que son niños —puntualizó mi madre, y sentí que tenía razón. Éramos niños metidos en una aventura gigante y allí, tirada en el suelo del salón, le saqué la lengua al que sabía que era el mejor compañero de aventuras posible.

Al día siguiente me tocó a mí ir a comer con la señora Butler; debíamos hacer ese tipo de cosas antes de meternos en los innumerables viajes de promoción que precedían a la gira.

—Empezamos el lunes con una reunión íntima junto a los presentadores de programas de radio, les vamos a cantar en primicia algunas canciones del álbum —le conté mientras me relamía con la langosta que había cocinado.

—¡Me encantaría ver sus caras! Seguro que no se pueden llegar a imaginar cómo es vuestro nuevo trabajo, tus letras son tan pegadizas pero, sobre todo, tan profundas que te remueven por dentro;

pero es que mi Matty ha hecho unos arreglos tan potentes, tan magnéticos...

—Deberíamos olvidar esa miniactuación y presentarles a mi madre a los locutores, seguro que es mucho más efectiva —bromeó Matty.

—¡No lo dudo! —asentí sonriente.

—¡No digáis tonterías! Interpretad un poco de *Frozen Bridges* antes de que os marchéis, por favor. Así sentiré que soy más importante que esos hombres de la radio.

—¡Tú siempre serás la más importante!

Matty la besó y fue solícito a por su guitarra. Era tierno, noble, un buen hijo, y a su madre se le humedecían las córneas de pensar que volvía a marcharse durante una buena temporada.

—Sissi, cuida de mi chico —me pidió estrechando mi mano entre las suyas.

—No digas tonterías, Martha, es él quien cuida siempre de mí.

Tocamos unas tres canciones y, aunque el máster sonaba increíble, para mí no había un sonido mejor que mi voz acompañada por Matty a la guitarra.

—Nunca me cansaré de cantar contigo.

Él no daba importancia a mis comentarios, pero cuando le decía ese tipo de cosas podía percibir un brillo especial detrás del flequillo. Aquel día, abrió la boca para contestar, posiblemente tenía preparada alguna respuesta aguda de las que me hacían tirarle de las orejas; sin embargo, mi teléfono sonó y pudo leer el nombre de Jordan en la pantalla. Matty enmudeció y sin mediar palabra me dejó espacio.

—¿Ya has salido del gimnasio? —le pregunté con alegría, aunque algo dentro de mí decía que coger aquella llamada había cortado algo importante.

—En realidad salí hace media hora. Seguro que estabas cantando con Matty, ¿me equivoco? —La voz de Jordan me envolvía, profunda como una cueva y melosa como un *rissotto*.

—¡Madre mía! Pero si es tardísimo, ya debería estar de vuelta en casa. —Alejé un poco el teléfono de mi oreja y grité para que se me escuchara escaleras arriba—. ¡Matty, me voy a casa!

Escuché a mi novio reír al otro lado del teléfono, ellos no se conocían todavía, pero para Jordan mi amigo ni siquiera le suponía una amenaza fantasma. Por muchos rumores que hubiese sobre nosotros, mi apuesto entrenador personal tenía tanta seguridad en sí mismo, o tanta confianza en mí, que él mismo lo sacaba a menudo en nuestras conversaciones. Matty era una pieza fundamental en mi vida por lo que su actitud era en cierto modo inteligente, ya que haberse posicionado contra él no hubiera hecho más que arruinar nuestro recién nacido noviazgo.

La envolvente voz de Jordan me acompañó al teléfono aquella noche de camino hasta casa.

—El mánager de la gira lo tiene todo preparado. El vuelo del jueves me dejará en Denver a las nueve y al día siguiente tengo tres entrevistas a partir de las siete —informé a mi chico.

—Entonces te haré un plan de entrenamiento para que puedas hacerlo sola en el gimnasio del hotel.

—No creo que tenga suficiente voluntad como para hacerlo sin ti, Jordan —le dije a sabiendas de que era más que cierto.

—Deberías —dijo con tono de reprimenda.

—Aún tenemos un par de días en Nueva York, déjame hecha la puesta a punto —bromeé.

—Sissi, no eres un coche —soltó una risa parecida al ronroneo de un tigre—. Pero puedo hacerte de cenar mañana y ya veremos qué más puedo hacer por ti.

Despedirme de mis padres no fue tan duro aquella vez, lo fue más decir adiós a Jordan. Aunque el punto de regreso siempre sería

Nueva York, se avecinaban tantos viajes increíbles de promoción del álbum como despedidas dolorosas del chico por el que se estremecía todo mi cuerpo.

TRACK 12: LOVING PINK

—¿Alguna vez soñaste con tener entre las manos un segundo álbum?

—Ni siquiera soñé que pudiera tener el primero, así que este segundo es casi como un milagro.

Era la cuarta entrevista y la tercera vez que respondía a la misma tanda de preguntas; sin embargo, en cada una de ellas intentaba reaccionar con la misma frescura, sin denotar lo tedioso que resultaban esas agotadoras jornadas promocionales.

—¿Nunca lo soñaste? Entonces, se me antoja que alguien tuvo que encaminarte hacia el punto en el que te encuentras, quizás ese alguien ha sido Matty Butler, tu guitarrista. —Era consciente de que quería desviar el tema hacia el cotilleo romántico, pero la respuesta también era siempre la misma y me salía de forma mecánica.

—Por supuesto, Matty fue quien me hizo pensar que todo esto era posible, quien de alguna manera me guio hasta este punto, como bien dices, y desde luego tengo una suerte enorme de que esté a mi lado no solo como guitarrista, sino como amigo.

—Quizás alguna de tus canciones de amor te las ha inspirado él...

—Desde luego, él ha sido quien musicalmente me ha ayudado a componer todos mis éxitos.

Algunas veces las entrevistas se convertían en verdaderos rodeos en los que se ponían a prueba mis nervios, pero una tanda de preguntas absurdas no podía oscurecer la diversión de todo aquel proceso de convertirme en una estrella.

—¿Tienes algún lugar predilecto para componer? —me preguntó el chico de 3G.

—Bueno, quizá no se trate del lugar, pero sí de alguien con quien hacerlo.

A veces, sin darme cuenta, era yo quien les abría el camino hacia los temas jugosos, pero superar la inocencia de comentar tu primer pensamiento es algo que se consigue con la práctica.

—En tu repertorio hay de forma notable un número mayor de canciones que hablan del desamor, ¿eres desafortunada en el tema amoroso? —Otras veces tenían una forma elegante de introducir el tema.

—Bueno, supongo que como todas las personas, en mi vida hay experiencias alegres y otras dolorosas. Quizá compongo más canciones cuando estoy mal porque la tristeza es un estado en el que te sueles regodear, te pasas el rato compadeciéndote o culpando al viento si hace falta. Cuando estás bien, piensas menos en tu propio estado de felicidad porque simplemente lo disfrutas, lo vives.

—Bueno, pues aunque te deseamos muchos momentos felices en tu vida. —El presentador hizo una pausa para guiñarme un ojo antes de continuar hablando—: No queremos dejar de escuchar temas como el que, tras la publicidad, Sissi Star va a interpretar en directo: *Young heart*.

Aproveché el descanso para firmar unos autógrafos entre el público y tuve que volver a confirmar a las fans presentes que entre Matty y yo no había ninguna relación amorosa. Aquella era la última de las entrevistas programadas, esa misma noche cogería un vuelo de regreso a Nueva York donde mi amor secreto me esperaba con la cena preparada. Tan solo estaría aquella noche allí, al día siguiente iría a Greenwich para pasar una semana con mi familia antes de regresar a Manhattan para los ensayos de la gira.

—Te veo por casa, cuando te canses de estar con Musculitos —me dijo Matty al despedirse de mí en el aeropuerto.

—No lo llames así, si te dignaras a conocerlo, te caería bien.

—No tengo el más mínimo interés en conocerlo.

—A veces eres de lo más desagradable, Matty.

Mi amigo se ajustó su mochila en los hombros y cargó con la funda de su guitarra.

—La vida puede ser muy corta, Sissi, solo me preocupan las cosas importantes.

—¡Pues él es importante para mí! Y por consecuencia debería importarte a ti —le espeté con amargura y rabia. Su actitud era tan confusa algunas veces que lograba hacer que sintiera alivio de separarme de él durante un tiempo.

—Si duráis más de un año, cosa que dudo, te aseguro que dejaré de llamarlo Musculitos, pero hoy por hoy... ¡Nos vemos en casa!

—No pienso ir a verte a casa, no pienso verte hasta que comience la gira. ¡Estaré con Muscu... con Jordan! —grité a su espalda convencida de que mi entrenador personal y yo duraríamos más de un año.

De repente, un día, al salir a por un café al Dean & Delucca que había cerca de casa, una pareja de chicas me asaltaron en la cola para que me hiciese una foto con ellas. Accedí algo sorprendida y con entusiasmo, pero aquello creó un efecto llamada que hizo levantar de sus asientos a los que estaban sentados y acercarse a por otra foto. Gente que paseaba fuera, al ver el alboroto que se había producido en el interior, entró en el establecimiento y sacó sus teléfonos para grabarme y fotografiarme. Cuando me quise dar cuenta, los empleados de la cafetería me estaban escoltando hacia la salida. Tuve que aligerar el paso y pedir perdón, correr en alguna calle hasta que conseguí llegar al apartamento algo asustada. ¿Qué había ocurrido? No entendía en qué momento me había convertido en alguien de interés general. Llamé a Ethan y le conté lo ocurrido. Acto seguido me buscó un guardaespaldas, un afroamericano que medía dos metros y pesaba unos *cientomuchos* kilos, Teddy Bo.

A un mes de la gira comenzaron los ensayos con absolutamente todo: el vestuario, el audio, las máquinas de humo... Era agotador pero excitante ver todo lo que habían montado, con luces que bailaban como si formaran parte del elenco de bailarines, objetos que volaban y me hacían volar a mí con ellos gracias a un aterrador arnés en la cintura, y unas coreografías que era capaz de soportar por la increíble forma física que había conseguido gracias a Jordan.

—Es increíble lo que mueves, ¿eres consciente? —me preguntaba Jordan intimidado días antes de la gala de los Premios Billboard en los que estaba nominada para tres categorías.

—¡Claro que sí! Es alucinante, yo compongo las canciones en soledad o como mucho junto a Matty y todo lo que ocurre después involucra a tantas personas que es una locura.

Estar recostada sobre su fornido pectoral en el sillón mientras veíamos una serie de la HBO era lo más sencillo y natural que hacía yo por aquel entonces. Juntos, en la soledad de mi apartamento y protegidos de todas las miradas y especulaciones que se hacían sobre mi persona con tan solo poner un pie en la calle.

—Yo no sé si podría asimilarlo —me dijo antes de besarme la coronilla.

—Bueno, por otro lado es genial sentir que estás dando trabajo a tanta gente. Esta gira implica a más de cien personas entre *cátering*, camiones, autobuses, la banda, los bailarines, los que montan el escenario, vestuario y sin contar a los que se encargan de la promoción en la oficina. Es sobrecogedor, pero... me siento orgullosa, ¿sabes?

—Desde luego, yo también me siento orgulloso de ti.

—¿Entonces por qué no me acompañas a los premios? Será divertido hacer un viaje juntos. ¡A Las Vegas! No tenemos que contestar a las preguntas, puedes ser un simple amigo. —Volví a preguntárselo por décima vez.

Jordan no quería que lo nuestro se hiciese público, temía que su reputación como entrenador personal se viera comprometida, pero ya llevábamos muchos meses saliendo y yo deseaba gritar a los cuatro vientos que estaba enamorada de él. No me importaba que me preguntaran por ello, de hecho me parecía que era tan tremendamente guapo que solo podrían decir que hacíamos buena pareja. Sin embargo, él no cedía y podía contar con una mano las ocasiones en que habíamos salido a cenar o a dar una vuelta por temor a ser fotografiados. No ver paparazzis a la vista ya no era algo de lo que fiarse pues cualquiera con un teléfono podía subir una foto a la red y hacer pública nuestra relación con la instantánea de un beso robado o un simple roce de manos.

—Ya sabes que no me parece una buena idea, es pronto. Además, ese es el sitio de Matty, es tu pareja musical.

—Pero algún día tendremos que decirlo, no vamos a ser eternamente una pareja clandestina.

Jordan se lanzó sobre mí y me calló con un beso de los que convertían la situación en algo sin retorno.

Finalmente, Nenne vino conmigo a Nevada. Aquel viaje lo recuerdo como uno de los más divertidos y ahora agradezco que no fuera Jordan quien me acompañara en aquella ocasión tan especial para mí. Cuando llegó la noche mi hermana quiso «supervisar» el trabajo de la estilista; recuerdo que estaba muy nerviosa, el cuerpo me temblaba sin control y solo podía pensar en un pie torcido si tenía que recoger algún premio. La gala sería televisada por la ABC, los que no hubieran oído hablar de mí hasta entonces lo harían aquella noche gracias a las tres nominaciones y, si llegaba a ganar alguna, multiplicaría exponencialmente la venta de las entradas de mi inminente gira.

Matty apareció en la puerta de mi habitación, puntual como siempre, vestido con unos vaqueros, una camisa blanca sobre la que destacaba una corbata verde a medio atar y una chaqueta azul marino. Se había engominado el pelo hacia atrás y por primera vez lo vi con la cara totalmente despejada, lo que era agradable ya que aquellos ojos achinados, siempre ocultos por el flequillo, tenían mucho atractivo.

—Estás increíble con ese vestido, Sissi. De hecho, deberías ponértelo todos los días del resto de tu vida.

Esas fueron sus palabras al verme cruzar la salita subida en unos tacones que en realidad mi esbelta figura no necesitaba y con un vestido celeste de cola, moteado con pedrería y sutiles transparencias en los hombros.

—Tú también estás muy guapo, no sé por qué siempre vas escondiendo la cara detrás del pelo con esos ojazos que tenéis los hermanos Butler —le dijo Nenne transmitiendo lo que justo había pensado yo.

Matty se encogió de hombros por respuesta y abrió la puerta de forma caballerosa, me ofreció su brazo derecho y a Nenne el izquierdo para bajar hasta el coche que nos esperaba. De camino al MGM Grand Garden Arena, Matty me hizo reír para calmar mis nervios, aunque la sorpresa que tenía preparada me dejó en estado de *shock*.

—He pensado que, aunque estoy seguro de que esas categorías a las que estás nominada son tuyas, al mundo lo mueven los idiotas y, por si acaso, no quería que esta noche te quedaras con las manos vacías. Así que... ten. —Matty sacó una diminuta cajita del interior de su chaqueta y la dejó sobre la falda de mi vestido.

—¿Me has comprado un regalo? Esto sí que no me lo esperaba, nunca gastas un dólar ni para púas nuevas... —bromeé con él. En verdad me había puesto muy nerviosa, necesitaba que aquello no resultara una situación demasiado íntima porque algo me decía que le temblaba la pierna por lo que había dentro de la cajita y no por la gala a la que nos dirigíamos. Además, Nenne torcía la mirada sobre nosotros de una forma nada discreta para no perderse detalle de aquel momento.

—El dinero está para cosas más importantes —me contestó, siempre convencido de sus palabras.

Lo abrí y dentro vi un pequeño colgante de oro con forma de disco, era una miniatura de nuestro segundo álbum, increíblemente bien conseguida.

—Es... perfecto —mi voz se quebró.

—No llores, te mataré si arruinas ese maquillaje tan increíble —amenazó Nenne.

—Te aseguro que es el mejor regalo del mundo, mejor que cualquier galardón que pudieran darme esta noche —le dije en voz baja a Matty.

Me aproximé y apreté mis labios contra su mejilla con tanta fuerza que caí sobre él durante unos segundos. Le dejé el carmín perfectamente dibujado en la cara y tuve que insistir en que se lo quitara porque entre bromas decía que eso le daba un toque muy interesante a su estilismo.

Apenas quedaban unos minutos para llegar y ser centro de los focos, pero hicimos ese trayecto cogidos de la mano y mirando cada uno por nuestras respectivas ventanillas, en silencio.

Gané dos de las tres nominaciones: la de Artista revelación y la Mejor canción de radio con *Goodbye hurts*.

—Estoy muy emocionada, esto es alucinante. En verdad, no termino de creer que no esté soñando ahora mismo... Quiero dar las gracias a WWM Records por apostar por mí, a Clint Twain por acercarse aquella noche en el cercanías y a Ethan Bell por ser la luz que me guía a cada paso. Gracias a mis padres por darme la vida y permitir que la viva como más me gusta, a mi hermana Nenne por darme siempre la mano y al mejor amigo que jamás tendré: Matty Butler, eres un gran músico y no estaría ahora mismo aquí sin ti. ¡Esto es tan emocionante que temo olvidar a alguien! Gracias a todos mis chicos de la banda y a los que me estáis acompañando en esta nueva etapa. Y sobre todo, gracias a mis fans, sois mi vida y este premio os lo dedico a vosotros. ¡Gracias, gracias, gracias!

Regresé a mi asiento, sin tropezar y envuelta en aplausos. Aquella noche fue un sueño y ni siquiera lamenté tener que obviar a Jordan en mis agradecimientos para que nuestra relación continuara oculta al mundo, ya que después de su negativa a acompañarme allí, hasta yo empezaba a dudar de que esta sobreviviera mucho más tiempo.

Aquel mismo año gané el Teen Choice Award a la Mejor canción de amor, el BMI Pop Award como Mejor compositora y Canción del año, y me nominaron a dos Grammy. Ninguno de esos galardones serán jamás tan especiales como el colgante de Matty.

Grabamos unos anuncios oficiales de la gira para emitirlos por las cadenas de televisión y promocionar aún más los conciertos de Estados Unidos y Canadá, además de la tremenda campaña de propaganda que se hizo a nivel de radios, periódicos o portales digitales. Era una locura que mis padres iban guardando con celo en archivos digitales y enormes cajas de cartón, en las que hace poco encontré hasta el póster de mi primer concierto en Greenwich.

Por si fuera poca propaganda, decidieron casi de un día para otro colaborar con la MRW, la organización encargada de organizar programas de entretenimiento para el bienestar de los militares, y dar un pequeño concierto gratuito en la base japonesa de Sasebo para animar a los marines y a sus familiares. Me pareció muy emocionante la idea y acepté sin dudarlo, pero cuando estaba subida en el avión y sobrevolaba algún punto del océano, sentí cómo los nervios me estrangulaban el estómago. Matty estaba raro, inusualmente parlanchín y contento, como si supiera algo que yo no podía ni imaginar. Supongo que infravaloraba mi capacidad para fantasear, pues la posibilidad de que Dean estuviera en aquella base se había instalado en mi cabeza.

—No imaginaba que te hiciera tanta ilusión conocer Japón —le dije en un intento de sonsacarle información.

—¿Dónde crees que se inventó esto? —Matty se entretenía en el avión resolviendo un libro de *sudokus*.

La verdad es que siempre estaba haciendo algo. No tengo ni un solo recuerdo de él desocupado o disfrutando de un momento de relajación. Si lo veía tumbado era porque dormía, pero si estaba despierto siempre maquinaba con algo, era la persona más productiva del universo sin lugar a dudas.

—No es eso, tú estás demasiado sonriente. ¿Qué me estás ocultando? —Lo intenté varias veces, quería escuchar que allí nos encontraríamos con su hermano.

No me miraba, seguía concentrado en las cuentas y le saqué la lengua con rabia, sabía que me escondía algo.

—¿Tú sabes por qué está tan contento, Ethan? —le pregunté a mi mánager al oído.

—Es un secreto militar. —Y soltó una carcajada.

—Sé que me ocultáis algo, los dos... y no sé si sois conscientes de que os puedo despedir con un chasquido de dedos.

—¡Toma! Soy un crac. —Ignorando mi amenaza, Matty se vitoreó a sí mismo por resolver otra página. Solo me miró para bostezar y arroparse con la pequeña manta azul del avión.

Aquel puerto situado cerca de la ciudad de Nagasaki nos recibió como a grandes estrellas. Concedí una entrevista a la Armed Forces Network que retransmitieron en la radio local y un rato antes del concierto me colocaron en un *photocall* por el que desfilaron algunos miembros de la base con sus familias para fotografiarse conmigo. Entre la gente que hacía cola de repente distinguí a Matty, era el cabeza de instrucción de un grupo de marines uniformados que se acercaron a mí con un grito bélico. Me entró la risa porque estaba claro que aquello era una especie de actuación tonta que se había sacado mi amigo de la manga.

—¡Firmes! —Gritó mi amigo y entonces los muchachos se cuadraron frente a mí. Con tan solo un vistazo pude distinguirlo, además me guiñó un ojo y aquello era inconfundible.

Dean dio un paso adelante y en ese momento todos se quitaron la camiseta del uniforme para descubrir otra debajo con los colores chillones de la promoción del disco y una foto mía. La gente estalló en risas y aplausos. Todos empezaron a cantar *Loving Pink*, se rompió la formación y Dean avanzó hacia mí para coger mi mano de forma teatral y besarla.

Fue una sensación desconcertante, no era vergüenza por el espectáculo ni mucho menos, lo tremebundo era que mi corazón no estuviese dislocado, que aquel tierno beso sobre mis nudillos no hubiese electrizado todo mi cuerpo y que no desease que aquel marine me abrazara hasta que nuestros labios se juntaran. ¡Claro que quería abrazarlo! Pero por la alegría de verlo, sano y a salvo. Allí y en aquel momento, me sentí liberada de los latidos desbocados y aquellos impulsos desmedidos por un sentimiento platónico e idealizado que había durado demasiado tiempo. Reconocí sentimientos de cariño y de aceptación, y reí y disfruté de aquello. Dean se alejó y dejó paso al resto de muchachos para que se fotografiasen conmigo. Los hermanos Butler se perdieron y me vi con una sonrisa radiante bajo unos *flashes* que parecían no tener fin.

El concierto duraría algo más de una hora, no llevabamos toda la parafernalia del espectáculo y el escenario no era el mío sino aquel improvisado en la base, por lo que de forma precipitada tuvimos que adaptar algunas coreografías. Estaba emocionada y nerviosa a partes iguales por estrenar mi gira de aquella manera, pero saber que entre los más de mil asistentes estaba el mayor de los Butler me hacía sentir en familia.

Matty estaba exultante, muchos vitoreaban su nombre y, cuando llegó el momento de su *reef* de guitarra en *Young heart*, saltó sobre un *ampli*, los focos lo iluminaron y por primera vez lo vi como una estrella. Su flequillo rebelde bailaba al compás de su cabeza, encorvaba sutilmente las rodillas y apretaba la boca totalmente entregado a su momento. Recordé las palabras de Jordyn aquel día en el Mianus Rope: «Matty es arrollador». Me salté los pasos asignados a aquella parte del *show* y me acerqué a él. Mi guitarrista se bajó del altavoz y encaró el movimiento de sus dedos sobre las cuerdas hacia mí, mientras yo le dedicaba, quizá con más intesidad de la que yo misma esperaba, las palabras de aquel estribillo que habíamos compuesto juntos.

Aquel concierto fue una prueba superada. Los nuevos temas funcionaban, la gente los coreaba, las coreografías resultaron espectaculares y la banda sonaba increíble con el nuevo equipo de sonido. Pude interpretar *Goodbye hurts* sin que la voz me temblara, aun sabiendo que él estaba allí, por eso supe que el Rainbow Tour sería un éxito.

Nos llevaron a cenar ostras y firmé todas las camisetas de los compañeros marines de Dean. Nos hicimos más fotos, algunas las subimos a Instagram para a su vez promocionar el comienzo de la «#rainbowlocura». Con cada roce sutil de su brazo al posarse en mi hombro para una foto, con cada caricia sobre mi cadera para presentarme a uno de los fornidos militares, tras cada mirada cómplice y, sobre todo, con cada guiño... reconocí que una parte de mí estaba destinada a amarlo con nostalgia eternamente, en la distancia, en soledad, sin esperanza alguna, pero sin remedio.

—Es genial ver lo bien que os va a los dos. —Dean consiguió dedicarme unos segundos algo alejados del resto.

—Sí, todo esto es como vivir dentro de un sueño —le dije sin temblar frente a aquellos ojos color turquesa.

—No es ningún sueño, Sissi, es real. Ya has visto lo loca que ha estado la gente en el concierto y eso que aquí estamos prácticamente en el fin del mundo —rio y su labio ladeado tampoco detuvo mi corazón.

—Ha sido toda una sorpresa verte, no tenía ni idea de que te habían destinado a esta base tan alejada. Ahora entiendo el motivo de que Matty estuviera insoportablemente feliz. Se acuerda mucho de ti.

—Y yo de él. De hecho... —Hizo una pausa antes de proseguir y miró a Matty que firmaba camisetas—. De hecho me acuerdo mucho de los dos. Me acuerdo de ti.

Debí mirarlo con expresión contrariada, porque fue cuando retrocedió un paso y sentí una ráfaga de aire frío entre nosotros. Él salvó el momento con una broma.

—¡¿Cómo no voy a acordarme de ti a diario si suenas por todas partes?! En la base, en las radios de las cafeterías, en los coches que llevan las ventanillas bajadas... —Recurrió al gesto viciado de acariciar su rasurado pelo.

—Es lo que conlleva tener un apellido premonitorio.

—Pero es genial, tu voz me hace sentir en casa.

Matty nos alcanzó y me aferré a su brazo con más fuerza de la habitual, casi transmitiendo posesión, y nos hicimos la última foto antes de decirle adiós a Dean, aunque en realidad fuese un «hasta nadie sabe cuándo y mucho menos dónde».

Cuando por la noche llamé a Jordan en el hotel, me costaba hablar con él. Me sentía mal, aunque no hubiera hecho nada censurable. Sabía lo que mi corazón había sentido aquel día, cómo mis latidos se habían desplazado desde Dean hacia Matty.

Todo era tan enrevesado y contradictorio, que el miedo me llevó a desear que mi novio me hubiese acompañado a aquel concierto, que incluso estuviera en esa habitación de hotel conmigo y que hubiese podido calmar mi mente y el deseo de mi cuerpo con sus caricias.

TRACK 13: AMERICAN MUSIC

Los focos se apagaron y el público gritó excitado, la batería sonaba como un corazón latiente y tras cada bombeo podía escuchar con más claridad cómo todos mis fans se unían para corear mi nombre al unísono. Era capaz de sentir cada latido en mi pecho como un golpe desenfrenado. Cuando noté que la plataforma comenzaba a elevarme hacia la superficie, a la vez que aquel agujero rectangular por el que iba a salir proyectaba una luz cegadora sobre mí, me agarré a la guitarra, que llevaba un brillante arco iris pintado, como si fuese un salvavidas.

—Me da un poco de miedo salir ahí fuera, me sudan las manos, mira... Todo depende de mí, ¡todo depende de mí! —le había confesado aterrada a Matty horas antes durante la prueba de sonido.

—Fíjate bien, Sissi, mira el escenario y llénate de él. Tú eres músico como el resto de los que te vamos a acompañar ahí, pero no cualquiera está capacitado para recorrer el espacio que hay entre la batería y el sitio donde está tu micrófono. No todos podemos alcanzar ese puesto. —Me agarró por los hombros de forma que su voz se hizo profunda junto a mi oído—: Ese es tu sitio, Sissi. Solo tuyo.

Aquel era mi primer gran concierto de mi primera gira en solitario. Era la cabeza de cartel, llevaba teloneros y el nombre que coreaba el público de forma enfervorecida era el mío. Todo era más grande, el tamaño del escenario, los detalles de la puesta en escena, y sabía que las siguientes dos horas girarían en torno a mí. Cuando me metí en aquel cuadrado metálico, sentía el corazón frenético dentro del pecho. La plataforma se detuvo al encajar perfectamente con el suelo del escenario y me expuso al público, que estalló como una bomba atómica.

—¡Haz tu magia! —escuché a Matty decir por el auricular de tapón antes de los primeros acordes de *Young heart*. No estaba sola.

Yo llevaba un bonito vestido camisero blanco y el resto de bailarines conformaban el resto de colores chillones característicos de la Rainbow Tour. Comencé a cantar y mi voz se solapó a las miles de voces que aquella noche llenaban el Big Cat de Osaka. Me sentía grande, segura, fuerte, importante, pero sobre todo inmortal, pues más allá de mi persona estaban mis canciones, esas que el público conocía tan bien, y que nunca morirían. La música nunca muere.

Podía distinguir las camisetas promocionales multicolores en mucha gente, las barras fluorescentes bailaban sobre sus cabezas y los *flashes* se encendían como pequeñas luciérnagas bailando por todo el recinto. Mi propia gira... Había soñado tantas veces con aquel momento en la soledad de mi habitación que verlo materializado desbordaba mis emociones. Era capaz de salir de mi cuerpo y verlo todo desde fuera, como si fuese una película, y por más que intentaba decirme que aquello era demasiado, una parte de mí sentía que había llegado al lugar exacto al que pertenecía. Solo me importaba estar ahí arriba, ese era el lugar correcto para mí, tal y como me había dicho Matty.

El repertorio comenzaba con tres canciones movidas, una actuación de los bailarines en la que aprovechaba para hacer un cambio de vestuario donde volví a salir de blanco pero con lentejuelas que, según Matty, me hacían parecer una bola giratoria de discoteca y, tras esto, otros dos temas en los que mi participación en la coreografía tomaba más importancia.

A mitad del concierto presenté a la banda. Roy hizo su redoble de batería en el que hacía volar las baquetas como si fuera un barman y el público vitoreó su nombre, igual que cuando presenté a Lou y se marcó aquel ritmo grave con el bajo o cuando anuncié a Bobby e hizo aullar a su Fender. Sin embargo, el revuelo no fue nada comparado a cuando llegué a la altura de Matty. No me dio tiempo a pronunciar su nombre porque, con la fuerza de un huracán, resonó el estribillo de *Us* de forma totalmente espontánea. Nos miramos y nos resignamos: Matty arrancó con los primeros acordes de la canción y comenzamos a cantarla iluminados por un solo foco mientras el resto de la banda nos cedía el protagonismo en la oscuridad.

Y no fue algo aislado, ocurrió prácticamente de igual modo en cada concierto. Sucedía sin premeditación y cada una de las veces fue como una declaración de amor, del público hacia nosotros dos, hacia la canción y quizás hacia la idea de que él y yo fuésemos pareja. Nos sonreíamos cómplices al cantarla, ambos sabíamos que hablaba sobre la historia de amor de dos almas gemelas destinadas a pasar el resto de su vida en la casa del lago.

Una vez que terminaba el concierto me liaban en un albornoz para evitar que el sudor me enfriara y me provocase un resfriado, y sin demora me metían en una furgoneta para salir presurosos hacia el hotel, o el autobús si el siguiente concierto era en otra ciudad cercana.

Jordan me acompañó durante la gira, me entrenaba y supervisaba para poder soportar el ritmo frenético y el desgaste que me suponía cada concierto. La mayoría de las noches llegaba extenuada a la cama, por lo que fueron pocas las ocasiones en las que la usamos para algo más que para dormir. En el autobús principal, Matty le cedió el lugar desde el primer día.

—¿Por qué no te quedas? Es absurdo que te vayas al otro autobús, este es el más cómodo y hay sitio de sobra para los tres —le dije indignada con la ocurrencia de querer irse al enterarse de que Jordan viajaría con nosotros.

—Ya sabes que yo no necesito los lujos de este autobús y no sé qué te extraña... me voy a un autobús lleno de bailarinas —me contestó con un guiño Butler en el intento de parecer un ligón ansioso por meterse dentro de un harem.

—Pero... pero...

—¿Gracias? Supongo que es lo que quieres decirme por dejarte casi a solas con Musculitos.

—¡No es Musculitos! Y sí, gracias, es exactamente lo que iba a decirte. —Cerré la puerta del baño con furia y me senté sobre el diminuto retrete frustrada.

Matty no soportaba a mi novio y aquello era algo incomprensible para mí porque Jordan era un tipo callado, muy entregado a su profesión, discreto, prudente hasta el extremo y afable con todos.

—Mañana podemos aprovechar para hacer unos largos en la piscina del polideportivo, seguro que nos dejan usarla un rato antes de que la abran al público. Estoy harto de hacer ejercicio encerrado en los estadios, ¿no estás un poco aburrida de todo esto? Quiero decir, en realidad no paramos de viajar, de ir a sitios nuevos y de saludar a gente nueva, pero en el fondo es siempre lo mismo... —me confesó Jordan la noche previa a la actuación en Indiana.

Estábamos en la habitación del hotel, recluidos, porque se había filtrado que pernoctaría allí y un aluvión de fans se había apostado en la entrada. Tenía pensado salir a dar un paseo por la ciudad e ir a cenar al restaurante que me habían recomendado por la mañana en la emisora de radio donde me habían entrevistado. Sin embargo, Ethan me lo desaconsejó ya que era probable que todo el que hubiese escuchado la entrevista acudiera allí para verme, sería carne de cañón; además, ya habían publicado unas fotos de Jordan como «el misterioso acompañante de Sissi Star». Todo aquello cortaba aún más mis alas y, al hacerme esa pregunta, sentí que en parte tenía razón, pero me hizo enfadar.

—¡Claro que no! Es mi pasión, es mi trabajo y es mi sueño. De hecho, esto es lo que quiero hacer el resto de mi vida, tan solo hay que disfrutar de cada parte del proceso. Ahora estoy de gira, luego llegará una etapa de descanso y podré viajar por placer y hacer todo lo que ahora no puedo.

—¿En serio? Vayas donde vayas y al sitio que sea te van a perseguir —dijo afilado e incrédulo.

Lo miré y no le contesté, quizá no era su intención, pero yo analicé esa frase en la que pronosticaba un futuro exclusivo para mí: «te van a perseguir». No había un «nos»; sentí pena y rabia, por lo que le dije que estaba cansada y quería dormir.

Al día siguiente Jordan mejoró de humor tras los ejercicios acuáticos, nos reímos, disfrutamos de la intimidad de una enorme piscina olímpica y estuvimos besándonos más tiempo del que empleamos para dar brazadas.

Cuando llegamos al estadio de Evansville los músicos estaban realizando las pruebas de sonido y me esperaban para probar un par de canciones mientras Jordan hacía ejercicios con los bailarines. De camino habíamos parado para comprar enormes cajas de donuts para todos. Yo estaba exultante y feliz tras esa breve salida en la que no nos había cazado ni un solo *flash* y el equipo nos recibió hambriento.

—¿Dónde está Matty? Le he cogido uno con arándanos y chocolate amargo —pregunté al encargado de las luces.

—Por allí, estaba con Roy, Lou y una de las bailarinas, no recuerdo el nombre, ya sabes... la de siempre.

«¿La de siempre?» Me quedé de piedra, ¿desde cuándo Matty tenía una compañía femenina? Me dirigí al pasillo de los camerinos y allí estaban sentados sobre cajas de *buffers* y aparataje eléctrico.

Efectivamente estaban Roy y Lou con Matty, pero también los acompañaba Molly, la bailarina de pelo corto y nariz puntiaguda que elegí por ser capaz de contorsionarse como una goma elástica. Solía estar a mi izquierda en los bailes y era una chica bastante risueña y parlanchina. Me caía bien, animaba a sus compañeros y me había ayudado más de una vez a enlazar algún paso de la coreografía. Sin embargo, cuando vi la mano de mi amigo posada sobre su huesuda cadera me empezó a caer mal de manera instantánea.

¿Cuándo había sucedido? Me paré en seco en medio del pasillo, lo suficientemente lejos para que no advirtieran mi presencia, e intenté repasar los últimos días en mi cabeza. Por más que me esforzaba en recordar un momento en que esos dos hubieran estado juntos de forma especial no era capaz de visualizarlo, por lo que llegué a la conclusión de que Matty se lo había estado pasando realmente bien en el autobús de los bailarines. ¿Ahora Matty era «Matty y Molly»? La idea era rara, y darme cuenta de que todos a su alrededor se comportaban con normalidad, como si fuera algo asentado en el tiempo, me hizo sentir traicionada. ¿Por qué mi amigo no me había contado nada? ¿En qué momento de los cinco meses que llevábamos de gira había surgido aquella historia?

Agarré la caja de donuts con firmeza y me aproximé a ellos. Cuando me vieron me saludaron de forma alegre y comprobé que Matty no retiraba la mano del lugar donde la tenía, así que tragué saliva y les di unos buenos días algo forzados.

—Traigo donuts, espero que os gusten.

—¡Genial! ¿Me has pillado uno de arándanos, Sissi? —me preguntó el que ahora era el chico de mi bailarina.

—Claro, con chocolate amargo.

Lo dije con la voz tan dulce que sonó edulcorada, pero es que aquello sí lo sabía. Sabía que Matty adoraba aquel sabor, al igual que sabía que se dormía moviendo el pie izquierdo en una especie de tic nervioso o que cuando estornudaba lo hacía siempre tres veces seguidas.

—¿No quieres uno, Molly? —le pregunté a mi bailarina, a la que analicé en un segundo.

Me dio las gracias, pero no cogió ninguno; seguramente era algo que no debía incluir en su dieta, pero se mostró agradable y se despidió al notar que si yo estaba allí, aquel no era su lugar, como si fuera la encargada de las fotocopias y estuviera en la sala de reuniones con los jefes.

—Dios, esto está para comerse doce seguidos... —dijo Matty con la boca llena y manchada de chocolate.

Me desplomé a su lado abatida y aún pensativa. Me planteé que quizás había sido yo la que se había apartado de él, quien había dejado de prestarle atención y de interesarse por sus cosas. De hecho, me di cuenta de que hasta entonces en nuestra relación había sido muy egoista. Matty había estado siempre a mi servicio, dispuesto para todo lo que le pidiera, tanto para componer canciones como para ser mi apoyo incondicional pero yo... yo en realidad nunca me había preocupado por sus cosas. No había sido una buena amiga, no me había comportado nunca como tal pues no me había interesado por compartir con él otra cosa que no fuera la música. Aquello me dolía, tanto que los ojos se me empañaron.

—¿Qué te pasa? —me preguntó desconcertado.

No podía contestarle, solo era capaz de mirarlo y descubrir un montón de cosas en esa mirada.

—Vale... creo que aquí sobro. Me piro, pero... me llevo los donuts.

Roy se fue y Lou lo siguió, pero yo no los miré, no podía apartar los ojos de Matty. ¿En qué momento había cambiado lo nuestro? ¿Por qué la música ya no era suficiente para nosotros?

—¿Qué te ocurre? ¿Te has peleado con Jordan? —me preguntó tragando el bocado algo forzado.

Negué con la cabeza y aguanté las lágrimas.

—¿No quieres contármelo? Dime algo, Sissi.

—No es nada, lo siento, supongo que serán los nervios por todo esto.

—¿Nervios? ¿En el decimoctavo concierto? Eso es absurdo, ¿De veras que no tienes problemas con Jordan? —me preguntó reclamando mi cara con su mano.

Aún tenía restos de chocolate en la comisura del labio inferior así que se la quité con mis dedos, de forma suave, sin mirarlo a los ojos.

—¿Ya no lo llamas Musculitos? —le pregunté elevando una ceja con pesadez.

Matty se levantó y me tiró de la mano para que lo acompañara.

—¿Dónde vamos? —le pregunté mientras corría tras él.

—¡A quemar esos nervios!

Me llevó a su autobús, presionó el botón para abrir el maletero y sacó un paquete envuelto con papel desgastado del portaequipajes.

—Estaba guardando esto para una emergencia y parece que hoy lo necesitas.

Me entregó el objeto, nada más tocarlo supe lo que era y comencé a gritar entusiasmada. Era un monopatín con un arco iris dibujado y mi nombre grabado.

—¡Es chulísimo, Matty!

—Tenía planeado dártelo al comienzo de la gira, pero pensé que era mejor reservarlo para un momento en que lo necesitaras.

Sabía que aquello era mentira porque se rascó la nuca, probablemente tenía planeado dármelo el primer día de la gira y ver a Jordan en el autobús conmigo le había quitado las ganas de hacerme un regalo. Sin embargo, aquello resultó mucho más especial en aquel momento.

—Otro regalo, Matty, no tenías por qué. El colgante ya fue la repera, pero es que el monopatín, ahora mismo, es perfecto —le dije acariciando el disco que pendía junto a la placa de su hermano en mi cuello, sintiendo una pesada losa sobre mi pecho al constatar el hecho de lo mala amiga que había sido para él—. Yo no te he regalado nada.

—Te equivocas. —Me dedicó una de aquellas miradas rasgadas que encerraban más que las palabras que salían de su boca. Sacó también su monopatín del maletero y se subió a él de un salto—. ¡Vamos a montar un rato! Quien llegue el último vuelve a comprar donuts mañana.

—¡Tramposo, espera!

Lo seguí, con el corazón contento pero no alegre, pues en el fondo sabía que Matty y yo ya no éramos solo dos, que algo debía cambiar y ese algo era yo.

Antes de marchar a Oceanía para continuar con el plan de ruta del Rainbow Tour, volvimos a pasar unos días con la familia en casa y al llegar me esperaba una sorpresa impactante.

—No sé si vas a poder dormir en tu cuarto, Sissi —me confesó mi madre con cara de circunstancias.

—¿No? ¿Qué ha pasado? ¿Tenemos goteras? ¿Acaso ahora usáis mi cuarto para otra cosa? ¿Te has hecho un despacho ahí, papá?

—Será mejor que subas y lo veas por ti misma, a ver qué te parece... —Papá me propinaba pequeños golpecitos que me animaban a subir las escaleras y yo no podía imaginar a qué se debía tanto misterio.

Cuando abrí la puerta de mi cuarto me lo encontré lleno de sacos de los que rebosaban cartas y paquetes de todos los tamaños y colores.

—Te han enviado todas estas cartas mientras has estado de gira.

—¿Todas estas? Es increíble —dije sobrecogida.

Que alguien disfrutara escuchando mi música era una sensación espectacular, pero que además tuviesen la necesidad de ponerse en contacto conmigo era de locos.

—En realidad, no. En el garaje hay unas cuantas más —aclaró mi padre algo molesto por tener su cueva asediada—. La próxima vez la discográfica podía mandarlas de poco en poco.

Pasé gran parte del tiempo leyendo todas aquellas cartas que contenían regalitos, dibujos, fotos e incluso letras de canciones de aspirantes a estrellas del pop que me idolatraban. La otra parte del tiempo que estuve en casa para mi supuesto descanso la pasé contestando a todas las que pude.

La sorpresa desagradable me la dio Jordan al comunicarme que no me acompañaría durante el resto de la gira.

—¿Pero por qué? Va a ser muy divertido ir a todos esos países, será alucinante y no quiero ir sin ti, te echaría mucho de menos. Quiero compartir todo esto contigo, Jordan.

—Lo sé, pero entiende que no puedo desatender mi negocio, ya he pasado cinco meses fuera, ¡ha sido más que un simple verano!, y la prensa empieza a perseguirnos. Eso no le da seriedad al negocio, me presentan como si fuera un guaperas sin cerebro al que te has ligado, voy a perder todos los buenos clientes que tengo —me replicó como si tuviera aprendido el discurso y evitando mirarme a los ojos.

—Pero, Jordan, conmigo ganas igual que si estuvieras al frente del gimnasio. Todo esto de la prensa pasará, siempre pasa, y la gente verá que lo nuestro es serio y que no eres un ligue sin cerebro. No te conocen, pero cuando sea el momento verán lo que yo veo en ti —intentaba convencerlo con desesperación ya que la gira duraría otros siete meses más.

—Sissi, lo siento. Lo tengo decidido, pero no te preocupes, los meses pasarán rápido. Te esperaré, sabes que lo haré, estoy enamorado de ti. ¿Acaso no te lo he demostrado? —Me cogió las manos y me las besó como si fuese una figura a la que adorar.

—Sí, lo sé...y como yo lo estoy también de ti sabes que me lo vas a hacer pasar mal si no vienes conmigo, pero si no es lo que deseas... no hay nada más que pueda decir.

No entendía cómo podía rechazar la oportunidad de recorrer el país y medio mundo junto a mí. Sabía que no era precisamente un viaje de placer y que no podríamos hacer turismo, pero igualmente serían viajes espectaculares y cada sitio aportaría experiencias nuevas. No podía comprender que no quisiera venir conmigo si tan enamorado de mí estaba porque, a mi parecer, la idea de no verlo en un mes era horrible.

Nos despedimos en el JFK con la promesa de llamarnos a diario, cosa que igual le consolaba a él, pero a mí no. Subí a aquel avión con los ojos bañados en lágrimas cuando debería haberlo hecho desbordada de alegría; por ello, en cuanto me senté en el mullido asiento del jet privado que la discográfica había puesto a disposición de la banda, los chicos, que habían estado al tanto de lo sucedido con mi novio, no dejaron pasar ni un minuto antes de asaltarme.

—En este jet está prohibido llorar. —Roy me atrapó entre sus brazos.

—No sé por qué lloras por el Musculitos cuando nos tienes a todos nosotros.

—¿Tú también, Lou? —recriminé a mi bajista que se sentó sobre mis muslos aplastándome sin compasión.

—Tienes una cara demasiado bonita para estropearla con unos ojos llorosos. —Greg depositó un beso en mi coronilla y usó mis hombros como teclado.

Matty apareció a mi lado y me ofreció su mano.

—Este no es tu sitio, tienes reservado otro al fondo.

Acepté su oferta y lo seguí por el estrecho y corto pasillo hasta llegar a un asiento doble en el que sorprendí a mi madre sentada.

—Pero ¿qué haces aquí, mami? —Me lancé a sus brazos y hundí la cara en su pecho.

—Tengo una hija adolescente a la que ya he dejado recorrer medio país en compañía de unos hombres adorables pero algo desequilibrados, así que ahora que esta pierna está en condiciones, tu madre irá contigo.

Me miró como si esperase mi aprobación y por supuesto que se la di.

—Pero... ¿y papá?

—Sobrevivirá sin mí unos meses, la madre de Matty le llevará comida casera de vez en cuando —rio y me achuchó entre sus brazos—. Se unirá a nosotros cuando tenga vacaciones.

—Dime que algún día nos cocinarás tú, Claire —le rogó Matty.

—Lo que haga falta, para mi chico favorito. Es más, estoy aquí para cuidaros a todos.

Quizá mi novio no fuese el mejor del mundo, pero tenía la mejor banda, a Matty y, desde luego, unos padres insuperables.

TRACK 14:
STRONG ENOUGH

Ir de gira con mamá resultó muy divertido. Ella encajó a la perfección y se tomó su papel muy en serio: nos cuidaba a todos, absolutamente a todos. Incluso se aseguraba de que las raciones de Teddy Bo siempre fueran dobles. Además, no atosigaba nunca y me dejaba mi espacio, así que pude pasar más tiempo con Matty y volver a conectar con él.

—Matty, ¿desde cuándo tú y Molly estáis... juntos? —le pregunté tras el concierto en Sydney.

—No estamos juntos juntos —contestó a la defensiva.

—Bueno, no pasa nada si lo estáis.

—Pero no lo estamos —incidió él con nerviosismo.

—¿Entonces tú y ella no os habéis...?

—¿Ahora nuestra relación va a pasar a ese nivel?, ¿tú y yo vamos a hablar de este tipo de cosas? —Me miró con los brazos en jarras y visiblemente molesto.

—En realidad, será mejor que no. Solo era curiosidad. En fin, es que fue raro verte con ella, ya sabes, ver gestos entre vosotros...

—Pues eso, mejor no hablar de estos temas entre nosotros.

Matty me dejó con la palabra en la boca y, quiero pensar que no fue a causa de aquella conversación, pero no volví a sorprenderlos en actitud cariñosa durante el resto de la gira. Molly seguía igual de alegre y parlanchina conmigo por lo que, fuera como fuese, todo parecía volver a la «normalidad».

Tras un mes por Australia, en el que di conciertos en Brisbane, Newcastle, Adelaida y Melbourne, regresamos a casa para actuar en Los Ángeles. Jordan vino a verme, pero lo noté tenso, siempre mirando a sus espaldas y a través de las ventanillas del coche cuando nos desplazábamos a cenar o a entrenar. Como mi madre había regresado a casa para ver a mi padre, pudimos compartir la habitación del hotel sin censura, pero nuestros encuentros íntimos parecían actos desesperados, como si no volvieran a repetirse nunca más y aquello fuera una despedida.

Nos marchamos hacia Asia con una nueva incorporación en el equipo, alguien a quien siempre necesitaría ya a mi lado y sin la que nada habría llegado tan lejos: Nenne, mi hermana, se convirtió en mi asistente personal. Pensé que nadie mejor que ella podría entenderme y aguantarme. Cuando se lo comenté no lo dudó ni un instante. Necesitaba a alguien que hiciera de enlace con Ethan, organizara mi agenda, me cubriera cuando estaba cansada y estuviese pendiente de que no faltaran mis cereales favoritos cuando llegara el momento de despedir a mamá. Además de todo eso, necesitaba una amiga, alguien que me conociese en profundidad, que me recordara que antes me daba miedo cruzar la calle si no me daban la mano, que había sido una torpe jugadora de voleibol o que no debía andar descalza con tono familiar. Necesitaba a alguien que se atreviera a decirme abiertamente que mis nuevas ideas a incorporar en los conciertos eran una tontería, sin miedo a ser despedido. Nenne me aportó un punto de apoyo, un lugar donde confesarme y reencontrarme; pero, sobre todo, con ella a mi lado tenía a alguien a quien poder abrir mi corazón y confesarme en cuestiones amorosas.

—Algo no marcha bien entre Jordan y yo, Nenne. Cada vez nos mandamos menos mensajes, ni siquiera hablamos todos los días. Reconozco que, a veces, sobre todo tras los conciertos, termino agotada, pero antes... antes no había excusa que pudiera hacernos estar más de veinticuatro horas sin saber el uno del otro —le confesé en cuanto nuestra madre salió del camerino para comenzar su ruta de desear energía positiva a todos los componentes del equipo.

—La distancia es dura para una relación, Sissi.

—Es dura, sí, pero... ¿acaso puede la distancia borrar los sentimientos, puede hacer desaparecer el amor?

—Lo puede enfriar, depende de la fuerza de ese amor, supongo... —Nenne se acercó y comenzó a cepillarme el pelo frente al espejo coronado por grandes bombillas amarillas.

Mi hermana solo me podía aportar su visión porque no se había encontrado nunca en esa situación. Aun así, tenía razón, yo no sufría por la pérdida de un amor, no me dolía el corazón, era mi cuerpo el que agonizaba con la idea de no volver a estar entre sus brazos.

—Pues lo que yo creo es que a Jordan no lo enfría la distancia, lo que está rasgando nuestra relación es la proximidad. Estar cerca de mí ahora no es una situación cómoda para él. Nada de esto le gusta.

—Me miré al espejo intentando ver lo que veían los demás. Para la mayoría era una imagen con voz, un engaño de pestañas postizas y extensiones de pelo. Pocos me conocían de verdad. Quizás había pecado de ser demasiado reservada en las entrevistas y había huido de las fotos por la calle; todo por no incomodar a Jordan. —¡Pues se acabó! —exclamé con determinación.

—¿Qué se acabó? ¿Vas a cortar con él? —A Nenne le empezó a temblar la mano con la que sostenía el cepillo.

—¡No! Pero tendré que comprobar si él puede seguir enamorado de alguien como yo, al cien por cien. No quiero perder el tiempo si esta relación no va a ir a ninguna parte. —Me levanté del asiento con determinación, sabiendo que también quería poner a prueba mi corazón, y me pudo el entusiasmo—: ¡Llama a Ethan! Dile que quiero que organice sorpresas para los fans, como invitar a cenar a los veinte primeros que formen cola en los conciertos, que reserve la primera fila de asientos a los que me han mandado las cartas más originales, no sé... dale a la cabeza y piensa en cosas divertidas.

—De acuerdo, suena genial, Sissi. —Nenne dejó el cepillo y se puso inmediatamente manos a la obra.

Tokio era un lugar extraordinario para comenzar a hacer cosas diferentes y divertidas. La gente era muy respetuosa y pude disfrutar de una tarde de risas junto a la banda en una heladería de la ciudad sin sufrir ningún percance. Las cámaras no dejaban de fotografiarnos, pero no nos escondimos, salimos y terminamos con un baño de *flashes* que dio como resultado un montón de portadas.

Comenzamos a hacer sorteos en los conciertos para fiestas en las que invitaba a «magdalenas Rainbow» a los afortunados y me dejaba fotografiar. Me presenté en la casa de algunos fans cuyos familiares se habían puesto en contacto conmigo por carta para regalarle una camiseta firmada y grabarlo todo en vídeos que emitíamos entre cambios de vestuario durante los conciertos. Incluso llegamos a grabar una versión de *Love Pink* en japonés y organicé una sesión secreta de karaoke con mi reciente club de fans nipón.

Regresamos a Estados Unidos para dar otra etapa de la gira y, allí, Ethan nos propuso a Matty y a mí hacer visitas a niños enfermos en varios hospitales. Sorprendentemente, Matty se negó a acompañarme.

—Eso sí que no, yo no estoy hecho para esas cosas. Paso de hospitales.

—¡Pero estaría genial cantarles juntos! —Me apetecía compartir la experiencia con él, pero se cerró en banda.

—Tú sabes defenderte con la guitarra a la perfección, no me necesitas. Hospitales, no.

Así que mi madre me acompañó en todas aquellas visitas tan conmovedoras donde veía el enorme poder que tenía la música, que por unos minutos conseguía solapar el dolor y el sufrimiento.

Tampa, Orlando, Sunrise, Austin, Dallas..., en Detroit papá se unió hasta el final de la gira por el norte del país. Andaba siempre con los de la banda, con una guitarra entre los brazos demostrando a todos que su hija había heredado de él el don de la música. Repartía botellines de agua y se encargó de envolverme en el albornoz tras los conciertos. Le pregunté a Matty que por qué no se traía también a su madre, pero elevó las cejas y me tildó de loca.

—Te lo agradezco, pero estoy seguro de que ella es tremendamente feliz al verme libre e independiente como un pájaro.

Tras el concierto de Minneapolis, mis padres regresaron a casa, confiaban en que Nenne cuidaría bien de mí, y nos embarcamos en la gira de conciertos por Europa. Me gustaría decir que mi primer recuerdo de París es maravilloso, pero fue allí donde recibí la llamada en la que Jordan me dejaba. Tan solo nos habíamos visto una vez más desde Los Ángeles y habíamos terminado discutiendo. Él quería quedarse en el hotel y yo deseaba salir a cenar para charlar. Estaba convencida de que, si nos quedábamos, la conversación quedaría anulada por la pasión. Nuestros cuerpos eran como dos imanes que se atraían sin oponer resistencia, el deseo nos consumía, pero no solucionaba el hecho de que más allá de la habitación de un hotel existía una vida que se desarrollaba en el mundo real, con gente y mis circunstancias especiales. Finalmente, salimos, fuimos a un restaurante en el que pensaba que pasaríamos desapercibidos, pero fue la cena más rápida de la historia. Jordan estaba tenso, no paraba de mirar alrededor como si buscase cámaras ocultas. Desafortunadamente, a la salida me reconocieron y nos sacaron un par de fotos. Vi cómo se le transformaba la cara a mi novio, que terminó por acompañarme a un taxi mientras él cogía otro tras un fugaz beso en la mejilla.

París fue otra primera vez en la que la alegría y la tristeza se enredaban en mi corazón. Lloré durante el concierto cuando canté *Deep inside*. Subieron la grabación a Youtube y se convirtió en uno de los vídeos con más visitas de la semana. La especulación acerca del culpable de mis lágrimas estaba servida. Podía ser Matty, el guitarrista al que se le había visto intimar con una corista y al que habían fotografiado recientemente con una desconocida (mi hermana) en actitud cariñosa en una tienda de *souvenirs*. Quizá se tratara del entrenador personal, con el que había cenado semanas atrás en un romántico restaurante de Filadelfia. O tal vez, podía ser... cualquiera. ¡Podía ser cualquiera! Aquello no me molestaba, no me importaba en realidad, era parte del negocio. Solo lamentaba que Jordan, «el musculoso entrenador personal de Sissi Star», no hubiese sido suficientemente fuerte para superar todo aquello.

Lloré, en brazos de Nenne, de Teddy Bo e incluso de Roy, pero cuando acudí a Matty una noche en el autobús, me dio el alto con la mano, se agachó y cogió la guitarra.

—¿Qué tal si lo hacemos en clave de sol?

Empezamos a componer canciones para el siguiente álbum durante el último tramo de la Rainbow Tour. Canciones bastante tristes pero con efecto terapéutico. En el fondo de mi corazón esperaba que Jordan me llamara para retractarse, hundido en la pena por lo mucho que me extrañaba, o que incluso apareciese en algún concierto rogando por mi amor de nuevo. Pero no fue así y tardé más de un mes en asumirlo.

Cuando llegó junio y terminó la gira, había pasado más de un año desde que nos habíamos subido al escenario para dar el primer concierto. Era una sensación muy rara enfrentarse a un futuro de nuevo incierto, con proyectos sin programar y un montón de días libres. Un efecto de vacío y soledad me acompañó los primeros días. Era raro no levantarse y saludar a las decenas de personas con las que había convivido durante tanto tiempo como si fuéramos una enorme familia.

Sin embargo, me esperaban unas vacaciones perfectas. Habíamos hecho ganar tanto dinero al propietario de WWM Records que me había ofrecido pasar un par de semanas en su isla de la Polinesia francesa. Al parecer allí mismo tenía un pequeño estudio de grabación, así que le había propuesto a Matty que fuésemos juntos y, durante las últimas semanas de gira, habíamos estado haciendo planes locos de emoción.

Nenne me dijo que éramos empalagosos, que teníamos adicción el uno por el otro y que era increíble que, después de estar por medio mundo de gira, quisiéramos irnos solos a una isla. Sin embargo, a nosotros nos parecía un plan ideal. Estaríamos él y yo en una isla privada, lejos de los focos y los *flashes*, podríamos hacer lo que nos diera la gana y a la vez terminaríamos de componer las canciones del siguiente álbum (ya teníamos algunas canciones compuestas y el estudio reservado para septiembre).

—Ya sé que desde que Marshall nos ofreció su isla estamos planeando ir juntos de vacaciones, pero ¿en serio no te apetece más tomarte unas vacaciones de verdad? Descansar de la música, quizás... irte a algún lugar con Molly? —le pregunté por teléfono. Aunque yo lo necesitaba a mi lado, no quería volver a sentirme egoísta en nuestra relación. Matty estaba raro desde que habíamos vuelto a casa y yo empezaba a pensar que era por culpa de nuestras inminentes vacaciones juntos.

—No tengo nada con Molly, Sissi.

—Bueno, o con otra chica. Estás un poco... no sé. ¿Seguro que quieres ir conmigo?

—Sissi, estoy algo preocupado porque llevamos unos días sin poder comunicarnos con Dean, que está en misión secreta. No hay ninguna otra chica por ahí y la verdad es que pasar unos días en un pedazo de paraíso de aguas cristalinas que no tenemos que compartir con nadie más me parece una buena forma de levantar el ánimo. —Escuché algo parecido a una risa conformista.

Yo sonreí al otro lado del aparato. Matty nunca me fallaría. Nunca.

No tardé mucho en hacer el equipaje. Al lugar al que íbamos no se necesitaba mucho más aparte de unos cuantos bañadores. Compré un par de libros en el aeropuerto y Matty varias revistas de *sudokus* y crucigramas. Teddy Bo nos acompañó a Tahití, pero nos dejó con Teva, el muchacho de la lancha que nos llevaría hasta Tahanai Island, nuestro paraíso privado.

La embarcación surcaba un transparente mar en calma mientras gotas saladas me salpicaban la cara, era una sensación maravillosa y sencilla. El isleño le cedió los mandos a Matty ante su petición entusiasta y este tripuló la embarcación durante un buen trecho del trayecto.

—Una vez acompañé a Dean y al abuelo al club náutico, me dejaron llevar el timón de un velero alucinante, tenía la cubierta de madera y las velas más grandes que he visto en mi vida. Fue un día increíble... pero llevar esta lancha, a esta velocidad, ¡mola mucho más! —me dijo a gritos mientras permanecía rígido tras el volante de la lancha deportiva de seis metros que rozaba con suavidad la superficie del mar.

Lo observé sentada en el lateral, con los brazos extendidos, y me recordó a su hermano. De hecho, en aquel instante, Matty recordaba físicamente al chico que años atrás me había sacado a pasear en lancha por la costa de Greenwich. Llevaba unas gafas de sol deportivas y una camiseta celeste que se le pegaba al pecho con la fuerza del viento; su figura me estranguló la boca del estómago.

Recuerdo que me pregunté en qué momento Matty se había transformado en aquel hombre fornido. Él seguía centrado en seguir la dirección que le indicaba Teva, por lo que pude examinarlo con detenimiento. Ya no era un chico delgado y blancucho. La bermuda oscura estaba muy bien rellenada por la parte del trasero y los muslos que asomaban sobre unas rodillas firmes estaban cubiertos de vello. Sus brazos sostenían con firmeza el volante y perfilaban unos bíceps sutilmente bronceados y marcados por los tatuajes que había añadido con el paso del tiempo. Giró la cabeza para mirarme, la isla se vislumbraba a la derecha y quiso que me situara a su lado para ver el horizonte con él. Le eché el brazo por encima de los hombros, tal y como había hecho millones de veces antes, y él me rodeó la cintura con una mano mientras mantenía el rumbo con la otra. Me sentí a gusto y lamenté que el isleño nos rompiera el momento para disminuir la velocidad al aproximarnos a la orilla.

Aquello era, literalmente, el paraíso. La arena era blanca y el agua de un turquesa acristalado que te dejaba ver las bandas de peces multicolores que nadaban formando coreografías preciosas.

La casa estaba a los pies de la playa, su porche se enterraba directamente en la arena y las telas blancas colgadas de sus postes de madera ondeaban con la brisa marina que también nos revolvía el pelo.

—¡Este sitio es la leche, Sissi!

—Ni que lo digas.

El chico de la embarcación nos ayudó a meter el equipaje y antes de despedirse nos dio un par de instrucciones sobre la casa mientras nuestros ojos se llenaban con los colores, los espacios y la decoración.

—Ahora mismo ni me importa saber dónde tiene el señor Marshall la sala de grabación... —le dije antes de desplomarme sobre uno de los mullidos sillones del salón.

—Bueno, este sitio es inspirador, desde luego, pero... —conocía bien ese brillo encerrado tras aquellos exóticos ojos rasgados—, en lo que yo estaba pensando es que... ¡quien llegue primero elige cuarto!

Matty salió corriendo por el pasillo y yo me levanté apresurada del sillón para seguir el juego y perseguirlo hasta conseguir la mejor habitación de aquel lugar de ensueño. Yo iba abriendo habitaciones: un baño, una sala de lectura, una habitación con dos camas, otro baño...

—Ahí estás... —Matty se había tumbado en una enorme cama de matrimonio de la que colgaban mosquiteras enrolladas.

Aquella habitación tenía un acceso directo a la playa por una coqueta terraza en la que destacaba una hamaca colgante.

—¿Sabes que esta tiene que ser mi cama, verdad? —le dije acostándome a su lado y empujándolo para que saliera de allí sin conseguir que se ladeara ni un milímetro.

—No veo por qué, yo he llegado antes.

—Porque está claro que esta es la habitación principal, y me han invitado a mí. Tú solo eres mi acompañante. —Me puse de lado con la cabeza apoyada sobre la almohada.

—¿Con que solo soy tu acompañante, eh? Señorita Importante, soy mucho más que tu acompañante. Soy tu mano derecha, quizá tu pie izquierdo, o mejor... soy tu guitarrista y necesito descansar bien para aguantar tus delirios de grandeza.

Matty también se puso de costado, apoyándose en uno de sus codos y mirándome de forma desafiante. Le aguanté la mirada casi un minuto entero, pero yo nunca ganaba a ese tipo de juegos por lo que insistí:

—No cuela, esta es *mi* cama.

Matty rio, me mostró los dos bombones que al parecer había cogido de las almohadas y se sentó de cara a la terraza.

—Está bien, pero que sepas que me ha dolido mucho eso de que solo estoy aquí de acompañante.

Me reí con su dramatismo y le rodeé el cuello por detrás para susurrarle a la oreja el estribillo de *Us* («para el chocolate, como para el amor, cualquier momento es perfecto») y él también rio.

—Pero...

—¿Pero qué?

Antes de que pudiese reaccionar me había agarrado las piernas para llevarme subida a su espalda en una carrera hacia la playa

—¡El primer baño será cortesía mía!

Corrió directo a la orilla conmigo a cuestas y nos caímos al agua.

Los primeros días allí a duras penas cogimos papel y lápiz. Usamos la guitarra para cantar viejos temas o versionar a otros bajo el increíble cielo estrellado, dimos largos paseos por la isla, cuya vegetación permitía caminar a la sombra y sin riesgo de perdernos pues no era muy extensa. Buceamos por los arrecifes y utilizamos las tablas de surf para remar sobre ellas. Incluso llegamos a pescar nuestra propia cena y nos supo a manjar de dioses.

Nos habían dejado una lancha para ir a las islas cercanas y, aunque allí teníamos todo lo que necesitábamos y la nevera repleta de deliciosos productos de la zona, en alguna ocasión en que nos desplazamos para comprar víveres, nos fotografiaron. Aquellas fotos sirvieron para avivar los rumores con titulares como «las románticas vacaciones de Sissi Star y su guitarrista Matty Butler», pero de aquello nos enteramos después. No veíamos la televisión, tan solo el canal de series que nos anclaba en los sillones, sentados pies contra pies.

—Me apasiona nuestra vida, pero no sé si quiero volver a la realidad después de esto —le dije una noche mientras me balanceaba en la hamaca y contaba estrellas fugaces.

—Vive el momento, es lo que hago yo.

Lo miré, estaba escribiendo en una libreta con un lápiz y de vez en cuanto borraba con el extremo del mismo.

—¿Qué haces?

—Te escribo una canción —me contestó lacónico.

Sonreí de oreja a oreja, me miraba concentrado, como si viajara a través de mí a lejanos recuerdos compartidos. Estaba relajado, con la espalda apoyada en un poste del porche, sin camiseta porque el calor era asfixiante aquella noche, y el pelo despeinado y pegado por la sal. Lo encontré muy atractivo, como nunca antes me lo había parecido, pero aquello no me hizo sentir del todo incómoda. Yo lo quería muchísimo, no había un ser en la tierra que me complementara como él, teníamos la relación perfecta y después de mi fracaso amoroso con Jordan, estar allí con él era lo que más me apetecía en el universo entero.

—¿A mí? —le dije divertida y salté de la hamaca para ver lo que había escrito, pero antes de leerlo rectifiqué—: No, no quiero leerlo, quiero escucharlo. ¡Cántamela!

—Aún no está terminada —me dijo con una ceja levantada para aumentar mi interés.

—Me da igual, quiero escuchar lo que tengas. Sabes cómo soy, no podría dormir.

Matty se levantó y fue a por la guitarra, me reclamó con la mano y nos sentamos en la escalera del porche con los pies hundidos en la arena. Comprobó que estaba bien afinada y calentó los dedos con unos acordes rápidos.

—Si te ríes, te echo al agua, y seguro que de noche se acercan a la orilla monstruos marinos horripilantes.

Le prometí que no me reiría; habría sido imposible, pues en cuanto tocó la introducción se me erizó la piel. Su voz era melosa y a la luz de la luna, y de algunas velas que habíamos repartido por el porche, se podía ver que no le temblaba la mirada al mirarme mientras comenzaba a cantar. No era una canción de amor, pero sí de sentimientos: de admiración y agradecimiento. En ella decía lo importante que yo era para él, lo que había significado tenerme en su vida y si leías entre líneas, quizá sí... era una canción de amor. No quise entenderlo así en aquel momento porque quería besarlo, y no estaba segura de que aquello fuera una buena idea. Matty no era el de siempre. Había cambiado. O quizás era mi forma de verlo lo que había cambiado. Estaba irresistible, atractivo, entregado y tras una guitarra mostraba lo mejor de sí mismo. Me agarré a mis piernas con fuerza para frenar el impulso de abrazarlo porque era algo demasiado arriesgado. No podía apostar nuestra relación por un momento, por el nacimiento de un sentimiento... por un deseo.

Terminó de cantar y me dedicó una sonrisa radiante, algo infantil pero deliciosa y solo pude decir lo que sentía en ese momento:

—Matty, ahora mismo... te besaría.

Él me miró perplejo y desdibujó la sonrisa durante un segundo antes de recuperarla algo más relajada y achinar los ojos. Yo le devolví la sonrisa y apoyé mi cabeza sobre su hombro.

—Te besaría...

Lo repetí mirando al mar infinito, oscuro y en calma. No sé si él me entendió en aquel momento, pero lo que quedó claro es que él tampoco estaba dispuesto a arriesgar lo nuestro por una declaración ambigua, por eso no dijo nada más al respecto y al día siguiente nos encerramos en la sala de grabación y sacamos tres canciones gracias a esa complicidad. Puede que esos sentimientos extraños, complicados y nuevos también fueran los responsables. Ponerlos en forma de canción era nuestra forma de hablarnos.

TRACK 15: NORTH STAR

Poco antes de Navidad, el tercer álbum estaba grabado y, como las fechas que se avecinaban eran muy buenas para lanzar el primer sencillo, grabamos el vídeo de *North Star*. Lo hicimos en una sobrecogedora explanada del Arctic Valley en Alaska, bajo una espectacular bóveda estrellada. Creo que no he pasado más frío en toda mi vida, los dientes me castañeaban y me resultaba difícil mirar a la cámara sin temblar. Repetíamos las tomas una y otra vez y, tras cada «¡corten!», Nenne acudía rauda para envolverme con un edredón nórdico. La maquilladora no paraba de retocar el maquillaje de mi nariz que parecía un pequeño tomate de ensalada y cuando conectaron el ventilador para darle movimiento a mi vestido toqué fondo y me negué a continuar. El resto de tomas las hicimos frente a una hoguera con planos míos en los que veía cómo ardía una guitarra. Yo debía llorar lágrimas que terminaban convertidas en cristales de nieve gracias al montaje final.

Era la primera vez que trabajaba bajo la dirección de Miles Levine, un afamado director de vídeos musicales, publicidad y largometrajes. No solo se ganó mi estima, pues era cercano y divertido, sino que, además, se ganó el corazón de mi hermana. Congeniaron desde el primer día de rodaje y ahí comenzó su historia.

El videoclip quedó precioso. La canción tenía mucha fuerza y, a pesar de tener una producción electrónica importante como los anteriores, sonaba más rock. Matty había hecho unos arreglos de guitarra que daban mucha textura al sonido, eran tan intensos y oscuros que del arco iris como insignia pasé al negro. El disco en general era mucho más profundo, las letras de las canciones reflejaban los últimos meses de mi vida: la pérdida de un amor, los momentos de soledad de la gira, el reencuentro personal y el ansia por reivindicar quién era en aquel instante de mi vida, el deseo de ser querida tal y como era entonces... También estaban aquellos temas nacidos en la isla, como *North Star*, en los que hablaban de un tipo de amor que te guía y te conduce más allá de la razón y la pasión, del amor de almas gemelas que se complementan en todos los sentidos, planos y formas y se atraen de manera imparable. Era una evolución hacia un nuevo sonido, pero seguía siendo yo, mi esencia estaba presente.

El sencillo vendió quinientas mil copias en la primera semana y debutó en el número uno de la Billboard. Lo celebré en mi nuevo apartamento con una fiesta a la que invité a los amigos del mundo de la música con los que había tenido la suerte de intimar en el último par de años. Fue una experiencia nueva, era la anfitriona y me gustó. Matty estaba muy integrado, los conocía a todos. Entre ellos, él no era mi guitarrista, era Matty Butler, el gran guitarrista. Sabía que otras bandas le habían propuesto que las acompañara en sus giras o incluso le habían ofrecido ejercer como productor musical, pero él nunca quiso aceptar. Él también había evolucionado, no le costaba hablar con las personas que pertenecían a su mundo, había dejado de ser aquel muchacho antisociable al que había que sacarle las palabras con sacacorchos. Era admirado y deseado, por mujeres y compañeros de profesión, pero más allá de todo eso, por encima de todo, seguía siendo mi complemento.

Aquella noche reímos, bailamos y disfrutamos hasta bien entrada la madrugada. Estoy segura de que mis adinerados vecinos desearon que me mudara a otro vecindario. Por ello, unas semanas después, para celebrar mi veintiún cumpleaños decidí dar una gran fiesta privada en la azotea del Sky Room.

Tras aquella etapa de diversión me metí en los agotadores meses de promoción en los que todos los días tenía unas cinco entrevistas en programas de televisión o emisoras de radio.

—Mañana te recogemos a las cinco de la madrugada en tu apartamento. Tenemos peluquería y maquillaje para *Breakfast América*, prueba de sonido y luego a la MTV para más entrevistas. De allí iremos a la radio WPLJ para cantar en directo y más tarde al programa de George Jingle para volver a tocar *North Star* con cambios de ropa entre uno y otro.

Nenne, tras ponerse en contacto con Ethan, me daba los detalles unos días antes y me los recordaba la noche anterior.

—Estarás cansada de que siempre te hablen de lo mismo, pero es que, ¡ocho premios Billboard! *Under the Rainbow* fue algo extraordinario —me dijo Celine Moon en *Coffetime America* aquella mañana en Chicago.

—Te aseguro que no me canso de hablar de ello, de hecho, aún no consigo recordarlo sin que mis mofletes se conviertan en dos granadas a punto de estallar. ¡Fue algo increíble! —me reí.

—Nos has desvelado que tu siguiente trabajo se va a llamar *Skyline* y su primer sencillo, *North Star*, tiene un sonido distinto a todo lo que has hecho antes. ¿No es algo arriesgado apostar por algo diferente?

—Bueno, por ahora las ventas demuestran que el riesgo ha merecido la pena, pero supongo que sueno diferente porque la música que hago evoluciona a la vez que yo crezco, es lógico ya que somos un pack indivisible.

No solo mi música había sufrido un retoque, también mi imagen había sufrido cambios. Mi pelo era más corto, con reflejos rubios sobre mi tono castaño y desfilado por delante. Matty decía que yo también me había vuelto un poco punk, aunque mi vestuario seguía siendo elegante y sencillo, y ni siquiera el color negro me hacía parecer siniestra ya que me habían aprovisionado con un buen lote de collares, gafas de sol y pintalabios de colores chillones y vitales. La ropa era algo más ceñida y los vestidos camiseros se transformaron en camisas cortas entalladas que combinaba con pantalones elásticos que marcaban unas caderas algo más pronunciadas a los veinte que a los dieciséis.

Disfruté mucho más esos meses de promoción ya que estaba «soltera». Me invitaban a muchas fiestas, a numerosos eventos musicales y simplemente salía a disfrutar en todos y cada uno de los lugares a los que iba.

—Nenne me iba a acompañar este año a los American Music Award, pero al parecer Miles le va a presentar a sus padres —le dije a Matty por teléfono.

—Me temo que vas a tener un cuñado de reconocimiento internacional dentro de poco, Sissi Star —le escuché decir con risas contenidas.

—Eso parece... El caso es que, ¿quieres acompañarme a los premios? Sé que no te gustan este tipo de cosas, los premios, las fiestas de después... pero seguro que lo pasamos bien.

—Supongo que podría —me dijo resignado.

—¡Genial! Haré que Nina te lleve el vestuario.

Colgué antes de que Matty me mandara a hacer gárgaras, pero con él tenía que hacer las cosas así. Él no se preocupaba por ese tipo de detalles, su imagen, su exposición social... y eso que hacía poco había encontrado una página de Facebook dedicada en exclusiva a él. Tenía un aluvión de fans por las que no se preocupaba, y a mí me daba algo de rabia que no alcanzara todo el reconocimiento que se merecía a causa de su dejadez.

La misma mañana de los AMA yo tenía una entrevista con un importante locutor de radio de Los Ángeles. Era famoso por llevar siempre a los iconos del momento y era una de las personas más influyentes según la revista *Times*. Su nombre era Bill Skittle y desde el momento en el que estreché su mano no me gustó. Rondaba los cincuenta, tenía la cara casi inmóvil por la cantidad ingente de bótox que debía pincharse y su piel destilaba bronceador de zanahoria. Me recibió en la antesala de la emisora con una sonrisa cordial y un trato demasiado cercano teniendo en cuenta que era la primera vez que nos veíamos.

Miré a Matty que me acompañaría para tocar *North Star* en directo en mitad de la entrevista, le quise transmitir mi incomodidad con la mirada, pero él no se percató. Él desconectaba en los lugares nuevos llenos de gente desconocida, pasaba a ser una sombra que tocaba la guitarra. Echó a andar por delante de mí a lo largo del pasillo que conducía a la sala de grabación de la emisora. Bill a mi lado, me guio con su mano en la cintura y justo antes de entrar en la habitación en la que se oían una ronda de anuncios de fondo, noté que descendía a la altura de mi trasero. Fue tan fugaz que pensé que me lo había figurado, pero me hizo sentir incómoda. Volví a mirar a Matty por si él se había percatado, pero mi guitarrista estaba desenfundando su instrumento.

La entrevista estuvo divertida, a aquel hombre se le daba genial ser locutor, su voz era envolvente y tenía una risa pegadiza que hacía que una frase tonta resultara graciosa. En un corte para otra tanda de anuncios me invitó a acompañarlo para saludar al resto del equipo y enseñarme la emisora al completo. Matty no se dio por invitado y se quedó sentado en su silla. Lo intenté de nuevo, lo miré de manera incisiva y le pedí que nos acompañara, pero estaba entretenido pasándose la púa de la guitarra entre los dedos, no me miró y simplemente me dijo «no, gracias». Así que salí de la sala y volví a sentir la mano de Bill Skittle en mi trasero, esa vez de forma más clara. Lo miré contrariada, pero el locutor mantenía una actitud desenfadada y llamaba a sus compañeros de radio para que me saludaran. Deseaba decirle algo para que no volviera a tocarme, pero sentía que si lo hacía la situación se volvería muy desagradable y yo parecería una mojigata. Así que callé y continué la visita. Al llegar a otra sala de grabación que estaba en antena se acercó a mi oído para hablar, demasiado cerca:

—No debemos hacer ruido, Max Martin está en el aire ahora mismo, esa lucecita roja lo indica. —Me señaló hacia la bombilla luminosa que había sobre el umbral de la puerta, como si eso fuera algo que yo no supiera después de haber hecho infinidad de entrevistas en emisoras por todo el país. Con un dedo enredó un mechón de mi pelo y lo soltó tan rápido como fugaces fueron sus labios sobre mi cuello. Di un respingo y lo miré molesta, pero él me agarró de la mano y me condujo de vuelta tras el micrófono al lado de su silla. Matty tocó los primeros acordes de aquel primer *single* y tuve que reprimir las ganas de salir de allí corriendo.

Ya se me habían insinuado antes algunos entrevistadores y había tenido que lidiar con muchos fans supuestamente enamorados de mí, pero aquella situación fue en especial violenta ya que sabía que aquel hombre era muy importante y hacerle un feo podía arruinar el lanzamiento de mi tercer álbum.

Me aguanté, apreté los puños y canté sin dejar de mirar a Matty y evitando rozar mi pierna con la de Bill que se aproximaba con el mismo falso descuido con el que había procedido desde el primer momento.

Al terminar volvió a acompañarnos a la salida, ¿quién podía imaginarse que tras tanta amabilidad, simpatía y chistes malos había un *manos largas* asqueroso? Justo antes de salir por la puerta volví a sentir su mano descender por mi espalda, pero me apresuré a separarme con disimulo.

—Te deseo mucha suerte, Sissi, aunque estoy seguro de que esta noche vas a arrasar en los AMA —me dijo con un brillo encantador en los ojos—. Y sobre todo, espero volver a verte.

—Gracias Bill, ha sido un... placer. —No pude decir la última palabra manteniéndole la mirada.

Teddy Bo me abrió la puerta del coche y fue la primera vez que rechacé firmar autógrafos a los fans que me habían esperado a las puertas de la emisora.

—¿Por qué no has querido firmar a esas chicas? Apenas las has mirado, ¿estás bien? —me preguntó Matty tras sentarse a mi lado en el coche.

No podía contestarle, pero el labio inferior comenzó a temblarme. Empecé a sentirme terriblemente enfadada.

—¡Déjame! Tú es que no te enteras de nada, no he parado de mandarte señales y tú en las nubes. —Le di la espalda y miré por la ventanilla de cristal tintado con los ojos bañados en lágrimas.

—¿Pero qué he hecho?, ¿qué ha pasado?

—Ese asqueroso Bill no ha dejado de toquetearme, ¿es que no te has dado cuenta?

Estaba enfadada con él por no haberse percatado, no me había protegido y sola no me había sabido defender. Estaba muy enfadada conmigo misma también, me sentía sucia. No había tenido valor para apartarle la mano.

—¿Cómo? Pero, ¿cuándo? ¡Demos la vuelta inmediatamente! ¡Voy a partirle la cara a ese imbécil!

Matty se levantó como loco del asiento y tiró de la camisa del conductor para que girara el volante, pero Teddy Bo lo sentó de un manotazo.

—¿Pero qué haces, chico? Vas a matarnos.

—¿Por qué no me lo has dicho allí? Le habría tumbado de un puñetazo. —Matty me miraba acusador.

—¡Lo he intentado, pero no te enteras de nada nunca! —lo acusé aumentando mis sollozos.

—¡No me he dado cuenta! —me chilló y enseguida relajó el tono—. No me he dado cuenta, Sissi... lo siento.

Matty me acogió entre sus brazos y yo hundí la cara en su pecho.

—¿Podéis parar el coche y dejarnos un momento, por favor? —pidió él con la voz calmada.

El conductor paró junto a un parque en el que unos chicos se lanzaban una bola de béisbol y allí nos dejaron un momento a solas. Yo lloré desconsolada.

—Me he sentido fatal, debería haberle retirado la mano de un golpe, pero le he dejado, Matty... He dejado que me tocara porque me daba miedo de que me dijera algo en plan «no te he tocado, ha sido sin querer» o «sabes que soy uno de los locutores más influyentes de América, ¿verdad?»

—Tranquila, Sissi, no pasa nada. No volveremos a su emisora. No necesitas de su influencia, tú eres una estrella mucho más brillante que él.

Matty me acariciaba el pelo y posaba sus labios sobre él como si con cada beso pudiese secar mis lágrimas.

—Me doy asco, debí haberle parado...

—Él no debió tocarte.

Cuando dejé de sacudirme entre sus brazos él dio un golpe en el cristal para indicar a mi guardaespaldas y al conductor que podíamos proseguir el trayecto hasta el hotel.

Matty se quedó conmigo hasta el momento de arreglarme, comimos unas hamburguesas en la habitación del hotel y, sin hablar más del tema, nos quedamos dormidos una hora tumbados en el sofá, pies contra pies.

Antes de volar a Los Ángeles, Nenne se había encargado de elegir mi vestido de entre las propuestas de la estilista, no quería desentenderse del todo a pesar de tener que pensar en el modelito que ella misma elegiría para conocer a sus futuros suegros. Para aquella noche especial en la que yo no solo debía actuar en mitad de la gala interpretando *North Star*, sino que además estaba nominada a Artista del año, Artista pop-rock favorita, Álbum pop-rock favorito y a Artista contemporánea favorita, me escogieron un alucinante vestido rosa que enmarcaba mis pechos en dos copas forradas con pétalos en tonos crema. La falda se abría en capas de gasa con mucho vuelo y una abertura en la cintura dejaba a la vista la parte alta de mi estómago. Estaba muy guapa y el recogido, moteado con otro tanto de pétalos, me favorecía mucho. Sin embargo, mientras me vestían en la suite del Sunset Marquet, yo solo podía pensar en las frías y asquerosas manos de Bill Skittle.

Cuando abrí la puerta de la habitación del hotel me encontré con Matty arreglado y esperando con una pierna apoyada en la pared. Estaba muy guapo, pero no era la ropa que Nina le había elegido.

—¿Qué ha pasado con el *look* roquero que te tenía preparado la estilista?

—¿En serio tú me veías a mí con una chupa de cuero, una camiseta gris de Armani y un sombrero de esos ladeados? —Formó una mueca y me ofreció su brazo—. Yo soy un *gentleman*, Sissi, a mi madre le gustará más verme así.

Llevaba una impoluta camisa blanca y un traje de chaqueta oscuro que le hacía parecer unos años mayor, pero que a su vez le daba mucho atractivo.

—En realidad... a mí también me gustas más así, Matty.

Me agarré de su brazo, pero aunque estar a su lado me calmaba los nervios, él notó mi temblor.

—¿Sabes qué? Vamos a hacer una paradita antes de marcharnos —me dijo.

—¡Pero no tenemos tiempo! ¿Adónde quieres ir?

—Aquí mismo, no vamos a tardar ni dos minutos, confía en mí.

Me condujo hasta el bar del hotel y lo miré extrañada.

—Estas cosas funcionan en las pelis, ¿no? Hoy tenemos que disfrutar, así que... ¡pónganos dos chupitos de algo! —Matty me guiñó un ojo al estilo Butler y no pude negarme.

Nos tomamos una ronda de algo demasiado fuerte, nunca había bebido alcohol más allá de alguna copa de vino o champán por lo que aquello consiguió hacerme entrar en calor y calmar los nervios lo justo antes de meternos en el coche que nos debía llevar al Nokia Theater.

Había aprendido a posar con soltura en las alfombras rojas, algo inimaginable años atrás para alguien como yo. En otras circunstancias, Matty y yo nos habríamos fotografiado juntos frente al *photocall*, de hecho los fotógrafos nos lo pedían, pero él se negó alegando que eso solo habría hecho que los titulares se centraran en nuestra especulada relación más que en los posibles premios que aquella noche terminé ganando.

La gala estuvo genial. Era divertido estar entre aclamados músicos y cantantes, algunos ídolos de mi infancia y otros verdaderos amigos a los que saludaba como si hubiésemos ido juntos al instituto. Matty se sentía realmente cómodo entre los guitarristas, pero era inevitable que muchos cantantes se acercaran a él para felicitarlo por su trabajo. La gente lo admiraba, él les sonreía con sus labios apretados y miraba con insistencia el reloj deseando escabullirse en el *backstage* junto a los suyos.

Tenía que actuar en solitario con la música en *playback*, estaba muy nerviosa pues aquel tipo de actuaciones tenía una carga importante de puesta en escena y, a pesar de estar rodeada de bailarines, no podía refugiarme bajo la atención de la guitarra de Matty o el bajo de Lou.

Me cambié el vestido por otro más corto de encaje negro, era bastante sexy y tenía un punto rockero muy afín a la canción. Me presentaron, el público asistente estalló en aplausos y el telón subió descubriendo un escenario decorado como si la mismísima Reina Elsa lo hubiese congelado. Mientras cantaba, una simulada nevada caía sobre mí y yo debía cantar interpretando todo el amor que transmitía la letra, simulando que un gran foco sobre mí era la estrella que me guiaba y de la que estaba enamorada.

Había gente muy importante mirándome y gracias a la retransmisión televisiva aquel momento llegaría a medio mundo, así que puse toda mi alma para entonarla a la perfección. Cuando quedaban un par de acordes para terminar, noté que una lágrima descendía por mi mejilla izquierda. Fue soberbio y sentí que, a pesar de no tener a Matty a mi lado encima del escenario, había hecho una de las mejores actuaciones de toda mi vida. Lo busqué con la mirada y él me levantó los dos pulgares.

El resto de la gala fue para disfrutar y subir varias veces al escenario para recoger los tres galardones que gané.

TRACK 16:
TRUE FIRST TIME

Tuve que posar con mis tres pirámides de cristal durante un buen rato. Todo el mundo me felicitaba y no podía parar de dar las gracias, pues me sentía profundamente agradecida, bendecida y reconocida.

Había una fiesta de la revista *Rolling Stones* después de la gala. Allí conseguí la promesa de una portada para el mes de febrero y mi primera borrachera.

—¿Quieres que te traiga algo de beber, Sissi?

—Matty, esta noche creo que se merece algo... fuerte, ¿me entiendes? —le dije con picardía. Estaba pletórica, las cosas no podían marchar mejor y tras el mal rato que había pasado en la emisora de radio deseaba soltarme la melena y disfrutar de la sonrisa que me dedicaba la vida aquella noche.

—¿Quieres emborracharte? —me preguntó de forma discreta al oído. Se había quitado la corbata y abierto un par de botones de la camisa, olía a un perfume bastante intenso y sentir el cosquilleo de su pelo en la mejilla me estremeció.

—Alguna vez tiene que ser la primera, hoy me parece un día perfecto.

—Como tú mandes.

Se marchó solícito a por unas copas y mientras seguí charlando con los compañeros de profesión y felicitando a los que, como yo, habían ganado algún premio. A lo lejos vi cómo la preciosa Rita Moore, la cantante de *soul* ganadora de un AMA aquella noche, se le acercaba y le ponía mirada de gata en celo. Enseguida se les unió Amanda Clark, la ecléctica cantante pop conocida por tener registro de silbido y unas curvas imposibles. Cuando tres chicas más le rodearon sentí una punzada en el estómago y decidí acercarme.

—¡Aquí tienes, Sissi! —Me alargó la copa por encima de sus cabezas y cuando creí que se quedaría ahí dentro atrapado entre tanta feromona se disculpó para alcanzarme.

Bailamos, porque eso sí, Matty era un gran bailarín, cosa que no encajaba mucho con su cerrada personalidad, pero es que para eso no necesitaba hablar con nadie, tan solo mover las caderas. Y lo hacía bien, resultaba tremendamente sexy con su melena a greñas agitada y unos gestos faciales acompasados con el ritmo. Bailamos y bebimos, una copa tras otra hasta que en mi mente la realidad estaba cubierta de una dulce neblina. Me lo estaba pasando en grande, mis pies no sentían el suelo mientras me entregaba a la música disco del momento y hubiese terminado abrazando a cualquiera que se me acercara, de no ser por Matty.

—Deberíamos irnos, Sissi, empiezas a dar vueltas como una peonza —me sugirió entre risas.

—Está bien, está bien, está bien...

Lo seguí fuera, Teddy Bo hizo traer la estupenda limusina que la discográfica me había mandado para felicitarme por los premios y nos subimos lo más raudos que pudimos para evitar a los paparazzis.

—¡La última copa, Matty! ¡Nunca hemos bebido en ninguna de las limusinas! —Hablaba con los ojos muy abiertos, envuelta por el éxtasis del momento.

—Está bien, pero mañana vas a tener un dolor de cabeza insuperable.

Matty descorchó la botella de champán y sirvió una copa espumosa que me brindó con la sonrisa reflejada en la ranura alargada de sus ojos.

—¿Pero es que tú no vas a beber conmigo?

—Yo no me he tomado ni una sola copa esta noche, Sissi, pero he disfrutado viendo cómo tú te las tomabas dobladas —rio a carcajadas.

—¡Eres un traidor! Has dejado que me emborrache sola —protesté y acto seguido me bebí la mitad de la alargada copa.

—Efectivamente, he dejado que te emborraches, pero en ningún momento te he dejado sola.

Me descalcé para atravesar el pasillo de las habitaciones.

—Ya la acompaño yo, Teddy Bo, vete a descansar —oí que le decía Matty a mi escolta, al cual yo veía especialmente enorme aquella noche.

En aquel momento sentía que la noche era joven, no tenía ganas de ponerle fin, el alcohol me mantenía en un estado de hiperactividad y euforia que me hacía reír desenfrenada.

—¿No te parece que la madre de Teddy Bo no acertó para nada al elegir el nombre para su hijo? Debería haberle puesto Big Rock o algo más impactante como Americus o Armageddon...

—Anda, dame el bolso que te saque la tarjeta.

—Es temprano, deberíamos habernos quedado un poco más... Pasa y tómate una conmigo, pero de verdad. ¿Por qué no te has tomado ninguna copa antes?

Me mantenía de pie porque dejé apoyar la espalda contra la pared del pasillo mientras él rebuscaba dentro de mi pequeño bolso e insertaba la tarjeta para abrir la habitación. El piloto se pasó de rojo a verde y la puerta se abrió.

Antes de que metiese la tarjeta en el conector de la luz salté sobre su espalda y lo amenacé:

—No pienso dejar que la noche termine, ¡emborráchate conmigo, Matty!

La puerta se cerró y nos quedamos a oscuras dentro de la suite.

—Como me tropiece con algo vamos a terminar con la cabeza abierta los dos. —Matty se reía y me afianzó sobre su espalda—. Sissi, ya estás borracha como una cuba, no necesitas beber más por hoy.

—Eres un cortarrollos.

—Un cortarrollos, ¿eh?

Sentí que la habitación giraba demasiado rápido y que caía hacia atrás. Me aferré al cuello de Matty, pero mi cuerpo cayó sobre lo que debía ser la cama de mi habitación pues rebotamos y el peso de su cuerpo me aplastó.

Intentó quitarse, pero conseguí desliar mis piernas de la falda de mi vestido para aferrarme a su cuerpo.

—Te vas a hacer daño, Sissi.

Matty se convulsionaba por la risa, pero consiguió girarme y ponerme sobre su regazo. Me buscó la cara con la mano y al encontrarla me la tapó entera con ella.

—Sissi Star, no me hace falta verte para saber que llevas una cogorza tremenda encima. Creo que tu propósito de experimentar la primera borrachera está más que cumplido.

Le quité la mano de mi cara y suspiré. Era agradable estar así, tan próximos, tan en sintonía, segura. Me sentía feliz, el alcohol hacía que pensara de forma alborotada, pero el cuerpo me pedía a gritos algo que mi mente no era capaz de asimilar del todo.

—Entonces... supongo que buenas noches, ¿no?

Podía intuir la silueta de su cuerpo, al igual que había hecho él, busqué su cara con la mano. Mis dedos toparon con su frente y sentí que mi corazón se detenía. Paralizada unos segundos, y consciente de que Matty estaba inmóvil y callado, los deslicé por sus ojos y los detuve de nuevo sobre sus labios. Con él no había nervios, ni vergüenza.

Por mi mente se sucedieron un millón de imágenes como diapositivas de los últimos años junto a él; y al llegar a la noche de la isla, cuando me había cantado aquella canción compuesta por él, no pude dar marcha atrás. Lo deseaba, mi cuerpo ardía en deseos de besarlo. Los latidos de mi corazón eran tan fuertes que quise que él los sintiera también por lo que, al tiempo que mis labios buscaban su boca, llevé su mano hacia mi corazón.

Algo dentro de mí siempre había sabido que Matty me quería. Aunque él nunca hubiese insinuado nada, esa clase de sentimientos se reflejan en la forma de mirar, en la delicadeza de los gestos, en la atención que ponía en cada una de mis palabras... Matty siempre había estado enamorado de mí y yo había mirado hacia otro lado, hacia otros chicos. Había achacado esos sentimientos a nuestra especial conexión musical, impidiendo a mi imaginación soñar más allá por miedo a romperla.

En aquel instante, estábamos solo él y yo, el mundo era un lugar despoblado y nada tenía sentido más allá del movimiento pausado de sus labios sobre los míos. Él buscó mi mano y me la posó de igual forma sobre su pecho. Sentí un palpitar fuerte bajo un pectoral que ardía. Quise tocar su piel por lo que mis dedos comenzaron a desabotonarle la camisa y yo sentí los suyos deslizar la cremallera de mi espalda.

Fue lento, fue intenso. Sin duda, fue la primera vez que sentía el amor en su máxima expresión. Fue sincero, generoso y explosivo. Fue verdadero.

Debí dormir solo un par de horas, pero cuando mis ojos se abrieron, todo permanecía en penumbra; apenas se colaban unos rayos por debajo de las cortinas de aquella habitación de hotel. Escuché la respiración acompasada de alguien a mi espalda y enseguida mi mente conectó las imágenes difusas y aún adormecidas. El corazón se me disparó, pero no me moví. Permanecí quieta un buen rato presa de un dolor de cabeza nauseabundo. Entonces las sábanas crujieron y Matty se revolvió a mi lado, instantáneamente cerré los ojos y fingí seguir dormida.

Cada vez que recuerdo las emociones de las que era presa en aquel momento me maldigo. Por algún motivo que aún no acierto a comprender, no quería enfrentarme a nuestra nueva relación. Después de lo sucedido aquella noche no estaba segura de qué éramos, podía pensar que lo lógico era desperezarme en la cama y pedirle un beso de buenos días reafirmando lo que sentía por él. Sin embargo, estaba presa del pánico. ¿Y si todo cambiaba entre nosotros?

Mi cuerpo no lo soportó más y salí de la cama disparada al baño, tambaleándome y chocando contra todo lo que había por medio.

Matty me alcanzó justo en el momento en el que caía de rodillas frente al retrete para sujetarme la frente y retirarme el pelo de la cara mientras vomitaba. La situación no podía ser más embarazosa e incómoda, además de asquerosa.

—Tranquila, échalo todo. Doy fe de que ahí dentro tienes litros que sacar —me dijo Matty con la voz matinal algo ronca.

Yo agité una mano para pedirle papel con el que limpiarme antes de volver a hundir la cabeza y terminar de vaciar mi estómago.

La imagen no podía ser más horrenda. Yo tirada en el suelo del baño, con el pelo enmarañado, el rímel corrido y los ojos inyectados en sangre por el esfuerzo y los límites a los que había expuesto a mi cuerpo.

—Anoche hice el tonto de una manera insuperable —acerté a decir tras recuperar el aliento, pero con la mente aún mareada.

—Te faltó algo de autocontrol, desde luego —intentó bromear Matty mientras me ayudaba a sentarme sobre el banco de mármol adosado al jacuzzi.

Yo me sujetaba la frente mientras él mojaba una toalla y me lavaba la cara. Cerré los ojos, me avergonzaba mirarlo, pero sobre la oscuridad de unos párpados cerrados se proyectaban momentos muy vívidos de ambos haciendo el amor. Las náuseas desaparecían de mi cuerpo, pero a cambio un sudor frío me bañó el cuerpo.

—No permitas que vuelva a cometer una estupidez así. —Lo miré con arrepentimiento, quizá con demasiada carga de culpa pues tardó un par de segundos en responder y debió interpretar que me refería a algo más que al hecho de haberme emborrachado.

—Tranquila.

Me dio la espalda y colocó la toalla mojada sobre el lavabo con delicadeza y lentitud, en silencio, concentrado y de forma meticulosa.

—Deberías darte una ducha, seguro que te hace sentir mejor. Mientras llamaré al servicio de habitaciones para que te suban café y algo de comer que te asiente el estómago.

Salió del baño sin esperar respuesta y cerró la puerta detrás de sí.

Debería haberle dicho algo para detenerlo y pedirle el abrazo que en ese momento hubiese aclarado la situación, pero no lo hice. Abrí el grifo de la ducha y oí su voz al teléfono haciendo la comanda. Conforme el agua caía sobre mi cuerpo desnudo sentía que recobraba el control y tan solo unas punzadas en las sienes me recordaban el desfase de alcohol que había experimentado por primera vez en mi vida. No podía dejar de pensar en Matty y en mí, enlazados por unos besos cargados de amor y deseo. El alcohol no había borrado de mi mente ni uno solo de aquellos besos, lo recordaba todo a la perfección, aunque me planteé la posibilidad de que Matty pensara que no era así, que no recordaba lo que había pasado entre nosotros. El corazón volvió a precipitarse en palpitaciones desenfrenadas. No sabía cómo manejar la situación. Quería hablar con él, pero no sabía bien lo que decirle porque no estaba segura de querer que nuestra relación cambiase. El alcohol había conseguido que me desinhibiese para dar un paso que de otra forma no habría dado, pero él... Matty no había bebido. Él era muy consciente de lo que hacía y mi cuerpo había reconocido cada caricia, cada roce y hasta el más mínimo aliento sobre mí como una declaración de amor.

Agarré el pomo de la puerta del baño decidida a salir hacia el pequeño salón donde debía estar Matty, para decirle que lo ocurrido entre nosotros tenía lógica, que no me arrepentía, que sin saberlo me había enamorado de él y que volviera a besar mis labios porque entre sus brazos era el lugar en el que deseaba estar. Sin embargo, al salir tan solo encontré un silencio aplastante y la bandeja del desayuno junto con unos analgésicos.

Se había marchado, sin una nota ni un aviso. No es que se hubiese marchado de Los Ángeles sin mí, tan solo se había ido a su habitación posiblemente a ducharse, pero yo lo conocía bien y que no hubiese esperado a que saliese de la ducha, el hecho de que no hubiese un trozo de papel donde pusiera «DESAYUNA BIEN, TE RECOJO EN UN RATO»... que no hubiese ni un solo rastro de que habíamos pasado la noche juntos me hizo temer que Matty también tuviera dudas sobre cómo afrontar el paso que habíamos dado. Él no era de huir, pero se había marchado, y yo no sabía si lo que quería era darme tiempo o si él se arrepentía de haber cruzado el límite permitido en nuestra relación. El miedo se apoderó de mí y no supe cómo actuar.

Regresamos a Nueva York fingiendo estar dormidos en el avión. Ni una sola referencia a lo ocurrido entre ambos, ni el más mínimo roce de manos, ni siquiera por error. Compartimos un sándwich de pavo y una bolsa de patatas mientras incorporábamos de manera sutil a Teddy Bo en nuestra conversación y cuando llegamos al JFK nos despedimos rápido. Nenne nos esperaba a ambos para llevarnos a Greenwich, pero él dijo tener una cita para grabar unas pistas de guitarra a un productor que lo había llamado en el último momento. Aquello me sonó a mentira, el tono de su piel aquel día era cetrino y su aspecto cansado. Sentí que Matty me rechazaba, que de alguna manera era él quien ponía espacio.

—¿Qué ha sido eso? ¿Por qué se ha ido Matty en el Air Train? —me preguntó mi hermana.

—Ya lo has oído, tenía que ir al estudio de grabación —le contesté intentado parecer despreocupada.

—Claro que lo he oído, no estoy sorda, pero le pasaba algo. Y a ti también, ¿qué os pasa?

Nenne tenía un olfato detectivesco increíble, pero aquello no era algo que desease compartir con mi hermana. De hecho, no quería ni pensar en ello. La situación era tan rara e incómoda, tan decepcionante y estúpida que me hacía sentir impotente e idiota.

—No sé a qué te refieres. Hemos dormido muy poco, eso es todo.

Volví a ver una imagen nuestra envueltos por la pasión y rebusqué dentro de mi bolso hasta dar con el teléfono. Busqué su contacto para mandarle un mensaje, la última oportunidad para que aquello no se estropeara.

«No me arrepiento.»

Tenía el dedo justo encima de enviar cuando la pantalla desapareció y la foto de Ethan apareció acompañada del sonido de llamada.

—¡Demonios, Ethan, acabo de aterrizar! ¿Qué ocurre? —le dije de mala gana.

—Lo sé, Sissi, perdona, pero me vas a querer muchísimo después de escuchar esto.

—¡Suéltalo!

—¡Vas a tocar para la reina de Inglaterra! Ofrece una recepción para los ganadores de los premios OBE y te quiere allí. —Ethan estaba emocionado y seguro que esperaba alguna reacción escandalosamente sonora por mi parte—. ¿Sigues ahí? ¿Me has oído, Sissi?

—Sí, claro. Es genial... me impone un poco, para qué negarlo, pero es algo increíble —le contesté sobrecogida.

No era algo que hubiese imaginado que pudiera ocurrir en mi vida. Hacía ya muchos años que había dejado Inglaterra, solo había vuelto para dar los conciertos y visitar a los abuelos un par de veces. Aun así, era un honor y me recordó de dónde venía.

Nenne estalló en gritos, para ella su corazón era completamente inglés. Yo reconozco que a aquellas alturas me sentía más estadounidense, mi verdadero hogar estaba en Greenwich. Inevitablemente pensé en Matty... Mi hogar estaría donde él estuviera. Por eso borré el mensaje y lo llamé en cuanto llegué a casa para hablar con él y contarle lo de la actuación para la reina. Pero no contestó y no me devolvió la llamada por lo que me temí lo peor.

¿Había destrozado nuestra amistad? Que Matty fuera capaz de alejarse de mí tan rápido, tan solo por una frase mal entendida después de tantos años y de aquella maravillosa noche, era un disparate. Me acosté junto al teléfono en aquella cama que sentía ya extraña a pesar de tener a mis padres durmiendo en el mismo pasillo.

Bien entrada la madrugada recibí un mensaje suyo. No me despertó, no había conseguido conciliar el sueño y cuando vi su nombre en la pantalla el corazón me golpeó en el pecho.

«Acabo de ver tu llamada, estaba en el estudio. ¿Todo OK?»

«Quería hablar contigo, tengo algo que contarte.»

Matty no contestó, esperó a que le mandara un nuevo mensaje:

«Ethan me llamó, la reina de Inglaterra quiere que actúe en los próximos OBE.»

«Es genial.»

Empecé a ponerme nerviosa. ¿Qué debía escribirle exactamente? No quería exponer mis sentimientos en un mensaje.

«Matty, ¿cuándo vienes a casa?»

«No lo sé. ¿Estás bien?»

«Regular.»

«No deberías volver a beber.»

Quizá si le hubiese puesto un mensaje romántico todo habría sucedido de otra forma, pero eso nunca podré saberlo y, a veces, las cosas pasan de formas extrañas porque el momento propicio no ha llegado.

Todo quedó ahí, escondido tras un velo en el *backstage* de mi mente y nuestra relación volvió a ser la de antes... más o menos, ya que no volvimos a rozarnos.

Los ensayos junto a los bailarines para el Skyline Tour comenzaron, las coreografías eran bastante simples y escuetas, pero la parte vocal era más dura de aguantar. Matty no tenía mucho que hacer a mi lado y decidió ir a Virginia para visitar a Dean, que era donde por aquel entonces se encontraba. Eso fue lo que me dijo, aunque volví a sentir que me mentía, su voz sonó vacía, lineal y ahogada. Estuvimos bastante desconectados, pero no tuve tiempo para notar la ausencia ya que estaba sumida en agotadoras sesiones de ensayos y promoción. Tan solo por las noches, cuando me abrazaba a la almohada, se me desgarraba el alma al pensar que podía ser su cuerpo el que rodeara mis brazos mientras él no daba apenas señales de vida.

Hicimos lo posible para sacar otro videoclip antes de comenzar la gira y se preparó el tercero con una mezcla de imágenes de los últimos años de mi vida con imágenes de los conciertos, de los ensayos, de mi vida diaria. Era muy emotivo y personal, y por supuesto, mi guitarrista salía en él en bastantes momentos. Verlo montado me hizo extrañarlo terriblemente y deseé que regresara de una vez a mi lado. La espera se estaba haciendo eterna, pero sabía que volvería a mí cuando todo empezara en primavera, en la ciudad de Nueva York, en el Madison Square Garden.

Lo que no me esperaba, lo que jamás podría haber imaginado ni en la peor de mis pesadillas fue lo que ocurrió.

Quedaba un mes y medio para arrancar la gira y, aquella mañana en la que el sol asomaba con timidez entre los altos edificios neoyorquinos, debíamos empezar con los ensayos de la banda. Yo estaba excitada, volver a juntarnos con nuevos temas me emocionaba y se avecinaban largas charlas en las que Roy me enseñaría las últimas fotos de sus hijos, Lou me hablaría de sus recientes conquistas y las chicas del coro me pondrían al día de los cotilleos y habladurías del panorama musical (incluidas las mías).

Aquella nave que servía de lugar de ensayo empezaba a parecer un lugar acogedor con diversos sofás traídos expresamente para nosotros en la que podríamos reunirnos para tomar un café en los descansos.

Me encontraba recitando los días de la semana mientras el técnico de sonido registraba los niveles de mi micrófono cuando Matty apareció acompañado de alguien a quien no conocía, con el gesto contraído y la mirada huidiza. Lo vi acercarse a mí con el caminar pesado y reparé en que estaba más delgado y pálido.

—Hola, Sissi. —Enfrentó su mirada a la mía e intentó esbozar una sonrisa—. Esto está genial, es... ¿Podemos hablar un momento a solas?

Me quedé con ganas del abrazo que tiempo atrás nos habríamos dado de forma natural, pero él se había parado a tres pasos de mí, con las manos metidas en los bolsillos de los vaqueros.

—¡Claro, Matty! ¿Te encuentras bien? Ven, vayamos fuera.

Era más que evidente que no estaba bien. Tenía unas profundas ojeras que revelaban varios días de no haber pegado ojo. Lo seguí hacia fuera mientras el misterioso acompañante esperaba dentro, a la sombra de un amplificador.

—¿Qué ocurre, Matty? Me estás asustando.

Matty me cogió de las manos y el corazón se me disparó de forma instantánea, pero su mirada no era romántica, sino de pesar y supe que aquello no era el momento que yo esperaba.

—Sissi, esta vez no te acompañaré.

Escuché sus palabras, pero creí no entenderlo. Quise no entenderlo, le apreté las manos como si así pudiese retenerlo a mi lado.

—¿Cómo? ¿Qué ocurre, Matty?

—No es nada, Sissi. Simplemente es... que creo que ha llegado el momento de dejarlo. Los últimos siete años te los he dado en cuerpo y alma, y te aseguro que han sido los mejores de mi vida, pero debo dejarlo ya. Tengo que dejarlo ahora, necesito un cambio, debo... No me odies, Sissi.

Los ojos de Matty comenzaron a enrojecer, destilaba sufrimiento por los poros de la piel y me devolvía el apretón de manos con la misma intensidad.

—Pero no lo entiendo, ¿es por mí? ¿Te vas para acompañar a otro cantante? ¿De verdad me vas a dejar? —Sentí el calor de las lágrimas descender por mis mejillas.

—¡No! No me voy con nadie, no es que te deje a ti, dejo esto... dejo la música. —Su voz se ahogó y se abrazó a mí.

Lo estreché entre mis brazos, no podía comprenderlo. En el fondo de mi corazón estaba convencida de que yo era la culpable, de que nuestra noche de pasión lo había destrozado todo, pero aun así no podía creer que él lo dejara todo, que abandonara el mundo de la música. Su mundo, nuestro mundo.

—No lo entiendo. Dime qué tengo que hacer, dime cómo... pero no me dejes.

Un miedo atroz se apoderó de mí, me sentí al borde de un precipicio con un fuerte huracán soplando a mi espalda.

—Te he traído al mejor guitarrista que he encontrado, conoce todas tus canciones, es un chico genial, formal, divertido... mucho más que yo. —Con aquel intento de broma me separó un poco e intentó ponerse firme.

—¿Otro? Pero no, Matty... no puede ser. Yo sin ti...

—Tú sin mí eres Sissi Star. —Posó sus labios en mi frente con un beso profundo y sostenido.

Me di cuenta de que su decisión era firme, meditada e irrevocable. El pánico se aferró a mi estómago, sentí que me mareaba, pero Matty se separó, sus besos me dejaron un frío terrible y sus últimas palabras se clavaron en mi alma:

—Sissi, entra ahí y... haz tu magia.

Se giró y comenzó a andar hacia la salida del recinto. Quería correr tras él, retenerlo, besarlo y unir mi cuerpo al suyo, pero él se alejaba. Me quedé inmóvil, estaba rota por dentro y consumida por el llanto. Devastada. Lo vi alejarse sin girarse ni una vez y mi mundo dejó de brillar, se sumió en la oscuridad y Nenne me encontró en el suelo, con la mirada perdida en un punto en el que ya no encontraría la inspiración.

🎧 TRACK 17: 🎧
MEANT FOR ME

Matty desapareció de la faz de la tierra. Intenté comunicarme con él por todos los medios, pero ni siquiera su madre decía saber dónde estaba. No solo me había abandonado, había dejado el mundo de la música y fuera de él no estaba segura de que pudiera sobrevivir. Matty no entendía otra forma de vivir, de comunicarse, de respirar... Allí, en ese lugar fue en el que me refugié yo. Su rastro seguía allí, su música era la mía, por lo que era la única forma de sentirlo cerca, aunque era a la vez tremendamente doloroso.

Ramón era un latino con dedos ágiles y gran capacidad de improvisación. No quiso contarme cómo ni cuándo Matty contactó con él, pero sin duda era un sustituto a la altura. A pesar de eso me costó un tiempo adaptarme a él y los primeros días de ensayos reconozco que no lo traté del todo bien. Pasé por todas las etapas que conllevan una pérdida; tras la negación llegó la furia y Ramón la aguantó con estoicismo, como si le hubiesen prevenido que aquello ocurriría. Nenne intentó enfocar lo sucedido del modo más positivo; decía que era la oportunidad de dejar claro quién era yo en solitario, que podía demostrar lo fuerte que era y que mi talento estaba más allá de la figura de mi compañero. Lo que ocurría es que yo sabía que nada de eso era verdad y lo que más me aterraba era que sin él... Sissi Star no podía ser la misma. Componer se me hacía imposible y el poco tiempo libre que me dejaban los ensayos los dedicaba a hacer deporte y ver películas en mi apartamento. Dejé de salir y las revistas no tardaron en hacerse eco de la noticia de la «misteriosa desaparición de Matty Butler» o la de «Matty Butler deja roto el corazón de Sissi Star, que ha dejado de acudir a las fiestas, y se la ve abatida».

—No leas todas esas revistas, no tienen ni idea de lo que dicen.

—Nenne las iba recogiendo del suelo de mi apartamento. Decidió mudarse para estar junto a mí y hacía lo posible por conseguir que fuera feliz en un mundo sin Matty.

—No tienen ni idea, pero con sus especulaciones se acercan bastante a la verdad: «A Sissi Star la abandonan». —Le señalé la portada de *Bámbola* en su edición americana.

—Hermanita, ya está bien. Tú y yo vamos a salir. Nos pondremos guapas e iremos al cine a ver una película en la que puedas reír hasta desternillarte, luego comeremos helado o echaremos pan a los patos de Central Park, lo que quieras... Pero ya está bien de regodearse en el dolor, sentada en ese sofá cada día tras los ensayos. —Mi hermana puso los brazos en jarras y su mirada no aceptaba una negativa.

—Me fotografiarán, Nenne. Habrá más titulares, más especulación... —Me dejé resbalar por la suave tapicería de piel oscura.

—¡Perfecto! Porque vamos a ir juntas y perfectamente maquilladas, y vamos a reír y sonreír como nunca antes, aunque te cueste la misma vida hacerlo. Hoy terminarán con las habladurías de la «tristeza de Sissi Star».

Obedecí, no tenía fuerzas para luchar contra el apabullante carácter de mi hermana y pasamos una tarde de fingida diversión, aunque he de reconocer que disfruté de la compañía de la persona que más necesitaba a mi lado.

—¿Qué pasó entre tú y Matty? —me preguntó Nenne cuando la noche tocaba a su fin y juntas en la gran cama de mi apartamento descansamos nuestros agotados cuerpos.

—¿Cuándo? —Me hice la sorprendida, pero sabía perfectamente lo que me preguntaba.

—Sissi, deja ya de hacerte la tonta, soy tu hermana mayor, te muerdes el labio inferior cada vez que mientes o dices una verdad a medias. ¿Qué pasó entre tú y Matty?, ¿acaso se te declaró por fin y lo rechazaste?

Nenne se puso de lado para ver mi cara, pero yo permanecí con la mirada clavada en el techo, recordando la mejor noche de mi vida, una en la que las imágenes a pesar de estar turbias conseguían encenderme la piel.

—¿Declararse por fin? ¿Tú sabías que yo le gustaba?

—Sissi, no intentes hacerme creer que tú no.

Aguda y sin anestesia, así era Nenne. Pero tenía razón, no engañaba a nadie más que a mí misma si no reconocía que siempre lo había sentido. En silencio, a una distancia prudente, aguantando mis relaciones amorosas con otros, en cada acorde que me tocaba y en las frases con las que me complementaba siempre había visto su amor por mí.

—Pasamos la noche juntos, la de los AMA —confesé y sentí que mi lagrimal volvía a ceder. Sentía culpa, el remordimiento me consumía, pero el daño que me causaba saber que no podría repetirse, pues Matty había desaparecido de mi vida, era afilado y abrasador.

—¿Juntos? ¿Juntos *juntos*? —Nenne abrió los ojos como platos y se irguió a mi lado.

—*Juntos* del todo.

—¿Y qué pasó? Quiero decir, ¿qué pasó después?

Como si olvidara que aquella conversación me producía un dolor inaguantable mi hermana se había emocionado ante la idea de que yo y Matty hubiésemos compartido algo más que acordes por fin.

—Pasó esto, Nenne. ¡Esto! —Señalé a mi alrededor para mostrarle mi soledad, puse mi dedo índice sobre el corazón para enseñarle el sufrimiento por el que atravesaba y le hice entender con un abrazo de lágrimas que el resultado de aquella maravillosa noche había sido la destrucción de mi mundo.

Vivir sin Matty fue algo durísimo, pero lo logré. Hice las maletas y me embarqué en la Skyline Tour. Me desdoblé cada noche para darlo todo encima del escenario. Allí arriba seguía siendo Sissi Star, tocaba los colgantes de mi cuello y oía como en un eco vacío la frase: «Haz tu magia»... En soledad la realidad era bastante diferente, allí luchaba por encontrarme a mí misma y superar el dolor que me provocaba llevar meses sin saber de la otra mitad de mi alma.

No sabes lo que tienes hasta que lo pierdes, eso dicen. Yo sí sabía lo que tenía, pero no fui capaz de ver más allá de mí misma y de mis deseos. No había sido capaz de reconocer que no debía buscar en otros lo que ya tenía junto a él. Me culpé duramente durante mucho tiempo por ello, hasta que comprendí que se puede amar sin saberlo, que puedes enamorarte con un acorde y sentir mariposas en el estómago a causa del tono de una voz. Me enamoré primero de la magia que habitaba dentro de él y, mucho más tarde, fue mi cuerpo el que reconoció que la curva de sus músculos estaban hechos para acoger las pequeñas redondeces de mi alargada figura, que su mirada achinada tenía la cualidad de encender en mí el fuego y que su boca era el lugar donde quería terminar cada día. Y sí, de ahí salió *Meant for me*, la primera canción después de Matty, sin él.

Quise grabar un vídeo con esa canción para que le llegara al lugar en el que se refugiaba. Era toda una declaración de amor con la que mi corazón tenía la esperanza de hacerlo regresar a mi lado. Grabamos algunas escenas en la casa de mis padres, en mi propia habitación. Las tomas me recogían tocando la guitarra sobre el banco de mi ventana, cantándole al bosque que nos rodeaba. Él lo entendería, él debería reaccionar... eso pensaba yo, pero no fue así. Tan solo alcancé otro número uno y una edición *Skyline Deluxe* en la que incluyeron ese *single* y una grabación de cómo se hizo el videoclip.

Me resultaba doloroso ver que Matty había querido alejarse de todo y de todos, de mí... pero no comprendía cómo podía hacerle eso también a su propia madre. Supe que le mandaba cartas sin código postal y aquel día lloré de rabia. Ni una llamada por Navidad, ni una postal o un mensaje de texto. Para mí, después de todo lo que habíamos compartido, no había nada.

Me rebelé contra mí misma y como resultado salió una Sissi mucho más sexy que la discográfica supo aprovechar. Explotaron mi lado femenino con un vestuario insinuante, muy brillante y con unas coreografías que me llevaban hasta el agotamiento profundo tras cada actuación. Sin embargo, durante las dos horas de concierto me liberaba, me entregaba en cuerpo y alma, en cada movimiento, en cada nota sostenida de mi garganta. Me dejaba envolver por el calor de los focos y cantaba como si mi cuerpo también pudiese entonar las canciones. Dijeron que había dejado de ser «la inglesita pija de Connecticut» para ser una bomba sexual, algo que desagradó a mis padres, pero que yo supe asumir con el profundo deseo de que quizá, de esa forma, a Matty le costara olvidarse de lo nuestro.

Un año entero no pasó en un abrir y cerrar de ojos. Fue largo y, aunque no puedo negar que en cada concierto renacía de las cenizas, al acordarme de él me sentía morir.

El último concierto lo di en el Guillet Studium de Foxborough, Massachusetts, una experiencia sobrecogedora frente a cincuenta y cinco mil personas.

—Quiero pediros un favor, sacad vuestros teléfonos móviles, las tiras fosforescentes o cualquier objeto luminoso y encendedlo. ¡Haced que me sienta en el espacio exterior! —Le pedí eso aquella noche a mi público y yo a cambio les di la mejor interpretación de *Meant for me.*

Había alcanzado tal fama que era incapaz de recordar lo que sentía años atrás al salir despreocupada a la calle. En el lugar más inesperado había un cámara escondido o me enfocaban en la distancia con teleobjetivos propios de un observatorio astronómico. Firmaba autógrafos a diario, tuviera ganas o no, pues cada persona que se acercaba a mí lo hacía con una ilusión que merecía toda mi entrega. Por ello, cuando recibí la invitación de la boda de Kitty y Garret, sentí que aunque no hubiese ni un lugar en el mundo en el que pasar desapercibida, en aquella celebración yo no sería la atracción principal. Nadie puede competir con una novia vestida de blanco.

—¿Crees que quizá Matty asista? —La más mínima posibilidad de que así fuera me desenfrenaba el pecho.

—Con sinceridad, no lo creo, Sissi. Matty no era un chico de ceremonias multitudinarias —me recordó Nenne.

Regresé a Greenwich dejando atrás un montón de supuestas relaciones amorosas con todo aquel junto al que se me fotografiaba en la entrega de algún premio o con quien simplemente cruzaba dos palabras en un sitio público. Me abracé a mis padres en el porche de casa, como si el tiempo no hubiese pasado, ni yo me hubiese transformado en otra persona. Tras ver mi vestido de dama de honor colgado de la lámpara de mi habitación de adolescente sentí que tan solo era una chica que entraba en el mundo de los adultos con el corazón roto.

Kitty estaba preciosa y radiante. Garret, tal y como le prometió en su día, regresó y la conquistó. No creo que ella se lo pusiera difícil después de llevar enamorada de él toda la vida. Lo celebraron en el Heritage, todo estaba exquisitamente decorado de forma que resultó una boda de ensueño, elegante y fastuosa. Abrieron el baile mientras yo les cantaba *Meant for me* y ese momento fue precioso, pero muy duro para mí. No había forma de que el recuerdo de Matty dejara de doler.

Tras todo aquello me sentía exhausta. Necesitaba refugiarme en casa de mis padres, dormir y mimar mi estómago con los guisos de mi madre. Nenne se marchó a Filipinas junto a Miles, que estaba filmando un cortometraje y, aunque sabía que eran solo unas vacaciones, lamenté que se fuera. Me había acostumbrado a que mi vida fluyera al ritmo que ella me facilitaba, a contar con su mano y sobre todo con su hombro.

—Deberías acercarte a saludar a Martha, hija —me dijo mi madre una mañana mientras masticaba sin prisa los copos de maíz tostado de mi bol con leche.

—No sabría qué decirle. Estar allí, sin saber qué es de Matty, es raro y doloroso —le dije antes de suspirar.

Era una sensación extraña enfrentarse a los días sin horarios, sin tener programado hasta el último minuto, envuelta en silencio y sin tener el más mínimo deseo de quitarme el pijama.

—Ella también lo está pasando mal, Sissi. Sin embargo... yo solo te digo que vayas, hazme caso. Debes ir.

Mi madre salió de la cocina y dejó aquella insistente recomendación taladrando mi mente. Vagué entre los recuerdos durante un buen rato y medité sobre lo que todo este tiempo debía haber supuesto para la madre de Matty. Empujé con las manos hacia el otro extremo de la mesa el bol lleno de cereales, inspiré con fuerza y subí las escaleras hacia mi cuarto para vestirme con ropa que seguramente había estado colgada allí desde mis días de instituto.

Salí de casa con desgana, aún no estaba segura de si sería capaz de llegar hasta la casa de los Butler. Sabía que cuando mirase a los ojos de Martha sentiría el peso de la culpa, yo sabía que Matty lo había dejado todo por mi culpa, por no haberlo amado a tiempo, por entregarle mi amor a destiempo y no haber sabido reaccionar ante lo mejor que nos había ocurrido a ambos. ¿Qué podía decirle yo? ¿Qué derecho tenía yo para pedirle que me dijera si había tenido noticias suyas?

Andaba por un lateral de la sinuosa carretera que cruzaba el bosque cuando escuché el motor de un coche aproximarse por mi espalda. Me adelantó levantando a su paso la hojarasca que el otoño había acumulado en el arcén. Cuando quise alzar la mirada para mirar el vehículo este ya giraba a su izquierda, era una Chevrolet camino de...

Sentí que mi cuerpo sufría un terremoto interno. Arranqué en una carrera en la que mis pies iban aún más rápidos que los pensamientos por mi mente. Había podido distinguir que el conductor era un hombre y tanto la posibilidad de que fuera Matty como la de que fuera Dean me disparaban el corazón.

Tardé un par de minutos en vislumbrar el lateral de aquella preciosa casa colonial junto al lago. Noté que mi corazón latía de forma brusca, así que detuve la carrera y continué avanzando con ritmo temeroso, con la mirada sobre la parte trasera de la camioneta donde las luces traseras acababan de apagarse.

Aguanté la respiración hasta que comprobé que la silueta de quien salía era la de Dean. Sentí decepción. Me extrañó verlo sin su uniforme militar, con unos vaqueros y un jersey granate, pensé que estaba de permiso y también que en los últimos años el cuerpo de su hermano pequeño se había desarrollado de forma que ambos eran prácticamente idénticos. Miraba a Dean, pero veía a Matty.

Una vez asumida la visión me aproximé y él me descubrió a su espalda.

—¡Qué sorpresa, Sissi! No sabía que andabas por aquí, dame un abrazo, ¡cómo me alegro de verte! Ni te lo imaginas —me dijo Dean de una forma tan sincera que en otro momento me habría derretido por dentro.

—Yo también me alegro de verte, Dean. —Acepté sus brazos abiertos y nos fundimos en un abrazo algo más largo de lo que habría sido normal, mientras *Bob Dylan* olfateaba mis pies—. Llegué hace unos días, pero no he salido de casa hasta ahora.

—Entonces, ven y pasa. A mi madre le va a hacer mucha ilusión verte. —Me agarró de la mano para tirar de mí hacia el porche, pero me resistí.

—Espera, un momento. Antes de entrar, dime... ¿dónde está Matty? —En mi voz se notaba la desesperación.

La sonrisa de Dean se desdibujó y miró de forma repetida hacia el porche.

—¿Está en casa? —le pregunté excitada.

—No, Sissi. Matty no está en casa —me dijo reteniéndome.

—Entonces, dime dónde, por favor... Por favor —le supliqué—. Sé que tú tienes que saberlo, nunca se alejaría de ti.

—No puedo, Sissi. Se lo prometí.

—Pero no lo entiendo, bueno... sí... Supongo que está dolido conmigo, que no me ha perdonado, pero yo, yo... lo siento, lo lamento profundamente porque... ¡Lo quiero, Dean, lo quiero mucho!

—Ey, espera un momento, ¿de qué estás hablando? Matty no está enfadado contigo, estás equivocada. —Dean me sacudió para hacer que saliera del bucle de disculpas al que me había entregado.

—¿No lo está? Entonces... ¿por qué se marchó?, ¿por qué ha querido desaparecer?

Dean volvió a mirar hacia el porche de la casa. Luego comprobó la hora en su reloj de muñeca y se pasó con nerviosismo la mano por el pelo rasurado. Debió sopesar la situación antes de agarrarme del brazo con suavidad:

—Lo cierto es que creo que deberías saber dónde está, pero es mejor que lo veas por ti misma. Sube, te llevaré si prometes no preguntarme nada más.

Durante todo el trayecto intenté pensar en todas las posibilidades por las que Matty se había escondido durante tanto tiempo, pero ninguna lo justificaba. Dean echó el freno de mano frente al Hospital de Greenwich y me señaló hacia la puerta:

—Ve a la planta infantil y pregunta por Mathew.

—¿Por Mathew? —dije extrañada.

—Dijimos sin preguntas, ¿recuerdas?

Afirmé y abrí la puerta de la camioneta para bajarme.

—Gracias, Dean.

—Algún día entenderás cuánto lo quiero, Sissi. —Me miró con amor en los ojos, con resignación y como si aguantase unas palabras que no podía pronunciar.

Aligeré el paso y me dirigí hacia el mostrador de recepción para preguntar hacia dónde debía dirigirme para llegar a la planta infantil. No entendía nada, pero me movía por instinto y con los nervios metidos en medio del pecho.

Las insulsas paredes blancas se trasformaron en pasillos con murales llenos de color que te hacían sentir que estabas dentro de un mundo mágico y no en los pasillos de un hospital. Ni siquiera allí olía a desinfectante o medicación, se respiraba un aroma a flores propio del campo abierto.

—¿Me puede decir dónde está Mathew, por favor? —le pregunté a una enfermera que estaba en el control de aquella planta.

La chica abrió los ojos muchísimo, con toda probabilidad me había reconocido y debía gustarle mi música pues noté que enrojecía y comenzaba a temblar de emoción.

—¡Sabía que algún día vendrías a ver el trabajo de Mathew! —aplaudió emocionada.

—Pero... ¿el Mathew del que me hablas es Matty Butler? —le pregunté sin comprender.

—Sí, claro. Ya sabes, su nombre «en clave» para que todo esto no salga de aquí y no llegue a la prensa, aunque tampoco es que sea un alias muy bueno —rio.

—No, no lo es. —Intenté sonreír como ella para que no notara que no tenía ni idea de qué estaba hablando, pero no lo conseguí.

—No sabías nada de esto, ¿verdad?

—La verdad es que llevamos un año sin vernos —le confesé con la esperanza de que aquella desconocida me pusiera al día de la vida de Matty.

—Claro, lo entiendo. Es un sinsentido que ahora él... pero esto, su proyecto, comenzó hace muchos años. Todo es obra suya. —Señaló a mi alrededor—. Es nuestro principal benefactor. Gracias a sus donaciones el hospital construyó un jardín en la azotea para que los chicos pudiesen salir a jugar, se construyó el bloque de apartamentos donde los familiares de los niños hospitalizados durante largas temporadas pueden quedarse sin coste alguno y ha permitido que cientos de niños puedan pagar sus operaciones y tratamientos.

La enfermera hablaba con orgullo de un Matty que creí no haber conocido en realidad a lo largo de tantos años juntos. Pero conforme hablaba las piezas encajaban. Al instante entendí el motivo por el que nunca gastaba ni un dólar mientras todos le tildábamos de tacaño. Se me conmovió el corazón y solo pude preguntarle con ansia dónde podía encontrarlo.

—Avanza por ese pasillo que tienes a tu derecha, por la hora que es lo escucharás tú misma.

El mundo dejó de girar para mí cuando escuché aquella guitarra, solo tres acordes simples encadenados en una melodía entonada por la voz de una niña pequeña.

TRACK 18:
THE HARDEST THING

Asomé la cabeza con cuidado de que no me vieran en el interior de la habitación color fucsia decorada como si fuera una casa hecha de lazos. Estaba de espaldas a mí, tocando la guitarra en una cama junto a una niña que llevaba una sonda por dentro de la nariz y la mitad de la cabeza rapada. Me costó reconocerlo pues estaba bastante más delgado y volvía a llevar el pelo rasurado como la primera vez que lo vi subido en la parte trasera de la camioneta, aunque esta vez una gorra de béisbol intentaba disimularlo.

Un escalofrío me recorrió la espalda cuando distinguí una vía en su brazo izquierdo protegida por varias capas de gasas y esparadrapo. Me tapé la mano con la boca para retener el grito que mi boca quería producir. Ahogué mi voz y apoyé la espalda en la pared del pasillo. Todo tenía sentido, de principio a fin. Mis días junto a él, desde antes de que nos conociéramos, podía verlos desde una nueva perspectiva esclarecedora. Sentí un alivio minúsculo al conocer la causa por la que Matty se había alejado de mí, pero por el mismo motivo la angustia se apoderó de mi cuerpo que tembló de miedo.

No se me ocurrió otra forma de conseguir que no me evitara que entrar allí cantando y unir mi voz a la de los dos.

En cuanto entré en la habitación la niña comenzó a gritar de emoción, daba palmas con las manos o las sacudía enérgicamente mientras decía sin parar: «¡Estás aquí!» No me enfrenté a los ojos de Matty hasta que calmé a la pequeña con un gran abrazo y unos elogios a su bonita voz.

—¿Ves? ¡Te lo dije, Mathew! Te dije que ella vendría porque le había pedido el deseo al duende del otoño —dijo encantada la pequeña.

—Ya lo veo, Linda. Tu duende es un tipo muy eficaz. —Matty me miró y deslizó el labio superior para sonreír.

Su rostro estaba algo hinchado pero huesudo y a sus ojos los enmarcaban dos sombras verdosas. Hice verdaderos esfuerzos sobrehumanos por no llorar, no era el lugar ni el momento.

Alargué mi mano hacia él y Matty la recogió entre las suyas y me la besó.

—¿Te enfadas conmigo si hoy terminamos un poquito antes? Hace mucho que no veo a mi amiga y estoy seguro de que tiene muchas cosas que contarme —le preguntó con dulzura mientras le entregaba la guitarra.

—No importa, así el próximo día que vengas me las podrás contar a mí. —La niña le guiñó un ojo cómplice—. Seguro que durante la Skyline Tour te han pasado cosas alucinantes, yo de mayor voy a ser como tú, Sissi; y compondré las canciones con Matty, como tú.

Me conmovió aquella pequeña fan con sueños grandes, le firmé la guitarra y prometí volver a verla antes de marcharme de Greenwich.

No le solté la mano a Matty mientras le quitaban la vía del brazo, atravesamos los pasillos del hospital en silencio entre nosotros, pero saludando a todos con los que nos cruzábamos. Al cerrarse las puertas del ascensor nos sentimos herméticos y seguros.

—¿Qué es? —le pregunté impidiendo que me soltara la mano.

—Linfoma mieloide agudo, pero ha remitido, Sissi. Estoy bien... prácticamente curado.

A Matty se le quebró la voz y a ambos se nos empañaron los ojos de manera fugaz. Sabíamos que no podíamos dejar que el mundo nos viera sufrir, así que retuvimos la angustia sosteniéndonos el uno sobre el otro.

—Sabes que has sido un completo estúpido, ¿verdad?

—No podía permitir que arruinases tu carrera por mí —se excusó.

—Pero yo...

—Tampoco podía dejar que apostaras por un futuro incierto.

Lo besé justo en el momento en el que se abrían las puertas, sin importarme quién nos podía ver o qué objetivo nos fotografiaría, y sentí en la punta de mi nariz una lágrima caliente. No podría decir si quien temblaba era yo o Matty, quizás éramos los dos.

Todo el personal del hospital saludaba primero con cariño a «Mathew» y después me miraba sorprendido y a la vez encantado.

—Ven por aquí, nunca entro ni salgo por la puerta principal.

Me condujo hacia un acceso estrecho permitido solo para el personal del hospital que conectaba con el aparcamiento. Allí esperaba Dean al volante, su cómplice en aquella historia desde el principio.

Matty me contó que tras haber estado ingresado un par de meses se mudó a un humilde apartamento alquilado de Brooklyn. A aquellas alturas solo debía acudir para recibir unos recordatorios de quimioterapia. No quise ni imaginar por lo que habría pasado mientras yo recorría medio mundo con la gira pensando que había huido de mí.

—Podrías habérmelo dicho, no sé, podría haberte acompañado a...

—Precisamente por eso no te lo dije, porque sabía que lo habrías dejado todo por estar conmigo —me contestó Matty consiguiendo que me enamorase más de él si era posible, por su generosidad, porque el amor que sentía por mí era visible, por todo lo que había sufrido a mi costa.

—Pero este apartamento, podrías habérselo contado a Ethan o a Nenne y te habrían conseguido algo mejor.

Aquel sitio tenía una diminuta cocina adosada al salón de paredes forradas con ladrillo, un baño sin ventilación y una sola habitación de dos camas que había compartido con Dean, quien había pedido una excedencia para cuidarlo.

—¡Si esto está genial! Tampoco necesitábamos más. Estuve ingresado en el hospital donde trabaja mi madre, ella me cuidaba. Y luego, al salir, me escondí en la casa del lago... Solo debía regresar a la ciudad cada dos semanas para los recordatorios de quimio, por lo que no quería gastarme el dinero alquilando algo más caro cuando a diario veía sufrir a tanta gente sin posibilidades en el hospital. —Matty se acomodó en el sofá y cerró los ojos durante unos segundos antes de continuar—. De pequeño, muchos niños no disfrutaban de la suerte que yo, que tenía a mi madre siempre conmigo gracias a la pensión que cobraba por ser viuda de un soldado. Muchos solo veían a sus padres los fines de semana porque ellos no podían dejar el trabajo, debían pagar enormes facturas médicas, o no tenían dinero para pagar un hotel y quedarse junto a ellos. Recuerdo que odiaba los pasillos tristes del hospital y ese horrible olor que hay siempre. Me juré que si algún día tenía posibilidad de mejorar aquello en algún lugar, lo haría. El dinero es poderoso y mágico si sabes cuál es el destino correcto.

—Eso ha sido increíble. En serio, jamás se me ocurrió que estuvieses haciendo algo así cuando eras siempre el que se negaba a visitar a los enfermos conmigo para cantarles. Eres un tío raro, ya te lo dije hace muchos años, ¿no es cierto? —bromeé con amargura.

—No quería pisar los hospitales, aunque he terminado viviendo en uno los últimos meses. Mamá se encargaba de gestionarlo todo.

Ella ha sido la verdadera hada mágica, yo solo proporcionaba el polvo de estrellas.

Dean nos había dejado a solas, probablemente regresó a la casa del lago, pero ninguno nos molestamos en averiguarlo seguros de que un marine de las fuerzas especiales sabría cuidarse solo.

—Tuve leucemia de los trece a los quince años, me salvé gracias a un trasplante de médula de Dean. Pasé dos años encerrado en un hospital y la mayor parte de mi infancia en casa para protegerme de posibles infecciones. Mamá era tremenda con aquello... —Matty sonrió con amargura—. Sin embargo, durante aquel tiempo aprendí a tocar, no había mucho más que hacer. Me pasaba las horas con la guitarra entre las manos, grabando pistas con un micro Radio Shack en mi cuarto. Dean me compraba todos los aparatos e instrumentos que le pedía, se mataba para trabajar a la vez que estudiaba, incluso se rapaba la cabeza para que yo no me sintiera mal durante los tratamientos de la quimio. Nos mudamos a Greenwich porque en Norfolk todos me miraban con esa cara de «el niño con cáncer». La abuela acababa de fallecer y mamá siempre había amado la casa del lago.

No solo comprendí por qué la primera vez que los vi los confundí con Hare Krishna o el motivo por el que a Matty le costaba sociabilizar con la gente, también entendí a Dean.

—¿Entonces no te marchaste por lo nuestro? Me he estado martirizando el último año pensando que te había hecho daño porque no supe afrontarlo bien a la mañana siguiente —le confesé.

—¿Entonces, lo recuerdas? —me preguntó.

—Borroso, pero sin lugar a dudas, lo recuerdo absolutamente todo. —Le acaricié la cara y me sonrió. Estábamos sentados en el sofá del pequeño salón de su apartamento y comenzaba a anochecer.

—Yo quise agarrarme a la posibilidad de que quizá no te acordabas debido a las lagunas que produce el alcohol, porque era la primera vez que bebías tantísimo, y que por eso no abordabas el tema.

Pensé que era afortunado por haberte tenido una vez, pero que si realmente no me querías era absurdo hablar de ello y estropear lo nuestro. Solo necesitaba unos días para recuperarme y volver a ser el de siempre, pero luego vino aquella revisión y... —Matty me cogió la mano y la besó—. Nunca creí que llegaras a estar enamorada de mí y el que se sentía culpable era yo por haberme aprovechado de tu borrachera para disfrutar «del momento». Además, pronto empezaron a salir fotos tuyas en las que se te veía feliz sin mí.

—Pues te quiero, te quiero, te quiero. —Lo abracé con desesperación. Aparté la gorra de su cabeza y lo besé en la suave piel escondida, seguí por todos los rincones de su cara, desde la frente hasta finalizar sobre sus labios con el más largo y ansiado beso—. Te quiero de mil maneras, con cientos de tonalidades y desde hace más tiempo del que fui capaz de reconocer y aprovechar.

—Lo cierto es que estaba empezando a cansarme de esperar mi oportunidad entre tantos novios que te echabas —se rio.

—¡No he tenido tantos! —exclamé.

—Demasiados, Sissi, para mí fueron demasiados. —Matty acarició mi boca con sus dedos y atrajo mi barbilla hacia su cara para besarme de nuevo.

Aquello era fácil, era natural, quizá porque era como debía de ser.

Aunque ambos teníamos los sentimientos a flor de piel, Matty tenía un aspecto tremendamente cansado y, para que él no se sintiera mal por no encontrarse bien, decidí fingir:

—Ha sido un día largo y lo que más me apetece en el mundo es dormir junto a ti.

—Si tuviera fuerzas te llevaría ahora mismo en brazos a la cama y... bueno, mejor no pensar en lo que haría si tuviera fuerzas. En unos días estaré mucho mejor. —Matty me dedicó un cansado guiño de ojos Butler.

Dejé que me rodeara con sus brazos, que su pecho reposara sobre mi espalda y su aliento chocara contra la parte posterior de mi oreja. Charlamos un poco más hasta que su voz pesaba como el cemento y terminó por sucumbir al agotamiento de su castigado cuerpo. Permanecí inmóvil hasta que su respiración mantuvo el ritmo acompasado y sereno del sueño profundo, repasé cada frase, cada confesión, hasta el último roce y, cuando ya no pude soportarlo más, me deslicé de la cama y salí al salón. Abrí la ventana que daba a una ridícula terraza donde se oxidaba un taburete de metal. Necesitaba bocanadas de aire, sentía que me asfixiaba y, cuando quise llenar mis pulmones de oxígeno, las lágrimas me inundaron. Lloré sin consuelo sobre aquel frío asiento, abrazándome y gimiendo sin control.

Matty estaba enfermo. Llevaba un año luchando por vencer a la muerte, una enemiga a la que ya creía haber vencido una vez. Durante todo ese tiempo me culpé, lo culpé a él y luego volví a sentirme culpable de todo; sin embargo, nada de aquello tenía que ver con nuestra historia de amor, sino con una cruel decisión del universo.

¿Por qué él? Es una pregunta ridícula, pero me la hice, ¿por qué no un asesino en serie o un terrorista? Y por eso lloré, porque la vida no es justa, porque aunque en aquel momento hubiese cambiado todo lo bueno que me había pasado en la vida si él podía curarse del todo, no funcionaba así. Y mi mente intentaba ser racional sobre algo irracional, porque no todo tiene justificación ni un motivo aparente, simplemente las cosas suceden y deben asumirse y hacerles frente. Matty tomó su decisión y debía haberle costado mucho porque él me amaba y todos tenemos una parte egoísta. Estaba segura de que, en el fondo de su corazón, él hubiese querido mantenerme a su lado. Aun así, fue fuerte mientras su cuerpo se volvía débil y me alejó, a mí y a todos a los que pudo.

Lloré hasta que me faltó el aliento y decidí regresar a su lado. Su mano izquierda reposaba sobre la almohada junto a su cara y mis ojos se centraron en aquel primer tatuaje. Toda una vida había pasado desde aquel día, pero sentí que no era suficiente, que aún necesitaba mucho más tiempo junto a él, por eso regresé donde el calor de su cuerpo me recordó que el momento presente es el que cuenta.

Al día siguiente Matty se despertó mucho mejor, incluso el tono de su piel era menos céreo y desayunó con apetito.

—¿Qué quieres hacer hoy? —me preguntó.

—Quiero hacerlo oficial, que todos sepan que estamos juntos.

—Todo el mundo cree que estamos juntos desde hace mucho tiempo.

—Bueno, pues quiero dar pruebas de que efectivamente lo estamos. Quiero pasear contigo por Central Park y besarnos hasta que sienta decenas de objetivos sobre nosotros.

—Quizá dentro de un par de semanas, deja que me crezca un poco más el pelo, ¿vale, Sissi? —Matty eligió la gorra de los Yankees y se la ajustó al revés.

—Claro, no había pensado en eso, soy una idiota.

—No eres idiota, quizá tienes ideas un tanto alocadas e impulsivas, pero para nada eres idiota.

—Por eso te amo locamente, porque estoy loca. —Me lancé sobre él para exigirle unos besos a la altura de mi declaración y no encontré resistencia.

Matty se dejó besar y recorrió mi cuerpo con sus manos de forma calmada. Su cuerpo aún estaba agotado, sin energía, pero ambos necesitabamos tocarnos. Tras un largo abrazo lleno de besos delicados, Matty cogió la guitarra que reposaba bajo el marco de la ventana y me dio el pie para cantar:

—Mi plan para esta semana es menos ambicioso.

—No se me ocurre una forma mejor de pasar las vacaciones.

Dean apareció en el apartamento a los cinco días, fue como una revisión militar más que una visita. Comprobó que su hermano se encontraba bien, que entre nosotros todo funcionaba como debía y recogió.

—Vuelvo a la base, por aquí ya no se me necesita —dijo mientras empaquetaba de forma meticulosa sus cosas.

—¿Podrías acercarme a mi apartamento? Necesito ir a por mis cosas ya que Matty no quiere venirse allí conmigo —protesté usando un tono humorísticamente resentido.

—Dean, esta chica es una descarada, aún no he tenido ni una cita en condiciones con ella y ya quiere que me quede en su piso —censuró Matty.

El militar me dedicó unos sonidos recriminatorios de su boca y luego me guiñó el ojo.

—No hay problema, te dejo en casa, y hasta me bajo para permitir que nos fotografíen juntos y que así puedan especular sobre si yo soy tu nuevo novio (y no ese flacucho).

Matty le lanzó una de sus zapatillas y le instó a salir de su apartamento cuanto antes con una complicidad propia de un profundo amor de hermanos.

Llevaba días con la misma falda vaquera y usando camisetas de Matty. Necesitaba coger ropa y hacer algunas llamadas necesarias sin que él me escuchara.

Dean intentó mantener el buen humor bromeando sobre el tiempo, pero en cuanto entramos en el puente de Brooklyn rompí a llorar dentro de la camioneta. Él reaccionó rápido y ladeó el coche hacia el arcén. En esos momentos quería consuelo, necesitaba que alguien me dijera que todo iba a salir bien, quería creer. Dean me abrazó y soportó mi crisis.

—Quiero que llores todo lo que tengas que llorar, sácalo todo fuera, que no te quede ni una lágrima, porque esta es la última vez que lo vas a hacer. Matty necesita personas fuertes a su lado. Tú eres fuerte, así que desahógate aquí y ahora.

Así lo hice, me vacié por dentro, acunada por unos brazos poderosos que me rodeaban con más amor del que yo sospechaba. Aquella parte no era fácil para Dean, no solo se trataba de su hermano...

—Todo va a salir bien, debes creerlo, ya lo consiguió una vez y volverá a hacerlo. Ya casi está fuera de peligro y ahora que te tiene a su lado no me cabe la menor duda de que mejorará mucho más rápido.

—Ojala fuera verdad que yo tengo ese poder, Dean, pero estoy aterrada —le dije con la cara reposando sobre su pecho y sintiendo que una parte de mí siempre le pertenecería también a él.

—No conozco ni a un solo valiente que no sienta miedo, Sissi.

Despedirme de Dean Butler aquel día fue mi primer acto de valentía, no solo porque una vez más se marchaba a un destino incierto por un tiempo indescifrable, sino porque recogía el testigo y tomaba su lugar junto a Matty. Se cambió de ropa en mi apartamento y me dejó las llaves de la camioneta para poder llevarla hasta la casa del lago.

—Aunque suene casi siniestro decir esto ahora, mi hermano es un tipo afortunado. —Dean me agarró por la nuca con ambas manos y acercó mi frente a sus labios para depositar un beso de despedida. Se colgó el macuto militar de su hombro uniformado y cuando la puerta se cerró tras él comprobé que aún me quedaban lágrimas dentro y me juré que esas sí serían las últimas que derramaba.

TRACK 19:
THE TIME OF MY LIFE

¿Cómo hablar de los días felices? Para Matty y para mí todo se traducía en clave de sol, por lo que en cuanto las fuerzas entraron en su cuerpo, rellenando cada espacio deshinchado, proporcionándole color a una piel castigada, entonces la vida se tradujo en amor con música de fondo.

—Debemos salir de esta casa e ir al estudio de grabación, se te echa el tiempo encima. No puedes retrasar el lanzamiento de tu próximo álbum —me dijo Matty medio iluminado por el sol del amanecer que se colaba entre las cortinas. Yo estaba sobre él, con la cabeza pegada a su pecho por lo que su voz me sonó profunda.

—No me preocupa en absoluto eso ahora, Matty, lo único que quiero hacer durante el resto de mi vida es... esto. —Comencé a besuquear su mandíbula, y él atacó mi cintura con cosquillas para detenerme. Dormir juntos no era ya suficiente para mí. Se encontraba bien, aquella mañana parecía ser el de antes y mi cuerpo ansiaba entregarse a él por completo.

—No es un mal plan, pero el día tiene muchas horas. Vamos, vístete y llama a Ethan para que reserve las horas en el Jacob Planck, ese sitio tiene carácter propio, te encantará. Terminaremos de componer los temas allí.

Lo miré y me reí.

—¿De qué te ríes? —Se había escapado de la cama y alcanzado los pantalones arrugados del suelo.

—De que tienes ganas de vivir y para ti eso es mucho más que esto —le dije señalando a mi alrededor—. Necesitas la música como si fuera oxígeno.

—¿Oxígeno? ¿Qué es eso?

Me guiñó un ojo y ahí fue donde cometió un error pues no tuve más remedio que atraerlo de nuevo a mi lado y retrasar esa salida un rato más, Matty y yo nos conocíamos bien, no necesitábamos usar palabras para saber lo que con una mirada o un gesto quedaba claro y ahora, ahora ya no había límites, por eso sus manos se aventuraron como un explorador hasta el final de mi espalda seguro de ir por el camino correcto y hundió la boca justo donde mi corazón latía con fuerza. Nos conocimos a ras de piel aunque no llegamos hasta el final.

—Quiero tener una cita contigo —me dijo de repente, interrumpiendo el arrebato de pasión.

—¿Una cita? Me parece a mí que ese paso ya nos lo hemos saltado.

—Pues no quiero dejarme nada por el camino, así que ahora nos vamos a vestir para reunirnos con Ethan y luego cogerás un taxi para marcharte a tu casa, yo pillaré el metro y te recogeré a las siete para llevarte a cenar. No será una primera cita, eso es obvio, pero será una cita oficial.

—Podéis soltaros las manos un rato, ninguno va a salir huyendo de aquí esta tarde —dijo Ethan al poco de llegar a la sala de reuniones de WWM Records.

—No seas pelma, Ethan, así es como están las cosas ahora. No quiero otra gira enorme en estadios inmensos.

—Pero la idea del sello no es esa, Sissi, hay que seguir creciendo, orientar ahora tu carrera hacia pequeños teatros y salas íntimas solo la frenará —dijo Christopher, el representante de la discográfica.

—Sissi, sé por qué haces esto, pero yo no quiero que lo cambies todo por mí, ellos tienen razón. Debes continuar hacia arriba, para ti el límite es el cielo —me dijo Matty con voz autoritaria.

Lo besé de forma fugaz delante de todos, sin importarme en absoluto lo que pensaran, pero eso sirvió para no tener que dar más explicaciones.

—La cosa está así: o hago esto contigo así o no lo hago. He ganado suficiente dinero a lo largo de estos años como para vivir diez vidas, no hago esto por necesidad, sino porque es mi pasión. Sin embargo, mi vida ahora tiene unas circunstancias especiales y así es como lo quiero hacer. Siento mucho que no encaje con los planes de la discográfica, pero si queréis que siga con vosotros, esta vez será tal y como os lo he pedido.

Cristopher comenzó a sudar la camisa y se notaba una tensión insoportable en las venas de su cuello. Terminó por levantarse para caminar hacia mí.

—Espero que no te arrepientas de esto más adelante.

Miré a Matty, enlacé mis dedos con los suyos y le contesté:

—Nunca he estado tan segura de nada en toda mi vida.

Salimos de la discográfica y dimos un paseo abrazados por las calles de Manhattan. Compramos unos helados y nos hicimos algunas fotos con el móvil. Sabíamos que nuestro romántico paseo estaba siendo capturado por más de diez objetivos, pero no nos importaba, no había nada que ocultar.

Matty se acercó a la acera para reclamar un taxi tras un silbido.

—Nos vemos luego en nuestra primera cita oficial. —Lo besé notando que comenzaban a rodearnos los *flashes*, pero no quise que aquello marcara nuestro ritmo por lo que, cuando sentí que aquella muestra de amor había sido suficiente para no extrañarlo demasiado en cuanto el coche arrancara, me separé y él tuvo que apañárselas para salir solo del lío.

Me sentía feliz, con ese tipo de felicidad que impide que la sonrisa se relaje en tu rostro. Iba acompañada de tanta ilusión, esperanza y seguridad que se arraigaban en mi interior y ejercían un efecto antigravedad.

—Todo el mundo sabía que él era el adecuado para usted, señorita Star. Ha tardado mucho en darse cuenta —me recriminó el taxista sin esperarlo.

Llamé a Nenne, que acababa de llegar de su viaje y estaba impactada con todo lo sucedido. Yo quería estar más guapa que en toda mi vida, pero tampoco sabía qué tipo de cita me quería preparar Matty así que me puse en sus manos, segura de que mi hermana siempre sacaba lo mejor de mí. Se decidió por un vestido azul marino que llevaba finos hilos dorados entrelazados, se ajustaba a mi cuerpo hasta por debajo de la cintura y se abría sinuoso al pecho. Me peinó y maquilló como tenía acostumbrado y me puse unas gotas de mi tercera fragancia, *Shooting Star*, la que sabía que era la favorita de Matty.

Bajé puntual a la calle y allí me encontré aparcado un hermoso carruaje tirado por dos imponentes caballos negros. Sobre él y en pie estaba Matty, enfundado en una chaqueta oscura sobre sus vaqueros y una camisa blanca que realzaba el brillo de sus ojos azules. Al verme sonrió y me dio un alto en la mano para detener mi avance. Entonces se bajó de un salto y sacó de su espalda un enorme ramo de tulipanes amarillos.

Rompí a reír y tuve que taparme la boca con las manos. Era muy romántico todo, pero él no dejaba de ser Matty, el de siempre, y yo su mejor amiga. Nos conocíamos, sabía que alguien tenía que haberle aconsejado y miré a mi espalda donde Nenne afirmaba con la cabeza segura de su trabajo bien hecho.

—Otro que no fuera yo se ofendería de que te estuvieras riendo ahora mismo como nunca en tu vida —me dijo Matty ofreciéndome el ramo.

No podía parar de reír, cogí su ramo e intenté oler las flores en un acto de romántico agradecimiento, pero mis carcajadas se hicieron más potentes. Por ello, Matty no tuvo más remedio que agarrarme por la cintura y cortar mi risa con un profundo beso. Nenne comenzó a aplaudir entusiasmada a nuestras espaldas y subió a mi apartamento para buscar el jarrón apropiado.

—¿Y dónde vas a ir tú, Teddy Bo? —le pregunté a mi guardaespaldas, que nos vigilaba conteniendo una sonrisa.

—Todo buen carruaje tiene sitio para un segundo cochero. —Al subirse desestabilizó un poco la estructura, pero pudo afianzarse detrás de los asientos forrados en terciopelo azul.

Dimos un paseo bajo una manta suave por las zonas más emblemáticas, desde la Gran Estación Central, pasando por la Quinta Avenida hasta el Empire State. Allí comimos chocolate antes de cenar, porque como bien decía nuestra canción: «Para el chocolate, como para el amor, cualquier momento es perfecto»; y luego me llevó a un secreto jardín escondido en el que se encontraba un pequeño restaurante italiano.

—Y este sitio lo he elegido sin ayuda de Nenne, que quede claro —me aclaró divertido mientras separaba la silla para que me sentara.

—No me puedes tener más sorprendida —le confesé antes de sacudir de forma cómica la servilleta antes de dejarla reposar sobre mis muslos.

—Sopesé la posibilidad de llevarte a tu restaurante japonés favorito, pero eso no habría sido algo especial y yo habría muerto de hambre. Entonces pensé que si te llevaba a cenar hamburguesas, para satisfacer mis deseos, serías tú la que no comería porque siempre te quejas de que te dejan la carne demasiado cruda, cosa bastante irónica para alguien que es adicta al sushi. Por lo que finalmente pensé en esto —levantó una gran tapadera que escondía dentro una enorme pizza cuyo delicioso aroma hizo que mi estomago rugiera de placer—. La pizza nunca falla.

Comimos hasta que nuestros estómagos no pudieron más y reímos tanto que la gente no paraba de mirarnos. Nos fotografiaban con disimulo, pero nada me hacía más feliz que el mundo supiera de nuestro amor, por lo que nos hacíamos los locos y los dejábamos pensar que estaban capturando un momento prohibido.

—Ha sido una cita increíble, Matty —le susurré al oído tras dar el último trago a un digestivo de hierbas italianas.

—Me subestimas, Sissi Star. ¿Acaso crees que esto es todo? —A Matty le brillaban los ojos, estaba muy atractivo bajo la tibia luz de la vela que oscilaba en el centro de la mesa.

—¿¡Más sorpresas!? Me tienes desconcertada, Matty Butler.

Él metió la mano en el interior de su chaqueta y sacó un sobre que me entregó.

—¿Una carta de amor? —le pregunté con los ojos desconcertados.

—Ya te escribí una canción hace tiempo sobre eso... No, mira dentro.

Abrí el sobre y encontré dos pases para el *backstage* del DJ Gabriel Hot Dog, sus canciones estaban rompiendo en las listas y me habían acompañado durante muchas sesiones de entrenamiento, pero no podía imaginar que Matty quisiera ir a algo de ese estilo.

—No me mires así de sorprendida, es una primera cita, quiero pasarlo bien contigo. ¡Me gusta bailar!

Teddy Bo nos consiguió un taxi. Al llegar al lugar del concierto armamos un gran revuelo, así que nos colocaron junto a un grupo de amigos del DJ en una zona acotada. Conocíamos a algunos, pero aquella noche era para nosotros dos y, cuando las luces se apagaron y los ritmos electrónicos se apoderaron de la sala, la euforia nos envolvió y nos dejamos llevar por la locura. Bailamos, saltamos y, mientras las luces jugaban con la oscuridad, nos besábamos como dos adolescentes en su primera cita. Sus manos intentaban desafiar el final de mi vestido que apenas cubría un palmo más allá del trasero y me apretujaba contra él hasta sentir que su cuerpo se acoplaba a las oquedades del mío.

—¿Qué te ha parecido la noche? —me preguntó bien entrada la madrugada en el portal de mi edificio. Matty a esas alturas tenía la camisa arrugada y por fuera de los vaqueros, le brillaba la cara y su mirada era algo vidriosa a causa del ambiente cerrado del local del que veníamos.

—¿Querrás decir qué me está pareciendo? —le pregunté enlazando un dedo entre el botón superior de la camisa que se desabrochó con facilidad.

—Sissi Star, ¿en la primera cita? Eres una descarada...

Desplegué una pícara sonrisa y él se mordió el labio inferior antes de susurrar a espaldas de mi escolta que lo estaba volviendo loco.

Teddy Bo se despidió de nosotros en la puerta del ascensor. Llevábamos toda la noche explorando las zonas menos comprometidas de nuestros cuerpos al ritmo desenfrenado de la música mientras nos besábamos con urgencia, por ello, en el instante en el que sentimos que ascendíamos directos a mi apartamento, Matty se abalanzó sobre mí atraído como un imán. Atrapó mis manos entre las suyas y me inmovilizó contra la pared con la respiración agitada y el ceño fruncido.

—No cierres los ojos —me ordenó.

Los abrí de inmediato, contrariada y algo mareada.

—Mírame mientras te beso.

En el momento en que sus labios rozaron los míos el mundo empezó a girar más deprisa. Nos mirábamos directos al centro de nuestras pupilas, estaba perdida dentro de aquel color azul. Conseguí demostrarle que era perfectamente consciente de saber a quién besaba. Por segundos sentía que aquel fuego que ascendía por mis muslos terminaría por abrasarme si su boca no profundizaba aún más en la mía.

Sin embargo, tras aquel largo y acariciado beso de mirada sostenida, dejó de mantenerme cautiva y soltó una mano.

—Soy tuyo, Sissi —declaró con tal pasión que parecía dolerle.

Con mi mano liberada le acaricié la cara antes de responderle tan cerca como pude de sus labios:

—Pues hazme tuya, Matty.

Las puertas del ascensor se abrieron directas a la oscuridad de mi apartamento, me besó de nuevo de forma fugaz y se apresuró para salir y perderse más allá de la zona que iluminaban los ledes de la cabina.

—¡No enciendas la luz! —me ordenó en la distancia.

Me descalcé y avancé unos pasos dentro del límite iluminado hasta que de forma progresiva la oscuridad me abrazó del todo al cerrarse las puertas del ascensor. Entonces, un pequeño piloto verde se encendió, reconocí que se trataba del *dock* situado sobre una repisa de la biblioteca, había conectado su *smartphone* y comenzó a sonar una sugerente base a la que pronto acompañó el ritmo de una guitarra.

Me vi sorprendida por unos brazos desnudos que rodeaban mi cintura y me forzaban a bailar con aquel ritmo seductor. Comencé a notar un reguero de besos desde el cuello hacia mi escote, el cual desapareció cuando las hábiles manos de Matty hicieron descender la cremallera del vestido, que cayó desplomado al suelo. Me elevó con sutileza para desenredar mis pies e intenté atrapar de una vez por todas su boca, pero parecía dispuesto a hacerme sufrir.

Yo sabía que a Matty le gustaba bailar, pero aquello era una tortura, quizás una venganza por todo el tiempo que yo le había hecho esperar a él; o quizá, simplemente estaba disfrutando de cada milímetro de mi cuerpo consciente de que por fin le pertenecía.

Sentí que mi cuerpo se convertía en una guitarra porque sus dedos se deslizaban con maestría a lo largo de mi columna provocando que me estremeciera y supongo que su resistencia y autocontrol se desarmó cuando, en un rápido movimiento, soltó el broche del que impedía el contacto entre su pecho y el mío. Me abrazó con fuerza, tanto que podía sentir los latidos de su corazón chocando contra los míos. Desprendía un calor agitado y la fragancia de la colonia que llevaba parecía evaporarse con él. Fue entonces cuando volcó toda la pasión en su boca y recogió mi cuerpo dispuesto a llevarlo al dormitorio.

Aunque avanzó rápido por el piso, en cuanto me dejó resbalar sobre la cama, ajustó de nuevo sus movimientos al ritmo de la música que se colaba en mi habitación algo atenuada por la distancia. Éramos dos instrumentos acoplando sus sonidos, dos cuerpos en busca del acorde perfecto.

Escuché el golpe de sus vaqueros al aterrizar sobre el suelo de parquet y mi corazón se disparó. Mis músculos se agarrotaron, el aire que aún separaba su cuerpo del mío era demasiado frío y el deseo era tan agónico que dolía. Por ello, cuando sentí el peso de su vientre y una mano ardiente tantear mi cintura cerré los ojos y me entregué a las reacciones de mi cuerpo. Sus dedos enlazaron el borde de mi ropa interior y tiró de ella. Matty tenía la boca entreabierta y tomaba profundas bocanadas de aire tan cerca de mis labios que me robaba el aliento.

Sin apartar los ojos de mí, obligándome así a mantener los míos abiertos, buscó la manera de acoplar su cuerpo al mío y en el mismo instante en el que lo consiguió dijo que me amaba. Yo no podía hablar, querría haberle contestado, pero todo mi ser estaba atrapado por la sensación de verme en caída libre dentro de aquel profundo abrazo.

Solo deseaba que continuara moviéndose tanto tiempo como fuese capaz de soportar. Por fin, Matty y yo, de forma consciente e imparable.

Bailamos sobre las sábanas, una y otra vez, hasta el final de aquella canción. Y de las siguientes.

Para el siguiente álbum nos rodeamos de amigos, quisimos contar con muchas colaboraciones, algún dueto e incluso contactamos con DJ Hot Dog para el primer *single*, *Right now*. Fueron semanas en las que todo giraba en torno a la música y al amor, en tal sintonía que a aquello se le podía llamar «felicidad extrema». Nos amábamos entre versos y compases, grabamos durante horas y sobrevivimos gracias a que Nenne estaba pendiente de que no nos saltáramos las comidas.

—¿Qué quieres contar en esta canción? —me preguntaba Matty con los dedos sobre las cuerdas como si fueran prolongaciones de su cuerpo.

—*Home* es el lugar donde estés tú, no tiene paredes, está hecho de abrazos y largas noches de pasión —le dije con el bolígrafo en la mano, recostada sobre la alfombra del estudio y rodeada de bocetos inacabados de posibles melodías.

—¿Ahora quieres hablar de sexo en tus canciones, Sissi?

—Bueno, tengo veintitrés años, tampoco sería un escándalo. Me siento mucho más atrevida —le confesé intentando alcanzar su brazo con mi pie desnudo.

—Te estás soltando mucho la melena, crees que no me doy cuenta, pero te dejas botones sin abrochar en el escote aposta y me lanzas esas miradas incitadoras en público para hacerme sufrir.

Matty me arrancó la libreta de las manos y se puso entre mis piernas atraído por mi postura.

—*Home* es comer donuts de chocolate amargo, es el *tatoo* escondido de mi pie, son tus ojos azules...

No pude continuar, volvimos a perder el control e hicimos el amor en aquella sala vacía, de madrugada. Terminamos de componer aquel segundo *single* con las luces del alba atenuadas por la típica nevada invernal neoyorkina.

—Es genial, me encanta. ¡No puedo dejar de cantarla! —le dije entusiasmada.

—No quiero que dejes de cantarla. —Matty recreó su mirada un par de segundos antes de levantarse del suelo con un salto.

Fue hacia su abrigo y regresó a mi lado con una sonrisa. Yo seguía tumbada en la alfombra, abrigada por un jersey largo de lana que cubría casi al completo el vestido mostaza que horas antes me había vuelto a abrochar. Se recostó junto a mí y atrajo mi cara hacia su voz.

—Creo que este es tan buen momento como otro. Acabamos de crear otro futuro número uno y hemos confesado nuestro amor en cada nota, por lo tanto... —Comencé a sentir un cosquilleo mientras sus dedos recorrían mis piernas desnudas—. Sissi Star, en el fondo sabes que soy un chico tradicional y quiero hacerte esta pregunta.

Sus manos siguieron ascendiendo por mis caderas hasta mi mano derecha que reposaba sobre mi estómago, donde se detuvieron.

—¿Qué pregunta? —Arrugué la frente desconcertada, en aquel momento solo podía pensar en que quería llevar a cabo alguna descabellada idea de productor musical.

—¿Quieres casarte conmigo? —Le dio la vuelta a mi mano y dejó caer en mi palma un ligero pero contundente anillo.

Sentí un fuerte latido bajo el pecho al escuchar aquello. Me incorporé y miré el redondo metal que brillaba justo donde engarzaba un brillante rosado. Busqué sus ojos y su mirada era sincera, esperanzada, contenía tanta ilusión que solo su mandíbula retenía algo de nerviosismo.

—¡Matty! —dije tras introducirlo en mi dedo y ver que encajaba a la perfección.

—¿Sí o no? —preguntó ansioso elevando las cejas.

Me eché sobre él, lo abracé y besé mil veces tras contestar un sí rotundo.

Terminamos de grabar el álbum a finales de febrero, la promoción y la salida del primer *single* sería a finales de mayo, por eso el diecisiete de aquel mes fue el día elegido. No necesitamos mucho tiempo para prepararlo todo, pues quisimos una ceremonia íntima a la que solo asistieran nuestras familias, mis cuatro amigas del instituto, los chicos de la banda y algunos pocos del mundo de la música a los que considerábamos amigos. No quisimos que la prensa se enterase por lo que no hubo invitación de boda de papel, sino mensajes telefónicos escuetos donde se pedía total discreción. Evitamos pisar Greenwich en esos dos meses y de todos los preparativos se encargó Nenne junto a nuestras madres.

Mi padre se presentó una tarde en mi apartamento cargado de preocupación.

—Sissi, ¿estás segura de que lo que quieres es casarte con Matty?, eres muy joven y él... No me gustaría que confundieras los sentimientos porque lleváis muchos años juntos y quizá, con todo lo que le ha sucedido, tu corazón no sepa lo que quiere.

—Papá, a Matty le han dado el alta, ya no tiene más sesiones de quimioterapia y solo tiene que seguir con sus revisiones. Y yo no soy demasiado joven. He viajado, experimentado y conocido más cosas a mi edad que muchas personas en toda su vida. No te preocupes, estoy segura, segurísima. Sé lo que es el amor de amiga y... también sé lo que es amar con todo mi corazón.

Dejé que me abrazara como cuando era pequeña, para que sintiese que aquello nunca cambiaría entre nosotros. Un padre mantiene su papel de protector hasta el fin de sus días y por ello agradecí que acudiera aquella tarde preocupado por mi futuro.

—No me malinterpretes, Sissi, sabes que quiero a Matty, a pesar de todos esos tatuajes de macarra.

Reímos, lo invité a una taza de Earl Grey y regresó a casa con la conciencia tranquila por el deber cumplido.

Decidimos casarnos frente al embarcadero de la casa del lago, un lugar que significaba mucho para ambos pues habíamos pasado muchas horas allí componiendo durante todos aquellos años, además de que era un lugar que se convertía en un enclave de ensueño por primavera.

—¿Estás nerviosa? —me preguntó mi hermana sentada junto al tocador mientras mi madre me abrochaba la hilera de botones con forma de pequeñas perlas nacaradas que ajustaban el vestido a mi espalda.

—Ni lo más mínimo, solo estoy muy feliz —le contesté mirando mi reflejo en el espejo.

Estaba muy bonita con aquel vestido de Vera Wang elaborado a toda prisa en exclusiva para mí, se ajustaba muchísimo a mi cintura, de la que salía un enorme lazo de raso que resbalaba por detrás. Mis brazos estaban cubiertos por un fino encaje que se cruzaba a la espalda y se extendía hacia una cola de medio metro que pronunciaba la caída del vestido de seda color blanco puro. Me habían recogido la melena corta en un pequeño moño que rodearon con un engarce de plata y brillantes confeccionado con una antigua pulsera de la familia, y no quise quitarme mis dos colgantes del cuello a pesar de las quejas de mi madre, que no lo veía apropiado para el acontecimiento y no paró hasta conseguir meterlos dentro de un fino collar de perlas que lucía bonito sobre mi esternón.

Papá hizo sonar el claxon, ya era la hora de ir hasta la casa al otro lado del bosque, se apresuraron en ponerme los zapatos y ajustarme un ligero velo de tul que tapó mis hombros desnudos.

Durante el breve trayecto enrollé el papel con mis votos y se lo entregué a mi hermana para que lo atara con un lazo. Recuerdo que papá me contó un par de chistes para evitar que los nervios se apoderaran de mí en el último momento, aunque él ya se había hecho acopio de todos. Al torcer hacia la entrada de la parcela vi una flecha ancha de madera donde habían grabado la palabra «BODA». Sentí un pellizco en la boca del estómago y di unas palmaditas de emoción. No podía esperar tanta belleza en aquel lugar que de por sí ya era hermoso. El camino estaba cruzado por hileras con banderitas en suaves tonos rosados; de las ramas de los árboles colgaban pequeños faroles con velas y sus troncos estaban rodeados por cables cuyas luces amarillas comenzaban a destacar sobre la luz crepuscular.

Me bajé frente al porche, donde estaba Dean esperando para abrirme la puerta y llevar el coche de mi padre al aparcamiento que habían acondicionado.

—Vaya, no hay suficientes palabras ahora mismo en mi mente para describir lo guapa que estás, Sissi —balbuceó vestido con el uniforme de gala.

Dean estaba impresionante, yo también me quedé impactada al verlo engalanado y visiblemente emocionado.

—Y tú pareces un príncipe sacado de una película Disney.

Lo hice reír y me guio hasta que mi padre me entregó su brazo para encaminarme hasta el lugar donde Matty me esperaba. Dean soltó la mano tras un suspiro retenido y los ojos entrecerrados, pero volvió a reír y yo miré a mi alrededor con emoción.

Los invitados se levantaron de sus sillas doradas para centrar sus miradas sobre mí, escuché exclamaciones de admiración y el acorde sostenido de un violín que dio pie a un quinteto de cuerda que comenzó a tocar *Us*. Busqué a Matty y lo encontré al comienzo del embarcadero, bajo un bonito arco que habían adornado con ramas y flores en tonos crema.

El cielo anaranjado nos envolvía en un ambiente realmente romántico y las velas que flotaban en medio de nenúfares alrededor del embarcadero proporcionaban un toque mágico.

—¡Guau! —Matty soltó aquel rugido al verme, demasiado roquero y espontáneo, por lo que los asistentes rompieron a reír y yo no pude más que acompañarlos y terminar así el trayecto de tablas pintadas en blanco, henchida de felicidad.

Tras el sacerdote había una pequeña mesa donde vi los anillos, los habían engarzado en dos baquetas blancas, en una ponía mi nombre y en la otra el de Matty. Todo era un cúmulo de pequeños detalles, algo que solo Nenne podía conseguir de forma natural y en el poco tiempo que había tenido para organizarlo todo.

Cuando llegó el momento de leer mis votos, Nenne me pasó el folio liado, solté el lacito de raso y lo desenrollé con algo de temblor. No era lo mismo cantar que hablar en público y menos confesar mi amor delante de tantos ojos expectantes.

—Antes de conocerte ya te amaba, Matty. Antes de saber tu nombre o incluso antes de imaginar que al venir a vivir aquí tan solo lo hacía porque era el destino. Mi corazón estaba reservado para alguien que entendiera que mi idioma se escribía entre pentagramas, que el ritmo de mis latidos lo marcaban compases, para alguien que supiera leer detrás de las palabras. Ya te amaba antes de conocerte porque estaba destinada a ti y, quizá por ese motivo, no supe ver el primer día que eras tú ese alguien, hubiera estado bien que llevaras un cartel indicativo puesto... —Se produjeron algunas risas entre los invitados y yo misma sonreí, pero volví a centrar mis ojos en el papel antes de posarlos sobre él—. Solo hay algo que pueda superar el ser mi mejor amigo y, sin duda, lo estamos alcanzando ahora mismo. Te he reconocido entre los millones de almas de este planeta y ahora solo me queda decírtelo delante de todos para sellarlo: tú eres mío y yo soy tuya, y te voy a amar alto y claro desde ahora y para siempre.

Matty recogió el testigo, pero en lugar de coger mis manos, tomó prestado el micrófono del sacerdote de forma cómplice.

—No puedo evitar convertir en música cada palabra que sale de tu boca y ahora mismo de tus votos saldría un número uno sin lugar a dudas. —Todos rieron hasta que se comenzaron a escuchar unos golpes acompasados entre los invitados—. Sissi, quiero que sepas que te amo desde la primera vez que te vi.

Roy se levantó de la silla y le descubrí unos timbales con los que imitaba los latidos de un corazón. Matty me reclamó con su voz y continuó hablando:

—Desde entonces has marcado el rumbo de mi vida, aun cuando tus ojos no eran capaces de reconocerme de la forma correcta.

Lou se levantó también de su asiento y marcó una sección rítmica con sus manos acoplándose a los timbales.

—Y es que... «tu secreto sigue a salvo entre el dedo meñique de tu pie y yo». —Matty entonó el comienzo de aquella versión de la canción de las Shirelles al tiempo que mis coristas Mary Sue, Olivia y Alice hacían lo propio y acoplaban sus voces.

Mis amigos y familiares comenzaron a acompañar a los timbales con sus palmas y yo me tapaba la cara impresionada por el espectáculo.

—«Ahora sé diferenciar la risa de tus sonrisas y sé que nuestras noches no deberían tener fin, porque Sissi... eres tú.»

Todos cantaron ese «Sissi, eres tú» y no solo me sorprendí por la capacidad de Matty para involucrar a todos en aquel momento, sino que me pareció tan sexy cantando con todo el amor brillando en sus ojos azules que me salté el protocolo y lo besé antes de tiempo.

De aquella noche no solo guardo un bonito álbum de páginas acartonadas llenas de instantáneas de los invitados con sus mejores deseos para ambos, me queda el recuerdo del primer baile como marido y mujer, bajo una lluvia constante de pétalos multicolores que nos lanzaban nuestros amigos.

Comenzamos la Honeymoon Tour con un aluvión de titulares donde el mundo se hacía eco de nuestro enlace. Eran demasiadas noticias de golpe: el nuevo álbum acompañado de una nueva gira mucho más íntima y la confirmación sin lugar a dudas de la historia de amor con mi guitarrista.

La primera quincena de junio actuamos en Detroit, Cleveland, Pittsburg, Charlotte y Filadelfia. Solo dos o tres actuaciones a la semana y con una puesta en escena mucho más natural y cercana. Regresé a los vestidos camiseros, pero entallados a mi cuerpo como una segunda piel, deseaba seguir con la apariencia sexy que había conseguido con el anterior álbum porque me encantaba sentir los ojos llenos de deseo de Matty sobre mi cuerpo mientras actuábamos, notar que casi no soportaba mi paso por su lado sin poder apartar las manos de la guitarra para tocarme. No había nada como meternos en el camerino recién terminada la actuación y encerrarnos juntos para que sus manos facilitaran el deshacerme de aquella ropa provocadora.

Me hice un segundo tatuaje, para él era el quinto, otro secreto que solo sabríamos él y yo. Bajo nuestros anillos de boda y rodeando de igual forma nuestros dedos nos grabamos en la piel: «SOY TUYO, ERES MÍA» «SOY TUYA, ERES MÍO».

Cada día de aquel año fue intenso y pasional. Recorrimos medio mundo juntos de nuevo, pero la experiencia fue totalmente diferente. Yo no podía imaginar cómo el poder compartir algo con otra persona, sin límites de entrega, podía llegar a ser tan maravilloso.

—Creo que esto te va a encantar, Sissi —me anunció Ethan aquella mañana en el Majestic Theater de San Antonio.

—¿Acaso hay algo más que se pueda hacer que no haya hecho ya?

—Bueno, que hoy vamos de sobrados por la vida... —silbó mi atractivo marido mientras terminaba de solucionar un *sudoku* a la espera de su turno para la prueba de sonido.

—Pues no, Sissi Superstar, no lo has hecho aún y también te va a encantar a ti, Matty. —Ethan dio una palmada y abrió las manos como si fuera un mago a punto de hacer aparecer algo entre ellas—. La MTV quiere grabar un *Unplugged*, en la línea de los conciertos que estás ofreciendo ahora.

—¡Suena genial! —exclamé.

Miré a Matty para que me confirmara si también se lo parecía a él, pero simplemente elevó los hombros conforme. Sabía que en el fondo le hacía tanta ilusión como a mí, pero se tomaba las cosas como habituaba a hacerlo, con sosiego.

—Es mucho más que genial, no solo retransmitirán un especial del *Unplugged*, la discográfica también aprovechará para vender el DVD. ¡Proporcionará unos beneficios extra estupendos!

Ethan estaba exultante, todo rodaba hacia arriba, pero la parte económica para mí tenía un nuevo cáliz. Miré a Matty y le dije:

—¿Qué te parece eso, *Mathew*?

Me guiñó el ojo y se colgó la Fender al hombro para acudir a la llamada del ingeniero de sonido de la gira.

TRACK 20: EVER AFTER

El universo tiende a equilibrar la balanza. No existe el bien sin el mal, el amor sin el odio y, por supuesto, la alegría sin la tristeza. Lo mejor sin lo peor.

Siempre han sucedido así las cosas en mi vida, por ello tanta felicidad me daba miedo, era algo tan perfecto que parecía irreal y el temor me consumía en sueños terribles. Las pesadillas no dejan de ser los temores más profundos de nuestra mente y, como si nuestros pensamientos más ocultos tuvieran el poder de materializarlos, yo intentaba visualizar un futuro igual de maravilloso que el presente que vivía. Las cosas no funcionan así, las cosas no pasan porque nosotros las invoquemos o las evitemos, a veces simplemente suceden porque así debe ser, quizá por algún inexplicable motivo cósmico.

—Feliz primer aniversario, Sissi.

Matty me sorprendió con una cena romántica en la terraza de nuestro ático neoyorquino, el cual había adornado con docenas de flores y velas. Por supuesto, el menú especial era una deliciosa pizza de Lombardi's. El estómago me rugió de placer con el aroma que se escapaba de la caja de cartón sobre la mesa de metacrilato en la que destacaban un par de candelabros.

Matty se me acercó con dos copas de vino para brindar tras un apasionado y esperado beso. No nos habíamos visto en todo el día, pero el motivo solo lo sabía yo, él creía que había estado reunida con Ethan. Y en parte había sido así, habíamos discutido la nueva estrategia a seguir tras un merecido descanso de varios meses. Los pequeños conciertos habían funcionado de forma extraordinaria, pero sin duda no habían alcanzado las expectativas económicas de la discográfica, que ahora me rogaba un álbum rompedor que acompañara con una gira mundial en grandes estadios. Yo no quise comprometerme a nada aquella tarde, guardaba mis sospechas, por lo que me limité a escuchar lo que tenían que decirme y les pedí un tiempo extra para tomar decisiones. De allí fui a confirmar lo que me temía y la reunión dejó de tener sentido para mí porque en el mundo, de repente, había una nueva ilusión superior a todas las posibles.

Tenía un marido absolutamente increíble con el que congeniaba al cien por cien y por el que, día a día, sentía más amor y una pasión que llegaba a los límites más insospechados. Matty había alcanzado una madurez corporal que lo había convertido en un hombre terriblemente atractivo, de brazos fornidos y espalda cincelada. Aquellos jeans le quedaban algo desahogados por lo que se le escurrían sutilmente de las caderas y se detenían al comienzo de un trasero irresistible que hacía de parapeto. De la parte superior de su camiseta aún no se habían secado las últimas gotas de agua escurridas de un pelo con olor a champú que brillaba en la oscuridad titilante.

Me miró con aquellos sensuales ojos rasgados tras robarme el aliento con el beso y fundirme por dentro, henchida de felicidad por la noticia que llevaba todo el día reteniendo dentro de mí.

—Me han dicho que este vino es algo así como el Mark Knopfler de los vinos y aunque sé que te dije hace tiempo que no volvería a dejar que bebieras alcohol, creo que la ocasión hoy lo requiere. —Se aproximó para susurrarme al oído a la vez que me rodeaba la cintura con la mano que sostenía su copa—. La verdad es que tampoco me importaría repetir lo de aquella noche.

Agarré su cara con mis manos y volví a reclamar sus labios.

—No puedo, Matty.

Se separó para mirarme visiblemente confuso.

—¡Feliz primer aniversario, futuro papá! —exclamé sonriente.

Matty se quedó petrificado un par de segundos antes de que la sangre volviese a circular por su cuerpo. Entonces sus manos lanzaron lejos las dos copas de vino que se estrellaron contra el suelo esparciendo su contenido, necesitaba tenerlas libres para apoderarse de mi cuerpo. Mis piernas rodearon su cintura mientras él me besaba repetidamente poseído por la felicidad más absoluta y, quizá, con un elevado grado de locura transitoria.

—¿Voy a ser padre? —me preguntó aún incrédulo.

—¡Y yo mamá!, ¿qué te parece? —Empecé a reír, su cara tenía una expresión totalmente nueva para mí.

Era la primera vez que Matty reaccionaba a una buena noticia con algo más que una subida conformista de hombros. En aquel momento se volvió loco, la euforia se apoderó de él y solo podía abrazarme, capturar mi boca con la suya y repetir sin cesar el hecho de que iba a convertirse en padre. No es que hubiese sido algo milagroso, pero casi, ya que contábamos con la posibilidad de que la quimioterapia recibida lo hubiese dejado estéril. Sin embargo, nunca lo habíamos considerado realmente y muchos de nuestros apasionados encuentros habían sido repentinos y sin cuidados de por medio. Aquella noche, Matty recibió la alegría más palpable de toda su vida y yo sentí la felicidad de tocar el cielo.

Aunque todos se alegraron con la noticia, los negocios son los negocios y me pidieron sacar un álbum con los grandes éxitos. Me negué rotundamente, para mí eso sí significaba una bajada de escalón. Sabía que los artistas sacaban los grandes éxitos a la venta cuando pasaban por etapas de escasez creativa, problemas económicos o entraban en el declive profesional. No era mi caso, yo solamente necesitaba tomarme un año para mí. No creía que eso pudiera condenarme al olvido y, mucho menos, que la compañía fuese capaz de amenazar con un «ahora o nunca». Yo solo quería disfrutar de todo el proceso. Lo que no imaginaba es que todos terminarían por concederme ese tiempo alejada del mundo discográfico por motivos mucho más desagradables...

Supimos que sería niña el mismo día que le confirmaron a Matty que su cuerpo volvía a luchar contra sí mismo. Lloramos de alegría hasta unir las lágrimas con las de la tristeza más profunda.

Él no dejó que la situación se apoderara de la mejor parte de su vida y, cuando el trasplante alogénico de células madre no funcionó dejando a su médula ósea sin rescate posible, decidió el nombre de nuestro bebe:

—Mi niña tiene que llamarse Hope*. Hope Butler, ¿qué te parece? —Me dijo con los pies dentro del lago.

Era una preciosa tarde de agosto y nos habíamos sentado en la parte baja del embarcadero de la casa del lago. Cerramos el apartamento de la ciudad y regresamos a Greenwich en cuanto supimos que solo quedaba el enfoque paliativo con medicamentos que controlasen la enfermedad el mayor tiempo posible haciendo énfasis en la calidad de vida y las medidas de apoyo.

—Me encanta, es precioso Matty —le dije con mi cabeza apoyada sobre su hombro mientras sentía las caricias de su mano sobre mi vientre algo abultado.

---

* Esperanza.

—Hope Star Butler —repitió él, con una sonrisa en los labios que solo alguien con su fortaleza interior podía dibujar.

—Como tú quieras —reí ante la ocurrencia, pero como venía siendo habitual terminé derramando lágrimas tan ácidas como el sulfúrico.

Matty me las secó con la palma de su mano y me sentí mal por dejar que él me consolara cuando yo debía ser el apoyo fuerte sobre el que él se mantuviese.

—Es absurdo lamentarse por algo que no tiene solución, Sissi, es una pérdida de tiempo. Nadie sabe cuál será su último día en este mundo, yo mismo podría morir mañana en un accidente de tráfico o aplastado por una rama de árbol caída. Hasta cierto punto, saber que te quedan pocos días que consumir es una ventaja, pues tienes la oportunidad de no dejar para mañana lo que tanto quieres hacer ahora, de dejar zanjadas algunas cosas y de despedirte... Despedirte y decir todo lo que quieres decir, de no dejar incógnitas. —Las marcas del cansancio habían regresado a su cara. Estaba más delgado, pues había perdido el apetito, y ni siquiera llegaba a terminar los deliciosos platos que mi madre le preparaba.

—Sé que es absurdo enfadarse, rebelarse contra lo que hay y está muy bien todo eso que dices de que nos puede caer ahora mismo un meteorito y morir aquí juntos, pero también están los que llegan a los noventa años. Y yo quiero envejecer contigo.

—Y morir a la vez, exactamente en el mismo momento, agarrados de la mano y tras el último y más perfecto beso —ensoñó Matty con la mirada perdida.

—Exacto. —Volví a formar un puchero con la boca, era imposible retener unas lágrimas tan enormes dentro del lagrimal.

—La vida no es así.

—Pues debería serlo.

—Pero podemos hacer que nuestra historia sea así, en una canción. Ve dentro, coge tu libreta y tráeme la guitarra. Haz que muera junto a ti, muy viejecito y tan enamorado como lo he estado desde el primer día en que te vi sentada en el alféizar de tu ventana cantando. Así esa historia será real, en otro mundo, en nuestro mundo hecho de música.

Obedecí. Lo dejé sentado en el embarcadero y crucé el jardín trasero saltando de tablón en tablón con mis pies descalzos.

—¡Espera, Sissi!

Me giré al escuchar su llamada y lo vi con el teléfono en la mano, enfocándome como si quisiera sacarme una fotografía, y así lo hizo.

—¡Es que estás preciosa!

Consiguió que volviera a sonreír y me apresuré en el encargo. Entré con la vista puesta en la esquina del salón donde descansaba la guitarra con la que Matty solía juguetear y por ello no lo vi entrar y choqué contra su pecho.

—¡Sissi!

—¡Dean!

Ambos nos miramos sorprendidos, algo aturdidos por el golpe.

—¿Estás bien, te he hecho daño? —me preguntó preocupado, localizando con la mirada la zona en la que mi vestido se ondulaba a la altura del ombligo.

—¡Claro que no! Pero qué alegría, ¿qué haces aquí? Dame un abrazo ahora mismo.

Nos fundimos en un abrazo efusivo, al principio agitado pero que se tornó en un momento de consuelo. Él hundió su cara entre mi pelo y yo me aferré a su camiseta para reprimir unas lágrimas recurrentes y dolorosas.

—Tranquila, chsssss... Ya estoy aquí, no pienso irme. Chssss, tranquila.

Me acunó entre sus fornidos brazos de militar, unas extremidades preparadas para enfrentarse a todo tipo de peligros y amenazas, y que en aquel momento tenían la importante misión de soportar un peso demasiado tormentoso.

—¿Dónde está? O mejor, dime cómo está —me preguntó tras conseguir que dejara de temblar.

—Bien, no se encuentra muy mal aún y sigue así... como es él, imperturbable, positivo. Está resignado y feliz con todas las cosas buenas que le está dando la vida. ¿Lo puedes creer? ¡Le está agradecido a la vida! —Me desahogué con un grito ahogado.

—Pues claro que sí, Sissi. Es como debe de estar y tú terminarás por verlo así también. Él conseguirá que lo sientas así, te lo puedo asegurar. Matty tiene ese poder y, además, ambos tenéis una poderosa razón extra.

Dean buscó con la mano algo que guardaba dentro del bolsillo trasero de su pantalón y me lo tendió sonriente:

—Pensé que sería niño —se excusó elevando los hombros.

Era una pequeña gorra de los Navy Seal y, con eso, el otro Butler de la casa también consiguió hacerme reír.

Dean pidió una especie de excedencia en la Armada para ayudarme a cuidar de su hermano. Tenerlos a él y a su madre, con sus conocimientos de enfermera en casa, fueron un apoyo magnífico. No quiero hablar de la parte dolorosa de aquella etapa, las palabras no podrían describirla, por eso prefiero contar la forma en que la valentía se apoderó del cuerpo de Matty, aliada con una alegría de vivir el día a día que solo alguien que ha intimado antes con la muerte puede tener. Debo decir que aprendí a vivir aquellos días de igual manera, lo intenté con toda mi alma ya que mi corazón tan solo tenía energía para amarlo y hacer crecer la nueva vida dentro de mí.

Dean terminó de arreglar su barco y lo botamos juntos en el club a finales de septiembre. Fue un día bonito en el que Matty disfrutó junto a sus personas favoritas del mundo entero y, por supuesto, también con *Bob Dylan*. Comimos los emparedados que había traído su madre en alta mar y brindamos con zumo de arándanos. El capitán del barco hizo alarde de su destreza al timón como SWCC y reconoció que navegar a vela era infinitamente mejor que tripular cualquier superembarcación del ejército.

Hope nació un mes antes de lo previsto mientras caía la bola en el Times Square. Matty llevaba semanas sin poder levantarse apenas de la silla de ruedas, pero aquel día debió sufrir una subida de adrenalina, pues no hubo quien lo apartara de mi lado, dándome la mano cuando mi cuerpo sufría las sacudidas de las contracciones y al pie de la camilla para recibir entre sus brazos a nuestra pequeña de ojos rasgados color turquesa. Aquella primera noche en la que dos nos convertimos en tres, entre susurros en una habitación de hospital tenuemente iluminada, compusimos nuestra primera nana con una sensación de plenitud incomparable.

—¡Deja de poner esas caras feas a mi hija! —protestó Matty que acababa de entregar a Hope a los fornidos brazos de Dean, tras lo que dejó reposar su cuerpo en el respaldo de la silla de ruedas.

Todos nos esperaban en casa a la salida del hospital, estaba llena de globos rosas y una espectacular tarta destacaba sobre la mesa del comedor. Todo estaba decorado realmente cursi, pero yo sabía que ellos se estaban desviviendo para que aquellos momentos de felicidad fueran insuperables, que de alguna forma compensasen el dolor de fondo.

—Ahora llora, pero en unos meses se reirá con su tío el divertido —aseguró Dean meciendo a mi hija a la vez que le sacaba la lengua.

—¡De eso nada! Su tía la divertida seré claramente yo. —Nenne pidió con brazos ansiosos el bebé.

—Humm, de acuerdo. Entonces yo seré su tío el guapo, eso es indiscutible. —Dijo esto mirando a Miles y todos tuvimos que reír sin remedio.

Nuestra rutina diaria no cambió mucho en realidad. Martha se hizo cargo de mi pequeña por las noches para que ambos pudiésemos descansar. Había días en los que Matty apenas tenía fuerzas para salir de la cama que instalamos en la planta baja, pero se obligaba a sentarse en el sillón del salón y exigía darle todos los biberones posibles a su hija. Los días en los que parecía que acumulaba algo más de energía, me obligaba a coger la libreta y ambos tocábamos la guitarra en busca de material nuevo con el que yo pudiera sacar el siguiente álbum. No podía decirle que era incapaz de imaginarme en un mundo musical sin él a mi lado y la más mínima insinuación le enfurecía.

—¡Ya hiciste una gira sin mí! De hecho, fue la mejor de todas. No me necesitas para ser quien ya eres. Tú eres música, yo solo un complemento tuyo bastante dispensable y no permitiré que uses mi muerte como excusa.

De un manotazo tiró una caja llena de púas regaladas por fans a lo largo de los años y yo me asusté pues nunca había tenido un gesto violento.

—Lo siento. Quería resultar firme pero me ha salido demasiado agresivo el discurso. —Lo miré y me dedicó una sonrisa avergonzada—. Habrá vida después de mí, Sissi, así que prométeme por Hope que también habrá música —me rogó reclamando mi cuerpo sobre sus piernas.

—Te lo prometo, pero no será igual.

—Claro que no, será diferente, ni mejor ni peor. Diferente. Pero tú ya eras una estrella antes de mí y seguirás brillando cuando yo ya no esté aquí. —Me besó.

Habría llorado si no hubiera aprendido de él a soportarlo y le sonreí.

—Es triste pensar que estas serán nuestras últimas canciones. Duele. —Llevé su mano a mi corazón.

—Sissi, lo maravilloso es ver la cantidad de ellas que hemos hecho. —Me guiñó el ojo; volvía a redirigir mis pensamiento hacia el lado más positivo—. Todos estos años junto a ti han sido como obtener un máster en música, has sido la mejor universidad a la que podría haber asistido.

—Lo mismo podría decir yo de ti, has elevado mis composiciones a la cima y has sido el mejor compañero en todos los sentidos.

Matty accionó el mando de su silla y sentada sobre él nos encaminó hacia el dormitorio.

—Me has enseñado prácticamente el mundo entero, una persona normal no llega a conocer ni una cuarta parte de los sitios que yo he visitado gracias a ser ese compañero —dijo mientras cosquilleaba con su mano la base de mi espalda.

—Y tú me has enseñado a montar en monopatín —quise bromear.

—Querrás decir a permanecer de pie sobre él.

Reímos y la puerta del dormitorio se cerró tras nosotros.

—Soy tuya —le susurré tras recostarnos bajo el agradable tacto del edredón.

—Siempre he sido tuyo.

Nos besamos, saboreando los labios con lentitud. Intenté captar en mi memoria el sabor de su boca, el gusto de humedad y su alcance, al tiempo que fijaba en la memoria el olor y la textura de su piel, de retener en la parte donde su mano agarraba mi muslo el calor que desprendía. Quise grabar a fuego esas sensaciones para creer de alguna forma que, si lo conseguía, siempre podría sentirlas.

TRACK 21: THE LAST KISS

Matty pudo escuchar cómo Hope lo llamaba papá y ayudarle a soplar su primera vela de cumpleaños. La vio dar sus primeros pasos y escuchar su risa al provocarle cosquillas. Me regaló otra docena de canciones y amor para poder componer un millón más inspiradas en él.

Supe que el final estaba cerca el día que escuché hablar a los hermanos tras la puerta entreabierta del dormitorio.

—No digas tonterías, Matty. ¿Miedo de qué? Por supuesto que hay algo más, ¿acaso no crees que nuestro padre va a ir a esperarte allá donde quiera que vas? Yo lo creo con todas las fuerzas de mi corazón. Ni siquiera la muerte puede con nosotros, los Butler siempre estaremos unidos —le decía Dean con la mano fuertemente enlazada con la suya.

—Tienes razón, así lo siento yo también, lo creo. Así será.

Vi por la rendija del marco de la puerta que Matty cerraba los ojos unos instantes como si necesitase recobrar el aliento. Entonces, echó mano a su cuello y le dio un pequeño tirón al colgante. Dean le ayudó a quitárselo cuando él se lo pidió.

—Tú tienes que ser ahora su chico Butler —le suplicó depositando las púas de plata que un día nos regaló idénticas a ambos.

—Matty... —repuso Dean con la voz quebrada.

—Sé perfectamente que siempre la has querido y que solo tu increíble, insuperable y estúpido amor de hermano te retuvo. Quizá permitirlo ha sido el acto más egoísta de toda mi vida, pero qué puedo decir... la quería para mí. —Matty quiso reír, pero no tenía fuerzas suficientes—. Ha tenido siempre una parte de su corazón reservada para ti. Necesitará tiempo, pero júrame que no la dejarás. Júrame que serás su chico Butler.

En abril sus ojos achinados se cerraron para siempre, en calma y conmigo a su lado. Dean sujetó mis manos temblorosas mientras dejaba que el viento se llevara las cenizas hacia el agua del lago, al borde del embarcadero. Mi cuñado se mantuvo firme, por muy roto que estuviera por dentro los años en la Armada lo habían familiarizado desafortunadamente con las muertes trágicas. Fue una ceremonia íntima, de escasas lágrimas y sonrisas amargas. Todos convertimos la pena en esfuerzos por divertir a Hope y su risa nos rellenó el corazón.

Siempre se habla de la importancia del primer beso, algo a lo que te enfrentas expectante, nervioso y con cierto grado de torpeza. El primer beso se graba en tu mente no solo como una sensación, sino por ser un momento que marca un antes y un después. Todos cambiamos tras el primer beso: puede indicar el inicio del amor o la confirmación de algo que nunca se le acercará. Puede ser el resultado de un deseo imperioso o el resultado de una larga y ansiada espera. Los hay robados o no premeditados, puedes ver fuegos artificiales por detrás o sentir un disparo en el centro de tu corazón. Dar el primer beso es descubrir un mundo nuevo. Sin embargo, el último beso...

El último beso es el que jamás olvidas, en el que vuelcas todos los sentimientos de una vida entera y en el que recibes hasta la última gota de amor que le queda a la persona que se va. Es frío, casi eterno y tan intenso como el dolor que lo acompaña, pero solo si eres afortunado tienes la suerte de llevártelo antes de que la oscuridad te atrape. El último beso es el que no quieres que termine, pero que se consume con el adiós del aliento final.

La madre de Matty no soportó permanecer en la casa del lago después de aquello y a mí se me hacía impensable volver a Manhattan y alejarme de aquel embarcadero; por ello, le cedí mi piso en la ciudad y se llevó consigo a *Bob Dylan*. Yo me quedé con Hope y Dean en Greenwich.

Se suponía que Dean debía volver a la base en algún momento, pero no me atrevía a preguntarle cuándo porque la idea de que se marchara me asfixiaba. Tenerlo allí conmigo era un consuelo aunque en realidad apenas hablásemos. Tan solo cruzábamos frases a causa de Hope.

Nenne se había marchado a Los Ángeles con Miles, no tenía mucho que hacer a mi lado con mi carrera musical en el aire y la obligué a disfrutar de la bonita historia de amor que estaba creciendo junto a su director de cine. Mi madre también intentó que regresara a casa, pero no estaba preparada para alejarme de aquel lago, tan solo accedí a pasar los fines de semana con ellos ya que la presencia de mi padre hacía mucho más liviana la situación. Cada día mamá nos llevaba comida, se quedaba un rato para hacerme compañía y me ayudaba con Hope todo lo que podía. Dean y yo hacíamos lo posible por recomponer nuestras vidas, en silencio. Ambos cuidábamos de la pequeña y cuando ella dormía nos separábamos. Yo pasaba largos ratos sentada en el embarcadero, algunas veces acompañada por la guitarra de Matty y unos acordes arrastrados con los que invocar su recuerdo. Por su parte, Dean empezó a entrenar a diario. En cuanto se ponía el sol se colocaba unos pantalones de algodón cortos y una de aquellas camisas de la Armada, y hacía una ronda de calentamientos y flexiones antes de desaparecer por el bosque durante un par de horas a la carrera. No me gustaba verlo hacer aquello porque eso me decía que intentaba mantener la forma física antes de reincorporarse, pero en realidad no tenía sentido que se quedara junto a mí por más tiempo. Sin embargo, la rabia se mezclaba en mi interior con el dolor solo de pensar que, cuando el otro chico Butler se marchara de allí, yo me quedaría definitivamente atrapada por la soledad. Y lloraba, cada día a la misma hora, cuando el sol comenzaba a esconderse por el horizonte, él desparecía y yo lloraba sin que nadie pudiera impedírmelo.

No quiero decir que aquellos días fueran un pozo de tristeza absoluta, teníamos a la pequeña para sacarnos sonrisas y forzarnos a interactuar. Jugábamos con ella, veíamos dibujos animados en la tele junto a ella y la sacábamos a pasear.

Dean estaba loco por Hope, tanto como yo. Era imposible no estarlo. Se parecía muchísimo a Matty, tenía sus ojos, su hoyuelo izquierdo y una risa adorable. En cuanto escuchaba algo de música meneaba las caderas para seguir el ritmo y entonaba vocales sostenidas en un intento primario de cantar.

—No puede negar de quién es hija. Déjamela esta noche, solo esta noche. Necesitas descansar hija, las ojeras te alcanzan la barbilla —me dijo mi madre un mes después.

—No quiero separarme de ella, no me importa dormir mal. Me despierto, la veo y siento alivio en el corazón —le confesé con amargura.

—Pero si continúas así terminarás por caer enferma, debes cuidarte para cuidar de ella. Concédete un tiempo, lo necesitas. Y por Dios bendito, me la llevo a la casa de al lado, no vas a tardar más de diez minutos en venir si ves que se te hace insoportable no verla durante unas horas.

Mamá era tajante, aunque pareciera que me daba un consejo en realidad siempre se trataba de una orden, ya que el tono de «una madre siempre sabe lo que es mejor para ti» no dejaba dudas al respecto. Recogimos las cosas necesarias y la montó en su coche. Vi cómo el coche se alejaba y se perdía su silueta metálica al torcer la curva. Sentí frío y me abracé sintiendo la pesada losa de la soledad caer sobre mí. Quise llorar, una sensación de abandono me dominó e intenté frenar las lágrimas con un profundo suspiro.

—¿Estás bien, Sissi? —Dean a mi espalda hizo que diera un respingo.

—Sí, es solo que... mi madre se ha llevado a Hope esta noche para que yo, bueno... dice que tengo que dormir.

Me encogí de hombros ya que el motivo de que por las noches no pudiera conciliar el sueño no era Hope. Ella hacía un par de meses que dormía del tirón tras un último biberón cargado de cereales. Era difícil dormir en una cama que se había convertido en un colchón inmenso y frío, en una habitación terriblemente silenciosa donde la única respiración que se oía era la mía. Era casi imposible conciliar el sueño porque mi deseo de que él apareciera en uno era demasiado ambicioso, y despertar tras una breve cabezada y comprobar que no había funcionado era decepcionante.

—Quizá deberías intentarlo a mi manera, ¿por qué no vienes a correr conmigo? —me ofreció aquella tarde.

Solté una risa, aquello me había sonado a broma.

—¿Hace más de dos años que no salgo a correr y quieres que vuelva a hacerlo al ritmo de un marine?

—Llegaremos hasta donde puedas.

—Se supone que mi madre se ha llevado a la niña para que descanse no para que esta noche muera del dolor de piernas. —Me giré dispuesta a entrar en la casa para tumbarme en el sofá.

—Pero ese dolor sí se puede soportar —dijo con la voz ronca y buscó mi mano—. Y estarás tan cansada que lograrás conciliar el sueño. Te aseguro que funciona.

Sus dedos sujetaban mi muñeca con suavidad y volvía suspirar con profundidad.

—Está bien, pero si no funciona te demandaré por estafa —quise bromear y conseguí que sus ojos sonrieran marcando las arrugas a ambos lados de sus ojos.

—Trato hecho.

Esperó a que cambiara mi vestido por unas mallas deportivas y una de las camisetas desgastadas de Matty.

—Te queda mejor a ti —aseguró con tono amargo.

Antes de que pudiera reaccionar se agachó para atrapar el pie derecho con su mano y comenzó a estirar.

Corrimos cuatro kilómetros bosque a través y, cuando creí que el costado no podía dolerme más, me di cuenta de que debíamos regresar y por lo tanto superar esos mismos kilómetros de vuelta. Era consciente de que Dean podía escuchar mi respiración entrecortada y agónica. Sin embargo, no me permitió abandonar a medio camino. Yo habría llamado a un taxi para que me llevara de vuelta a casa aunque hubiese resultado ridículo, pero sentía tanto dolor en el cuerpo y me ardían tanto los pulmones que se me escapaban las lágrimas.

—No puedo, Dean, me vas a matar si no me paro ahora mismo —le dije a unos veinte metros de la casa.

—Te prometí que esta noche lograrías dormir. —Se puso a mi lado y colocó sus brazos en jarras, como si fuera un instructor militar frente a un recién alistado.

—Creo que has sobrevalorado mi forma física, estoy mareada, creo que me has provocado falta de oxígeno en el cerebro —exageré.

—¿Estás mareada? ¡Mírame! —Dean no pilló mi tono jocoso y dobló las rodillas para poder ver mi cara, que aparte de estar sofocada no mostraba ningún síntoma más.

—Tranquilo, no es nada grave. Solo dame un par de minutos y deja que terminemos el trayecto andando. Prometo completarlo de forma correcta mañana.

—Quizá sí que me he pasado un poco para ser el primer día. —Se sentó a mi lado y secó las gotas de sudor de su frente con la parte baja de su camiseta dejando al descubierto unos abdominales verdaderamente apabullantes.

Pensé en Matty, en su pecho fornido pero menos abultado que el de su hermano, quise que mi mente refrescara el recuerdo de la sensación que me producía apoyar mi cara sobre él y creí sentirlo durante un segundo.

—Volvamos a casa antes de que no nos veamos ni la punta de los pies aquí dentro. —Dean me ayudó a levantarme y salimos del bosque para seguir las luces de la carretera hasta casa.

No fui capaz ni de cenar, me di un baño caliente que reconfortó los músculos castigados de mis piernas y me metí en mi lado de aquella inmensa cama. Puede que tardara un minuto, quizá dos, pero me quedé dormida con una mano sobre la almohada de Matty.

Desde entonces, mi madre se encargó de recoger a diario a Hope y nosotros salíamos a correr antes de anochecer. Apenas hablábamos, todo el oxígeno que entraba por mi boca lo necesitaba para dar un paso más, aunque enseguida comencé a sentirme mejor y llegamos a los diez kilómetros en poco tiempo.

El mundo de la música se hizo eco de su muerte y un grupo notable de estrellas de las seis cuerdas se juntó en un homenaje muy sentido unos meses después. No pude evitar derramar algunas lágrimas cuando enfocaban imágenes suyas en el telón de fondo del escenario del Symphony Space. Dean me agarraba la mano y me recordó con un guiño que no debía llorar la pérdida en ese momento, sino disfrutar del aquel precioso acto.

Habían pasado seis meses desde la muerte de Matty y Dean seguía conmigo en casa, entrenando a diario, pero dedicándose en exclusiva a cuidar de Hope y también de mí. No entendía cómo no había regresado junto a su compañía y aquella noche al llegar a casa saqué el tema. Yo estaba mejor y no quería que él se sintiera en la obligación de quedarse junto a nosotras, aparcando su vida por ello, tan solo porque su hermano le instó a ser mi «chico Butler».

—Dean, espera un momento, quiero hablar contigo —le dije en el porche desde el que se podía ver un cielo estrellado sobrecogedor.

—¿Quieres charlar a las tres de la madrugada, en serio? —Elevó una ceja antes de sonreír. Se acercó a la blanca baranda decapada para apoyarse en ella con aquellos inmensos brazos cruzados sobre el pecho.

Yo me senté en el banco colgante tras recoger la falda de gasa de mi vestido verde oscuro y me acurruqué entre los cojines.

—Estos meses han sido... bueno, tú ya sabes cómo han sido, pero quería agradecerte que hayas permanecido a mi lado. La verdad es que te necesitaba y ahora veo que ha sido egoísta no decirte esto antes... Deberías regresar a tu base, a tu vida... Yo estoy bien, estaremos bien las dos.

Dean se separó de la barandilla y se acercó a mí con el ceño fruncido, se sentó en la mesa de madera y se pasó la mano por la cabeza mientras buscaba las palabras adecuadas.

—Sissi, no me malinterpretes, pero no solo me he quedado por ti, por vosotras... Yo también necesitaba estar aquí.

—Por supuesto, claro... Pero, ¿te deja la Armada estar tanto tiempo alejado?

—Bueno, cuando Matty volvió a todo eso yo me salí del servicio activo, ahora estoy en la reserva. Tan solo tengo que ir un fin de semana al mes a Fort Drum para un entrenamiento. No te has enterado porque los fines de semana estabas con tus padres —me explicó algo nervioso.

—¿Por qué no me lo habías dicho? —No entendía lo que había hecho, la Armada era su vida y la había dejado. Bueno, podía entender que quisiera estar junto a su hermano hasta el final, pero a esas alturas, era absurdo que siguiera allí anclado cuando recordaba a la perfección el día en el que confesó que lo que a él le gustaba era ver mundo.

—Bueno, no es que te lo haya ocultado, simplemente no estabas y no pensé que te importara.

—¿Cómo no me iba a importar? ¡Claro que me importa! No es que haya disfrutado mucho estos años viendo cómo te marchabas una y otra vez a Dios sabía dónde para alguna misión en la que balas voladoras o bombas al paso de vuestros Hummer aterraban mis pensamientos y los de Matty, y sigue sin ser algo que me agrade, pero suponíamos que era lo que tú deseabas. Por eso no entiendo esto... ahora.

—¿Lo que yo deseaba? —Dean me lanzó esa pregunta a la cara, su gesto era amargo y dejó escapar una risa aún más áspera—. Claro que me gusta la Armada, pero ¿lo que yo deseaba? Nada de lo que he deseado en mi vida ha sido esto, de principio a fin. Lo que yo deseaba, Sissi... —calló y miró al firmamento.

Tragué saliva y recogí las piernas entre mis brazos haciendo balancear un poco el banco. Se me vino a la mente lo que Matty le dijo postrado en la cama.

¿La lectura de todo aquello era que Dean se había alistado en la Armada para alejarse de mí? ¿Porque se había enamorado de la misma chica que su hermano por el que sentía aún más amor? ¿Aun sabiendo que yo estaba enamorada de él se marchó para que el tiempo nos pusiera a cada cual en nuestro lugar, para que fuera capaz de ver que la persona con la que debía de estar era Matty porque nos pertenecíamos el uno al otro, porque veíamos y sentíamos la vida con la misma melodía? Dean había sacrificado su vida y su corazón hasta el final de los días de su hermano.

Mordí mi labio inferior a sabiendas de que lo que le iba a decir era algo espontáneo y nacido del miedo.

—Lo que quiero decirte, Dean, es que deberías volver porque yo voy a regresar al estudio. He hablado con Ethan, me da igual si piensan que es pronto o demasiado tarde o lo que sea... Matty y yo preparamos unas canciones antes de que él se... Voy a grabarlas, voy a sacar un álbum. Voy a hacer lo que mejor sé hacer y tú deberías hacer lo mismo.

Me levanté del banco de forma brusca, quería zanjar la conversación que yo había iniciado. Ni siquiera era capaz de mirarlo a la cara, la confusión de sentimientos era demasiado apabullante. No estaba preparada para mirar esos ojos turquesa enmarcados en unas arrugas que siempre me habían resultado irresistibles ya que mi corazón aún estaba sangrando; aún era asfixiante pensar en Matty pues debía reprimir lágrimas de rabia, dolor e injusticia. No estaba preparada para enfrentarme a algo bueno, a algo que hacía muchos años había dejado de creer posible.

Lo dejé en el porche, probablemente con el corazón más destrozado de lo que una persona normal puede soportar, pero él no era alguien normal. Dean era un marine.

Con el corazón atropellado me encerré en la habitación y prácticamente me arranqué aquel incómodo vestido y, cuando me disponía a meter la cabeza dentro de mi camisón de algodón, la puerta se abrió como por efecto de un huracán.

—¡Sissi! —Dean dio un paso adelante, pero se detuvo al encontrarme medio desnuda a los pies de la cama. Retrocedió y se colocó detrás de la puerta con rapidez. No se marchó; tras disculparse con torpeza continuó con lo que quería decir sin darme oportunidad de detenerlo—. Sissi, nunca me he declarado abiertamente y no será hoy cuando lo haga porque a mí también me duele el recuerdo de Matty. Pero lo que sabes... lo sabes, y me parece estupendo que te vayas y vuelvas a tu mundo de la música, me hace feliz de hecho, pero ni por un segundo pienses que me voy a alejar. Quiero y necesito estar cerca de Hope, y, de hecho, creo que ella también me necesita. Creo que ya he arriesgado suficientes veces mi vida y no me parece tan mala idea estar ahora en la reserva, además voy a intentar conseguir el puesto de instructor para estar cerca de casa. Cuando pase el tiempo, ten por seguro de que te diré todo lo que llevo guardado durante tantos años. Llegará el momento adecuado para conseguir lo que deseo, para montarme en el velero y ver el mundo... contigo.

Dean soltó sin respirar todo el discurso y con la última palabra, me dio las buenas noches y cerró la puerta. Me dejó petrificada, con el camisón estrujado entre las manos a la altura de mi pecho y una rara sensación de asfixia. Cogí el teléfono inmediatamente y le puse un mensaje a Ethan: «Ya es hora de volver».

TRACK 22:
TOMORROW IS NOW

El primer concierto de la gira más larga e internacional que había hecho fue en el Staple Center de Los Ángeles. Sentía unos nervios terribles en la boca del estómago mientras escuchaba clamar mi nombre a un público entregado.

Me entregué en cuerpo y alma durante todo el proceso de grabación. Busqué los mejores productores musicales y, aunque fue algo duro ver a Ramón adueñado del sonido de las guitarras, ya contaba con la experiencia de saber que era el mejor sustituto posible. Grabamos un álbum positivo, tal como lo eran las últimas canciones que habían salido del tándem Sissi & Matty, llenas de esperanza y letras con maravillosos mensajes de amor. Quise enfocar el tema de la gira como una despedida al dolor y un canto a la vida. Todo estaba lleno de colores vivos y brillantes, plastificados y sonidos más eléctricos que nunca. Se podía bailar, saltar, aquella música hacía vibrar no solo las emociones, sino también el cuerpo.

Por supuesto, hubo quien dijo que no había pasado el tiempo necesario y cuestionaron el tipo de amor que pude sentir por Matty al regresar a los escenarios antes de un año tras su muerte y en un tono muy vivo. Me criticaron, fueron crueles e innecesariamente repetitivos, pero no era algo que me afectara en lo más mínimo. Cuando has sentido el mayor de los dolores de corazón y has aprendido a ver lo que en realidad importa de la vida, esas nimiedades no dejan de ser anécdotas que se disipan en unos días. Mis fans me acogieron con tantísimo cariño que hacían un efecto tirita sobre mi corazón.

—Sissi, Sissi, Sissi, Sissi...

Coreaban mi nombre y cerré los ojos un segundo. Aún faltaba algo, necesitaba escucharlo, sentirlo. Toqué los colgantes de mi cuello como siempre hacía y formulé una plegaria. Entonces, lo escuché como si me lo susurraran al oído desde otra dimensión y todo el cuerpo se me estremeció:

—Sal ahí y haz tu magia.

Las luces danzaban sobre los cientos de cabezas que saltaban al ritmo de *Tomorrow is now*. Allí arriba crecí, me sentí como una flor sedienta a la que regaban, comencé a cantar, pero mi voz se solapaba con la de todos. Ajusté el volumen de la petaca y afiné aquella nota sostenida y desgarrada que tras un golpe seco de batería daba paso a una secuencia de guitarra tan loca como lo estaba quien la creó en su momento.

Tras el tercer cambio de vestuario, enfundada en un vestido lleno de piedras brillantes que me daban aspecto de ángel caído del cielo, salí al escenario con la guitarra colgada al hombro. Rasqué las cuerdas con los primeros acordes de *Us* y el público estalló. Quise comenzar a cantarla, pero sentía la garganta cerrada y di otra vuelta a aquellos acordes hasta que los ojos me traicionaron y comencé a llorar sobre el escenario. Entonces, ocurrió algo mágico. La gente unió sus voces al unísono e hicieron mi parte. Mi banda siguió con su entrada mientras yo dejaba resbalar la guitarra por mi hombro y me sujetaba el corazón emocionada con aquel espontáneo gesto de mi amado público. Mis ojos derramaban lágrimas, pero el sentimiento se transformó en emoción, agradecimiento y cariño. Cerré los ojos y me envolví con sus voces.

«*Soy tuya. Eres mío.*»

Ellos cantaron de principio a fin la canción insignia de mi historia de amor con Matty, todo el mundo lo sabía y, por eso, aquel momento fue tan emotivo que sentí que debía agradecerlo de alguna forma. Miré hacia el lateral del *basckstage*, donde Nenne sostenía en brazos a Hope y las reclamé junto a mí.

Cuando vieron a mi hija, que aplaudía entusiasmada de estar sobre el escenario, todo el mundo comenzó a gritar como loco. Vitoreaban su nombre de forma estrepitosa y callaron cuando vieron lo que por otro lado me entregaba uno de mis bailarines: un farolillo encendido. Se hizo un silencio respetuoso, solo los acordes de *Us* de las manos de Ramón sonaban de forma suave mientras besaba el fino papel y con ayuda de Hope lo dejaba escapar en un vuelo que arrancó aplausos hacia el cielo.

Esto fue algo que se repitió en los ochenta conciertos que di por todo el mundo durante año y medio.

Toda la familia se involucró en la gira, yo no me planteé ni por un segundo dejar a Hope por lo que viajó conmigo desde el continente asiático al europeo pasando por Oceanía. Mis padres me acompañaron durante las giras más lejanas, Martha ayudó a Nenne a cuidar de ella por Sudamérica e incluso Dean usó sus días de vacaciones para hacer lo propio en una tanda de estados americanos. Yo concedía todas y cada una de las entrevistas que me solicitaban, hice una promoción tan bárbara que la discográfica volvió a adorarme como su estrella más potente y rentable.

En Morrison me despedí de Dean, él volvía a Fort Drum tras un mes de gira, en el que creo que disfrutó mucho ya que aquella era su primera experiencia en algo así y encajó genial con todo el equipo. Era gente con muchos recuerdos y anécdotas sobre Matty y a él le gustaba escucharlos, imaginar cómo había sido la vida de su hermano mientras hizo lo que más le gustaba.

No resultó incómodo estar juntos, todo lo contrario. Él se comportó tan bromista, desenfadado y prudencialmente distante como siempre. Tampoco hubo ocasiones en las que nos pudiésemos quedar a solas, cuando estás de gira con tanta gente a tu alrededor encontrar un momento de privacidad es realmente difícil, pero compartimos aquel mes y fue especial. Dean conoció mi mundo desde dentro y quedó fascinado; creo poder decir que incluso impresionado por todo el trabajo que conllevaba.

A veces, me quedaba mirándolo en la distancia. Si lo hacía de forma rápida, sin detenerme en los detalles, creía ver a Matty y el corazón daba un bote dentro de mi pecho. Otras veces lo analizaba, sus posturas, el contorno de su fornida musculatura de marine, la sonrisa que siempre tenía para todos o cómo jugaba a tomar el té inglés con Hope... también esas miradas alteraban el ritmo de mis latidos.

Mis ojos se habían secado, no había más lágrimas que derramar, estaba aprendiendo a vivir con la ausencia y aquel mes de gira fue sin duda el mejor de todos. Lamenté mucho que tuviera que marcharse, treinta días me parecieron pocos, aunque reconocía que eran más de los que cualquier tío dedicaría a una sobrina. Le costó mucho soltar a Hope de aquel abrazo de despedida en el aeropuerto.

—Nos vemos pronto, Sissi. ¡Disfruta mucho por Canadá! —me dijo tras depositar en mi mejilla un rápido beso que olía a loción para después del afeitado.

—Sí, claro. Nos vemos pronto en casa.

Lo dije tan natural que sonó como si él fuera a estar esperándome a mi regreso, en una casa común, como si él tuviera que estar allí para mí. Noté que el calor ascendía por mi cuello.

Cargó su macuto militar al hombro y remarcó las arrugas de sus ojos en una sonrisa burlona, se aproximó y acogió con su gran mano mi mejilla sonrojada.

—Sissi, ojalá la próxima vez que te vea me digas exactamente eso: que estás en casa.

Lo miré conteniendo el aliento, algo dentro de mí rogaba porque su boca salvara la distancia que lo separaba de mis labios, pero me aferré a Hope que se empeñaba en ofrecerle sus brazos.

En lugar de darme ese beso giró la cara y puso sus labios sobre la frente de la niña y rompió filas hacia el arco de seguridad.

Por una vez en mi vida lamenté que nadie hubiese fotografiado ese momento, de hecho, los días siguientes miré en toda la prensa, en busca de una instantánea que hubiera robado aquella mano sobre mi cara. Me sorprendí a mí misma pensado en ello una y otra vez, martirizada por el deseo.

—¿Qué te pasa, Sissi? Llevas toda la semana mustia como una flor seca —me dijo Nenne de camino a Montreal.

—Nada —contesté lacónica.

—¿Por qué no lo llamas?

—¿A quién? —pregunté distraída.

—¡A Dean!, ¿a quién va a ser? Desde que se ha marchado te pasas el día suspirando, garabateando la libreta sin conseguir escribir una frase completa y mirando sus fotos en el móvil.

—¡Qué tontería! Solo reviso las redes sociales —mentí, pero como siempre que mentía me mordía el labio y Nenne se echó a reír.

—Como tú quieras, pero deberías llamarlo o, si no, pensar seriamente en cómo le vas a decir a tu regreso que te mueres por ese culo prieto y esa increíble espalda que vale tanto para cargar bloques de cemento como para reventar camisetas, y por esos ojos turquesa que...

—Vale, vale Nenne... ya lo he pillado. —Le lancé la libreta para que callara.

Mi hermana la esquivó y me acercó el vaso con granizado de chocolate que le había pedido.

—Cariño, en serio, han pasado dos años. Está bien que tu corazón vuelva a sentir. —Se sentó a mi lado y robó un sorbo de mi granizado—. Es lo que Matty querría.

«Es lo que Matty querría», en realidad es lo que *quería*. Repasaba una y otra vez aquella conversación robada entre los hermanos Butler, intentaba percibir un tono desesperado en la voz de Matty, pero solo volvía a escuchar una confesión de culpa. De algún modo Matty hizo suyos los latidos de mi corazón cuando le pertenecían a Dean.

—Lo sé... lo sé —afirmé en un susurro.

—¡Pues espabila de una vez!

Aquel mandato imperioso me hizo reaccionar, ella tenía razón. No quería seguir viviendo echando en falta a dos chicos cuando al menos podía tener a uno de ellos.

Busqué el número de Dean en mis contactos y le mandé un mensaje: «Te echo de menos».

Al instante vi cómo se conectaba y me escribía. Esos segundos se me hicieron eternos, con aquellos puntos suspensivos que se iluminaban sucesivamente una y otra vez.

«Y yo a ti.»

Algo así no solucionaba mucho la situación y probablemente Dean estaba a la espera de algo más pues seguía en línea mientras mis dedos bailaban sobre las letras del pequeño teclado del teléfono, dubitativa:

«Aún faltan dos meses para volver a casa...»

«Míralo mejor así: solo faltan dos meses.»

Sonreí por ese estilo Butler de ver siempre el lado positivo de las cosas y mis deseos arrancaron en una respuesta rápida:

«Yo te robé un primer beso hace años. Tú debiste haber robado el segundo en el aeropuerto.»

Esta vez tardó mucho, muchísimo tiempo en contestar... seguía conectado, pero ni siquiera hacía el amago de escribir. Pensé que quizás esperaba algo más, una declaración de intenciones más larga y detallada, me planteé incluir algo más explícito, pero entonces aparecieron esos puntos suspensivos.

«Solo faltan dos meses, te espero en casa.»

Aquella contestación me desinfló como un globo pinchado. ¿Qué quería decir con aquello? Lamenté haber enviado esos mensajes, pensé que quizás hubiera sido mejor una llamada de teléfono o incluso... ¡Estaba harta de esperar! Tenía tres días entre los conciertos de Toronto y Winnipeg y no estaba dispuesta a desperdiciar ni uno más en mi vida.

Fue un vuelo horrible, con fuertes sacudidas causadas por una tormenta de nieve. Llegué a Greenwich a mediodía, aunque parecía noche cerrada bajo aquel cielo tapizado de nubes cargadas de nieve. Indiqué al taxi me llevara a la casa del lago y conforme reconocía las curvas del camino se aceleraba el ritmo de mi corazón. Pasó por delante de mi casa, pero no vi ninguna luz encendida, aunque quizá no la había conseguido localizar en la rápida pasada que hicimos. Sin embargo, en la casa del lago tampoco había señal alguna de que alguien estuviese dentro. Yo sabía que a Dean no le tocaba estar en Fort Drum hasta el sábado, aunque quizás había surgido algo y en realidad nos separaban otras cinco horas de coche. Me eché a temblar solo de pensarlo. Le pedí al taxista que me esperara y me bajé para comprobar mis sospechas. Allí no había nadie y la casa estaba cerrada.

A paso lento me dirigí de vuelta al taxi, pensé que podía pasar la noche en casa de mis padres y marchar temprano al día siguiente hacia Drum. Quería darle una sorpresa, pero las sorpresas también conllevaban un matiz imprevisible para quien las quiere dar y no dejaba de pensar que quizá Dean podía estar en alguna misión repentina o quién sabía dónde... Me giré para echar un último vistazo al embarcadero, el agua estaba en calma y una fina capa de nieve cubría la madera. Suspiré y mis ojos pasaron por delante del granero. Como si Matty quisiera que pudiera llegar hasta Dean, se me iluminó la mente y me monté con urgencia de nuevo en el taxi:

—Lléveme al Club Náutico Riverside.

Todo lo que llevaba cabía dentro de una pequeña mochila de cuero, la aferré a mi hombro y anduve con paso seguro hacia al pantalán donde Dean tenía atracado su velero. Cuando vi una luz iluminando uno de los ojos de buey mis pies se lanzaron a la carrera, pero frenaron temerosos en su punto de amarre.

Respiré agitada, temblaba de frío, de miedo y excitación, susurré el nombre de Matty para implorarle valor. Lancé el macuto a la cubierta y cuando tenía un pie dentro oí que se abría una escotilla por la que Dean sacó la cabeza.

Cuando me vio sus ojos mostraron desconcierto, de hecho parpadeó repetidamente como si no diera crédito a lo que tenía delante. No me dijo nada, desapareció y el cristal de la escotilla dio un golpe seco al cerrarse. Yo ya estaba de pie en el acceso de popa cuando él salió por la puerta de paso al camarote. Llevaba unos vaqueros y un jersey azul marino de cuello redondo que hacían resaltar sus ojos como dos gemas en un día cuyos tonos eran grisáceos.

—¡Sissi!

Alcé mi mano pidiéndole un segundo, para que no dijera nada y hablé yo:

—Dos meses era demasiado tiempo.

Dean permaneció callado e inmóvil, pensé que quizás estaba siendo obediente o tan solo no sabía cómo actuar. Por ello, avancé hacia él sin perder el contacto visual. Mi mirada era suplicante, mi cuerpo se había posicionado a escasos milímetros del suyo y noté cómo le aumentaba el ritmo respiratorio.

—¿Estás en casa? —me preguntó con gran esfuerzo. Mantener la distancia parecía dolerle realmente y su pecho marcaba una respiración imposible.

—Estoy en casa —sonreí, ya que aquello no dejaba de ser un barco, pero la pregunta iba más allá de un lugar físico. Mi casa debía ser cualquier sitio donde estuviera él.

Se abalanzó sobre mí con tal ímpetu que tuve que sujetarme a él para no caer por la borda. Dejó claro que los besos no se roban sino que se dan a conciencia. Buscó mis labios con la misma pasión con la que me abrazaba. Sus formas eran decididas, impacientes, profundas y urgentes. Cuando creí que no podría seguir respirando entre aquellos brazos duros como la roca, se separó para buscar mis muslos e impulsarme hacia arriba. Rodeé su cintura con mis piernas y mi melena envolvió su cara.

No había nada que decir con palabras que los besos no tradujeran con mayor claridad. Me condujo al interior de la embarcación y le cerramos la puerta a la nieve que caía como trozos arrancados de las nubes.

Sus manos me desvistieron ávidas por entrar en contacto con mi piel y, cuando me tuvo bajo su posesión, se detuvo unos segundos para buscar mis ojos y decir lo que sentía en voz alta.

—Sissi, te quiero.

De su cuello colgaba una púa plateada idéntica a la mía y ambas chocaron produciendo un tintineo cuando volvió a buscar mis labios.

Entonces sentí que no era pronto, ni tarde, sino el momento preciso, por lo que justo antes de unir su cuerpo con el mío también pronuncié un «te quiero» al techo, una declaración compartida. Y es que cada vez que dijera «te quiero» desde entonces sería en parte para él y en parte para Matty. La nieve caía en la escotilla que estaba sobre nuestras cabezas y así continuó hasta que las nubes dieron paso a las estrellas.

BONUS TRACK: I LOVE YOU

Tras aquellos tres días regresé a la gira y la terminé con tanta o más energía que la primera vez que me subí a un gran escenario.

Regresé a casa con Hope, junto a Dean, y nos casamos a las tres semanas. Fue una boda de cuento de hadas, con mi príncipe uniformado y un arco de espadas bajo el que caminar tras el «sí, quiero».

Dean se licenció y dejó la Armada, no quería perder ni un solo día alejado de nosotras y terminó por hacerse cargo del club náutico, pero antes cumplió su sueño.

Aquel verano Hope se quedó con sus amados abuelos y ambos nos embarcamos en un largo viaje, el primero de los muchos que nos quedan por hacer hasta conquistar todas las costas del planeta.

Siento que ha llegado el momento para este disco, el de los *Grandes Éxitos*, porque con él se cierra una etapa y se abre otra. Sissi Star no volverá a sonar igual sin su complemento. Hasta aquí está toda la música que nació con Matty, la banda sonora de nuestra vida. Salió de mi corazón y, tras el último beso, sonará para siempre mientras alguien, aquí o allí, quiera escucharla y hacer magia.

¿Quieres escuchar la tracklist de SOUNDTRACK?
Te invito a volver a leer el libro acompañado de su banda sonora:

Track 1: Way to the future – Katie Herzig

Track 2: Hearts like ours – The naked and famous

Track 3: I was made for loving you – Tori Kelly

Track 4: Saddest song – Zach Berkman

Track 5: The one – Alistair Griffin

Track 6: Dotted lines – Sweet talk radio

Track 7: Unbreakable – Jamie Scott

Track 8: Slowkill – Katy McAllister

Track 9: Forgot you – Bella Ferraro, Will Singe

Track 10: Wake up – Shelly Fraley

Track 11: Shadow – Sam Tsui

Track 12: Every little thing – Louisa Wendorff

Track 13: Spinning in circles – Rachael Yamagata

Track14: In this life – Chantal Kreviazuk

Track 15: My love will never fail you – Marie Hines

Track 16: Say you love me – Jessie Ware

Track 17: Hush hush – Avril Lavigne

Track 18: Salvation – Garielle Aplin

Track 19: Kiss me – Ed Sheeran*

Track 20: Wings – Evaluna Montaner

Track 21: Last kiss – Taylor Swift

Track 22: Dust to dust – The civil Wars

Bonus Track: Latch – Natalie Taylor

---

* Bonus (Wedding Song): My dear – Kina Grannis

AGRADECIMIENTOS

De pequeña solo jugué con un muñeco y los motivos fueron dos: le era demasiado fiel para jugar con otros y siempre pedía instrumentos musicales por Navidad.

Mi vida ha sido música desde que nací: las colecciones de vinilo de mi padre, la entonada voz de mi madre por toda la casa, los largos viajes escuchando The Beatles, Bee Gees, ABBA o The Carpenters (son los primeros que me vienen a la cabeza entre tantos más) y las clases de piano desde los cinco años. Por ello, gracias a mis padres, por hacerme crecer bajo la mejor de las bandas sonoras y apoyarme cuando quise subirme a un escenario.

Sissi me ha permitido vivir un sueño. Lo he sentido tan real que, cuando llegaba el final del libro, sentí como si terminara una gran gira. Gracias, Sissi y gracias Matty, por darme la mano. Gracias, Dean, por representar lo que es el amor incondicional. Gracias, María, por ser mi Nenne.

Tengo que agradecer a muchas cantantes reales este libro, pues sus vidas, sus carreras musicales y sus experiencias fueron el mejor espejo donde Sissi podía mirarse: Taylor Swift ha sido mi mayor inspiración, pero no puedo olvidar a Avril Lavigne, Britney Spears, Kina Grannis, Colbie Caillat, Cassedee Pope, Miley Cyrus, Christina Aguilera, Chantal Kreviazuk, Sarah McLachan.... Y tantas otras, que además han acompañado con su música a mi teclado.

Quico, gracias por comprender, apoyar y animar mis locuras (musicales y literarias). Las entradas al British Summer Time de 2015 será siempre el mejor de los regalos de mi vida.

Mención superespecial a mis sobrinas Inés y Sofía, por descubrirme lo que son los s'mores, el secreto Mianus Rope, las rutinas de la vida en un instituto americano y, en definitiva, por hacer que Greenwich fuese tan real.

Mis lectores merecen todo el agradecimiento del Universo pues hacen que un latido de mi corazón se convierta en uno suyo. Victoria Rodríguez, gracias por ser mi medio lichi en este mundo literario y siento haberte hecho llorar en el baño (otra vez). María Cabal, mi inagotable animadora en los momentos más grises, gracias por estar siempre ahí. Daniel Ojeda, ese alma libre que vibraba en mi misma sintonía, que se introdujo en mi mundo y quiso cantar junto a mí. Hay conversaciones que no tienen precio. Ana Lara, en ti encontré a la mejor guardiana de libros y por ello no podían faltar tus palabras sobre esta historia. Caro Musso, nadie lo entenderá como tú y lo sabes, amiga.

Gracias a María Martínez por acogerme con los brazos abiertos. A todas las amigas y compañeras escritoras (sois demasiadas, pero sabéis quiénes sois) que me han animado, apoyado y empujado a continuar.

Esther Sanz, mi editora (o mi nueva hada madrina), gracias por «tener vibraciones conmigo», por sentir que esta historia era maravillosa y abrirme las puerta de Titania. Grandes cosas están por llegar, seguro.

Si pudiera pintar un gracias en el cielo sería para mis lectores. Para ti, que estás leyendo esto y con ello te llevas un latido de mi corazón. Gracias por dejarme salir de mi escritorio y «hacer magia».

Elenacastillo.tintayacordes@gmail.com
Twitter: @tintayacordes
Instagram: @elenacastillo_tintayacordes
Pinterest: Tintayacordes

ECOSISTEMA DIGITAL

NUESTRO PUNTO DE ENCUENTRO

www.edicionesurano.com

2 AMABOOK
Disfruta de tu rincón de lectura
y accede a todas nuestras **novedades**
en modo compra.
www.amabook.com

3 SUSCRIBOOKS
El límite lo pones tú,
lectura sin freno,
en modo suscripción.
www.suscribooks.com

DISFRUTA DE 1 MES
DE LECTURA GRATIS

1 REDES SOCIALES:
Amplio abanico
de redes para que
participes activamente.

4 APPS Y DESCARGAS
Apps que te
permitirán leer e
interactuar con
otros lectores.